山口瞳対談集 1

論創社

山口瞳対談集 1

目次

装画　柳原良平
装丁　野村浩

山口瞳対談集 1

本文中明らかな誤植と思われる箇所は正したが、原則として底本に従った。

また、今日からみれば不適切と思われる表現があるが、時代的背景と作品の価値に鑑み、修正・削除はおこなわなかった。

われら頑固者にあらず

池波正太郎
山口瞳

■いけなみ・しょうたろう
作家。一九二三〜九〇。著書に『鬼平犯科帳』『剣客商売』『男の作法』など。

生まれる前から遊んでばかり

山口　先日、ようやく歯が入ったんです。ぼくは歯が入れば、もう、すぐに喋れるし、ものが食べられると思ったんですよ。ホテルの地下室の歯医者ですから、蕎麦屋でも寿司屋でも、なんでもあるでしょう。ところが、気持ちが悪くて、まず口もきけないんです。人間が老いるっていうのは、たいへんなことだと思った。しようがないから、喫茶室にいって、ジュースを頼んだんですけど、酸っぱいと思ったら、もう飲めない。ぼくはすごいショックを受けましてね。〝老いるショック〟というんです。

池波　もう慣れたでしょう。

山口　ええ、いくらかは……だけど、まだお新香が食べられません。沢庵《たくあん》とかナスとか、しがむような感じのものは、あきらめました。

池波　上だけなら大丈夫ですよ。

山口　入れる前は、ジュースなんか、うっかりストローをくわえたつもりでも、すっと落っこっちゃうんですね。煙草を挟もうとしても、歯がないんだから——〝歯のないところに煙は立たない〟とか（笑）。

池波　それは、いい。山口さんも、このへん（築地）は、むかし、大いに楽しんだんじゃないですか。

山口　ええ、知り合いの待合にカバンを預けて、よく活動写真を観に行きました。あのころ、中学生は映画館に入っちゃいけなかったんで、変装なんかしてね。それから、このへんでは築地小劇場。文学座の会員だったですね。このへんは、演舞場、東劇、歌舞伎座、みんな松竹系ですね。新響という、いまのＮＨＫ交響楽団も会員で、これは日比谷です。あれは怒られなかったかな。

池波　山口さんなんかの山の手は、映画見物にしても、学校がうるさかったんですね。ぼくら、下町は気楽だったけど、それでも小学校のとき、学校休みたいために、ナイフで腿切ったりしたんだもの。杖引いて、映画を観るために……（笑）。

山口　腿切り仁左衛門（笑）。

池波　いまでも、三ヵ所ぐらいは残っていますよ。いちど、ちょっと刺したらね、おふくろが研ぎ屋に出したナイフだったたから、ズルズル入りやがって、ひどい目にあった（笑）。校医が診断して、一週間休めって……。

山口　お母さんは黙認ですか。

池波　おふくろだって、ほんとにケガしたと思いますよ。そりゃ、あんた。先生だますんだから、おふくろぐらいだまさなきゃいけないでしょう。

山口　うーん……。

池波　文学座では、丹阿弥《たんあみ》谷津子がまだお下げでさ。売店にいましたね。

山口　切符切りやっていたですね、入口に立って。もう、実に可愛い少女だった。

池波　いまの金子信雄の女房。可愛いかった。いまはスゴくなっちまったけれど……。

山口　ほんとに、ああいうのが〝可愛い少女〟だろうと思いますね。ふるいつきたくなるというよりは、近寄るのがこわいような……。いまは、見る影もなく、こう（横幅を示す手つきで）なっちゃって。映画も、いわゆる名監督の作品は、観られるかぎり観たな。フェデー、デュヴィヴィエ、ウイリー・ホールスト。

池波　ルネ・クレールとか。いちばん盛んなときだものね。

山口　あのころは、それしか楽しみがなかったですものね。フランス映画の世代というのがあるはずですよ。もっと時代をさかのぼりますと、女義太夫で夏目漱石の世代ですね。わたしはフランス映画でした。

池波　ぼくは、どちらかというとアメリカ映画をよく観たな。

山口　それがほんとの活動写真のファンなのかもしれませんね。わたしのは、やや文学的、哲学的だったなあ。わたしは、たしか最初に『外人部隊』を観たと思うんですよ。何度も観て、最後は横浜まで追っかけて、変な小屋（映画館）で観た憶えがある。二階へあがると靴カバーをさせられるんです。あの映画は、テーマがそのころの青年の気持とか時代に非常に合うわけですよ。みんな死んじゃうんですもの。宿命論ですよね。人間は、もうジタバタしても駄目だ、といっている。わたしなんかも、中学生でしたけど、兵隊に行って死ぬんだと思っていましたから、実にジーンとくるわけです。映画って、そういうところありますね。

池波　あります。あの時代、フランス映画が入ってきたのは、それなりの理由があったんですよ。仮りに、戦後、古いものをいくら観ても、ぜんぜん感じが変わってくると思いますね。

山口　そんなわけで、けっこういそがしかったですね。それこそ、寄席も行くし、築地小劇場も通うし、新響の定期公演も欠かさない。おまけに、妹が踊り、両親が長唄やっていましたので、長唄の会にも行くんですよ。歌舞伎もあるし、新国劇もあるし……。

池波　ま、大袈裟にいえば、毎晩、かならずなにか観ていたね。

山口　昼間はプロ野球も観ていた。

池波　洲崎球場ね。ぼくも何度か行った。まるで野外運動場みたいなところで、お客がチラチラしかいないんだ。

山口　帰ってくると、このへん（頬）が潮風でザラザラしているんですね。大正十五年の戸塚球場の早慶戦かな、母に「おまえは、この試合をおなかの中で観ているよ」っていわれたことがあるんです（笑）。生まれる前から、遊びにかけてはいそがしかった。あのころは、女が野球観たら、すぐ目立っちゃうような時代なのに、行ったらしいんですね。

遊びから世の中を知る

池波　よく、みんな、あの時代は暗かったというわね。おれはちっとも暗い感じしなかった。暗かったのは、戦争がはじまって、だんだん敗けてきてからだな。あれはどうしようもなかったけども、兵隊に出るまでは、暗い気持ちはぜんぜんなかったね。

山口　池波さんが遊んだのは、やっぱり株屋の時代ですか。

池波　ええ、株屋に入ったのが昭和十年ごろで、遊びはじめたのは、それから二、三年たってからですね。

山口　吉原ですね。

池波　そう、吉原なら親も安心なわけですよ。十五、六のころは、だいたい、あんまりさせないんだから。「お帰んなさい。お母さんが心配するから」っていうんだもの。だから、うちの母親なんか、ぼくが兵隊に行くとき、吉原のお女郎に「長い間、正太郎がお世話になりました」って、お礼に行きましたよ。だって、同じ店じゃ、はじめからずっと、その人だけで他の女に手が出せないんだから。われわれは純情だったんだね。酒の飲み方とか、いろんなこと教わったんですよ。
山口　意見されたり――勉強ですよね。わたしは吉原は知りませんけど、たとえば、結婚式とかお葬式のとき、こうすべきものだというのを、寄席とか新派で勉強したですね。
池波　それが大きいんだ。
山口　お通夜の場面なんか、お焼香はどうすべきか、もう一所懸命、観ました。いまは、そういうことがないいんじゃないですか。
池波　なんでも自然に教わりましたね。
山口　新派でも寄席でも、ほとんどの話が挨拶でしょう。落語なんか、半分ぐらいは使者の口上で、それがトンチンカンになる。あれで勉強したですよ。お悔みのときは、ただ口をモグモグやっていればいいとかね……。そのわりには、いまも駄目ですけどね。
池波　仲間と飲まなきゃならないときは、もり蕎麦一杯、食べてからいらっしゃい、なんてお女郎が教えてくれたんですよ。あのころ、ぼくら店に出ているとき以外は着物でしょう。懐手《ふところで》をして、右の肝臓のあたりを押えながら飲んだら、酔いが全部、発散するから、とか。
山口　え、どこですか？
池波　肝臓というかね、ここの肋《あばら》を押えて、押したり放したりしながら飲むんです。洋服だと目立って失礼になるけど、和服ならわかんない。そうすると、宴会が終わったときに、もう肝臓が柔らかくなっているわけだ。ぼくは、いまでも実行してますよ。

山口　むかしは、バーもそうでしたね。まず最初に、お客さんの健康状態を気づかう、という感じがありましたよ。いまは、ただ飲ませるだけ。酒の飲み方も知らない若い人に、どんどん飲ませちゃう。

池波　若いのにガブガブ飲んで、酔っぱらっちゃったら、暴れたりして、人に迷惑をかける。そういう心配をするから、酒の飲み方を教えてくれるんだ。

山口　最近は、芸者もひどいですね。宴会で楽しく話しているのに、「茶蕎麦ですか、海苔茶ですか」とか、「お供（帰りの車）は、もう参っていますから」とか、せきたてる。それまで一緒に飲んでたくせに、ピタッとやめてね。次の座敷があるもんだから、急に態度を変える。あれは悲しいですね。

池波　芸者はそうです。

山口　薄情なもんですよ、実際。

池波　むかしから芸者は薄情なんです。やっぱり、お女郎がいいですよ（笑）。

山口　泊まりですもんね。

池波　あのころはね、ぼくら兜町《かぶとちょう》の連中は、芸者遊びを軽蔑したんですよ。芸者は全部、カネが主体の遊びになるわけね。お女郎屋は、カネは全部、内所《ないしょ》に払うんで、カネ抜きの感じになっちゃうんだよ。あとは内所とお女郎の関係になるんだから。芸者遊びは札ビラきらなきゃ遊べない。ああいうところは、東京のもんは遊びに行くんじゃないって。事実、そういう気しましたね。

山口　つまり、お女郎相手なら、だまされる心配がないわけですよね。

池波　そうです。ぼくは、大した相場を張ったわけでもないんだけど、それでも、ときには儲かることがあったんです。そんなときは、馴染みのお女郎のところにいくら、洋服屋にいくらとか、パッと遣うというか、預けちゃうんだ。次から当分はタダっていやあ変だけど、きれいに遊べるんですよ。これなら、絶対、だまされませんよ。

山口　はい、わかります。

池波　ぼくは兵隊に行くとき、なにがしかのカネが残りましてね。それをお女郎のところへ預けたんです。

いやですねェ、もったいつける奴

山口　わたしたちは、遊びでもなんでも、相手の立場を斟酌《しんしやく》する時代に育ったわけですよね。少なくとも、東京じゃあそうでした。

池波　お女郎さんでも、教えてくれたんだもの。それが染みついている。どうも今日は「頑固者対談」ということらしいけど、ぼくらは頑固者でもなんでもないですよ。こんな物わかりのいい二人はいないねえ。

山口　こういう話をすると、また、東京人同士が気取って話しているなんて、いう人がいるんですね。それが厭で、つい、いいたいこともいえなくなっちゃう。むしろ、わたしの取柄は柔軟性だと思うんですが……（笑）。

池波　しかし、ぼくらにとっては、あたりまえの話なんだよね。その〝あたりまえ〟を、平気で無視する連中が多すぎるんだ。たとえば、約束の時間に、もう堂々と遅れてくる。それが何度も何度もだ。あの神経、山口さん、わかりますか。

山口　わたしも、ふしぎでしようがない。

池波　きょうだって、二人とも定刻の二十分前にきているものね。

山口　いえ、わたし、きょうは二十分前に三分遅刻いたしました（笑）。

池波　山口さんやぼくは、相手が三十分も遅刻すると、一時間も待たされる破目になる。その言い訳も、だいたい相場が決まっているね。「道路が混雑した」「あまり早くきすぎたので、近所をぶらぶらしていたら、つい遅くなりました」──冗談じゃないよ。

山口　わたしは、おんなじ人に二度、おんなじ言い訳をきかされた経験があります。

池波　ぼくも怒鳴りつけてやるのは、わけもないことだが、そうしたら座が白けるとおもえばこそ我慢をしています。それがわからない。と、それだけで座が白けることがあるんですよ。人の気持ちをぜんぜん斟酌していない。

山口　わたしの知っている人じゃ、吉行（淳之介）さんはすごいですよ。絶対もう、二十分前にきます。

池波　それがあたりまえのことなんだ。

山口　わたしが三十分前に行っているでしょう。吉行さん「遅れてすまん、すまん」といいながら入ってきますよ。二十分前にきた人が……やっぱり、ちょっとちがうんですね。

池波　ぼくは一度、池田弥三郎さんと対談したことがあるんです。会場が坂道の途中にあって、池田さんが下のほうから、ぼくが上のほうから歩いてきて、十五分前にパッと会場の前で会うんだよ。実に気持ちがいいね。

山口　こういうと、変にきこえたらごめんなさい。つまり、北陸あたりから出てきて、お風呂屋の三助になって、二十年後に自分の風呂屋を持ったとするでしょう。そうすると、浴場組合の理事になりたがるんですね。だから、お風呂屋の選挙には札束が乱れ飛ぶんです。当選すると大きな名刺をつくって故郷へ帰るんですね。その気持ちはわからないこともないけれど、そういう人とは友達になれない。

池波　田舎の青年会あたりで通用した感覚で、押し通しちゃうんだ。要するに、泥臭いんだ。ただし、ほんとうの田舎の人というのは、ずっと立派ですよ。成り上がり者がいけないんだ。その点は、はっきりさせとく必要がありますね。

山口　田舎、東京じゃなくて、やっぱり、いろんな意味で威張るやつが厭だ、という感じですね。

池波　威張るやつは、むかしから嫌いなんだ。

山口　さる人と六本木のジャーマン・ベーカリーで待ち合わせたら、田園調布のジャーマン・ベーカリーとまちがえて、あっちへ行ったために遅れた、という話があるんです。ウソなんですよ。気取ってんだ。だって、東京のことを知らない人が、わざわざ田園調布まで行くかって。

池波　ひでえもんだね。

山口　それをいったら、みんなが笑うかと思っているんだね。このユーモアのセンスのなさ。滑稽の出来事として、自分を道化にしようとしている。まず詫びるべきなのにそれができない。カッコつけようとする。

池波　たぶん、山口さんもそうだと思うんだけど、ぼくは、六時に会合があるといえば、その日は、一時ごろまでに用をすまして、準備しているもの。あと、なにもできない。

山口　定刻直前にピシャリと現われる人もいますが、これもちゃんと、近くで時間をつぶしている。だけど、ぼくなんかには、とても怖くてできないから、二十分前に行っちゃう。相手の身を思って、迷惑をかけたくないから、早くきているんですよ。ほんとに、やさしいんです。

下町のしつけと助け合い

池波　ぼくらの子供時代には、十二、三になると、一所懸命、大人の真似したもんでしょう。いまはそれがなくなった。その中間で若者になって、その若者のまんま、白髪がふえちゃうんだよ。結局、一種の子供なんだね。子供の見栄坊《みえぼう》なんだ。四十過ぎても、人にプッと吹き出されているのがわからないから、困るんだ。

山口　さっき東京の遠くから出てきた人が困ると申しましたけど、年齢でいうと、四十から五十の間じゃないでしょうか。〝浮浪児世代〟というんですかね。

池波　ぼくがみても、若い人のほうが、きちっとしている感じがするね。四十代の一部の連中は、ぼくらとほんの何年間かのちがいで、いろんなことを教わる時期がなかったんだ。その点、ぼくは同情してるんです。

山口　わたしの弟がそうなんです。終戦のころ、苦しい時代を過しているはずなんですけど、とっても、訳がわからないんですよね。言ってみれば秩序がないんですね。それを勉強しないで大人になっちゃった。生きるか死ぬかという時代が思春期ですから、どうしてもエゴイストになる。おっしゃる通りに気の毒ではあるんですけれど。

池波　その連中が、東京に出てきて、ちょっと一人前の生活ができるようになると、なんか天下を取ったような気分になっちゃうんだ。傍若無人な男になってね。

山口　それについては、わたしも、これでいいのか、考えちゃうことがあるんです。まず、食い物や飲み物が贅沢になっているでしょう。このごろ、わたしなんかでも、もらいもんでブランディが、わりに多いんです。お客さんはウィスキーばかりでブランディを飲まないから、余っちゃう。しようがないんで、仕事のないときなんか、朝からクールボワジェのナポレオンなんか飲むんです。ふっと気がついて、こんなことしていいのかな、と思ったりね。

池波　考えるだけいいんですよ。ぼくら、株屋のころは、バカみたいにカネ遣った。だけど、ヘネシーのスリースターが安酒にみえてきちゃって、ちょっと恐しいような気がする。

絶対にタクシーに乗ったことないです。タクシーに乗るのは、やっぱりいけないこと、年齢に似合わず生意気だという考えがあったのね。バカな話だけどさ。

山口　それはあります。

池波　だから、いま、山口さんがおっしゃったのとそっくり。こういう気持ちがあって、たまに贅沢するなら、おれ、いいと思うんだ。考えない連中が多すぎるから、困るんだよ。

山口　池波さんのお書きになったものを読むと、映画の試写会へ行かれて、いったんうちへお帰りになって、ネギのかき揚げにアサリのヌタで、お酒を二合いただいて、また芝居を観に行く、なんてありますね。これが、ひどく贅沢にみえちゃうんですけど、ほんとはなんでもない。

池波　むかしは、ぼくら貧乏人の食い物ですよ。

山口　それが、いまや逆になっている。

池波　どこか狂ってますよ。

山口　変ですね。まあまあ、とにかく驕《おご》っちゃ、いけないと思ってます。

池波　う、ふふふ。とくに、われわれ小説家はね（笑）。

山口　考えてみますと、田舎者がのさばってきたのは、東京だけじゃありませんね。

池波　どうしようもないな。

山口　このあいだ、長崎へ行ったんです。昭和三十五年ごろに、石川滋彦さんという画家の「長崎」という傑作があるんですよ。わたしね、それが頭にあるもんですから、同じ場所に立ってみたんです。寺町という高台がございまして、下に川が流れて、めがね橋がある。向こうに出島が見えて、左側が花柳街の丸山。そこから海へ向って、川の両岸に外人専用のホテルの木造の洋館が建っているはずなんです。ところが、なにもない。無残ですね。さぞや、よかったろうと思うだけでした。

池波　めがね橋はどうなっているんです？

山口　ゴミ川みたいです。戦災を免れたんですから、英断を下していればね。もう駄目です。

池波　いかようにもやりようがあるはずなのに、できないんだよ。日本橋の頭の上に高速道路のっけたりね。

山口　こんなことするの、日本だけでしょう。

池波　セーヌ河の上に高速道路架けたりしたら、たいへんだよ。

山口　こんなバカは、日本だけです。だから、わたし、日本は好きだけど、日本人は大嫌いだってことになるんです。

池波　かつて日本は、驕りたかぶった軍人のために、ひどい目にあったんだけども、いまは、それが企業家と政治家に移ってんだよ。そういう風致《ふうち》が壊されることによって、人心がいかに荒廃するか、あの大バカどもにはわからないんだ。これは、五、六年のうちに、大きなツケになって返ってきますよ。

山口　いま、まさに返ってきてますよ。

池波　さっきの時間を待たせる話も、全部おんなじです。

山口　わたしも、万事そこからだと思います。

池波　一部の四十代がいけないんです。

山口　エゴイズムです。自分さえよけりゃあいい、と。他人はどうでもいい。浮浪児の、自分さえ食えりゃあいい、という精神と同じですね。ただ、同情の余地はあるけどねえ。

池波　おととし、パリに行きましてね。モンマルトルの小さな広場で、子供たちが石蹴りをして遊んでいる。東京の下町のように、パン屋とか乾物屋のおやじたちも、煙草を喫ったりしているわけですよ。そこへ、中年の女が通りかかったら、七つぐらいの子供が癇癪玉をぶっつけたんだ。そしたら、パン屋のおやじがね、パッと飛び出してきて、パンパンパーンと殴るんですよ。もちろん、自分の子じゃないんだ。子供も抵抗しません。

山口　自分の子さえよけりゃあなんて、エゴイズムじゃないんですね。

池波　そのとき、ぼくはね、ほんとにむかしの東京の下町を見たような気がした。下町じゃ、がいして親は放任していたんだけど、変なことしたら、近所がおさまらねえんだな。その代わり、近所の人が助けてもくれましたよ。うちは、父母が離婚して、母がぼくを一人で育てた。母が働きにいってたから、いろんな形で助けてくれたんです。べつに、東京にこだわるつもりはないんだ。地方文化でも、そういう単純なことの積み重ねで、築きあげたもんでしょう。

山口　池波先生にしろ、わたしにしろ、こむずかしいことは、ひとつもいってませんよね。髪形をどうしろとか、言葉遣いがおかしいとか、なにもいわないですよ。まあ、お互い、約束を守って気持ちよく暮したいと言うだけです。

池波　それなのに、われわれを指して、「頑固者」とは、どこの気ちがいがいうセリフかねえ（笑）。

スポーツ気分で旅に出ようか

沢木耕太郎
山口瞳

■さわき・こうたろう
ライター。一九四七〜。著書に『テロルの決算』『一瞬の夏』『深夜特急』『凍』など。

近頃ゾクゾクするのは巨人の敗戦を見る楽しみ

山口　この頃は、夕方になるの嬉しくってしようがないんですよ。
沢木　何でですか。
山口　ジャイアンツが負けるから。
沢木　やっぱり……（笑）。
山口　ソワソワ、ゾクゾクしちゃうね（笑）。だって、横暴の五十年だもの。横暴だよ、ジャイアンツっていうのは。
沢木　王監督に関してはどういう思いを持ちますか。
山口　ワンちゃんには勝たしたいんだけどね。
沢木　みんなそう言ってるんですね。巨人は負かしたいけれども、王は可哀想だ……。
山口　いまのメンバーはものすごいんだけどね。あのオーダーは断然だけどねえ。

沢木　しかし負けた姿がいじらしいとか、好きとか嫌いとかいった感情の湧かないタイプの人が多いですね。
山口　あ、そうそう。
沢木　昔のメンバーだったら、愛敬があったり、魅力があったりしたけど、今のは前半の四番バッターくらいまで、あまり親近感湧かないですねぇ。
山口　江川がいけないと思うんですよ。江川以後、なにかおかしくなっちゃった。で、シレッとしてるじゃないの。篠塚なんて三振してもニヤニヤ笑ってるっていう感じがある。
沢木　僕は、山口さんに初めてお目にかかったのが、銀座のはずれの小さいバーで、席に坐って、ひょいと隣を見たら山口さんなんですよね。その時、何と言ったか、憶えていらっしゃいます？
山口　え？
沢木　「近ごろ、銀座のバーにはマラソンの帰りのような人がくるんですねぇ」って言われてね。
山口　あ、そうだった？　だって、ジーパンでスニーカーか何かはいてた……。
沢木　そう。ジャンパー着てて、いかにもね。
山口　それは悪い感じじゃないのよ、駆けてきたっていうのは。とても爽やかな感じですよ。いや、褒め言葉だよ。スカッと爽やかサワコーラっていうくらいで。

沢木　ハハハ……。いや、僕もその時、褒め言葉だと思うことにしましたけど。

行きも行ったり日本列島　草競馬27カ場をめぐる旅

沢木　きょう話したかった最大のテーマは、何といっても「草競馬流浪記」でね。行きも行ったり二十七カ場ですか。

山口　そうです、ええ。

沢木　最後のほうは飽きませんでした？

山口　いや、飽きませんねぇ。ただ、三日くらい同じ場所でやってて、ちょっとシンドイと思うことはありましたけど。

沢木　いつでも愉しくっていう感じですか。

山口　いつでもワクワクして行ったねぇ、なぜだか……。

沢木　足かけ四年、三年ちょっとくらいですか。競馬自体はスポーツの中に入るのかどうか、よく分かりませんけど、馬券を買うというのは、ほとんどスポーツとは無縁な感じしますよね。

山口　あれはギャンブルですね。

沢木　でも、「草競馬流浪記」を読んでいると、あれがほとんど山口さんのスポーツになっているという感じがあって……。

山口　普段あんまり歩いたりしないけど、競馬場へ行きますと、階段を駆け上がるからね。ああいうことは、僕にとっちゃ今や本当にスポーツだね。老人のスポーツ（笑）。

沢木　公営競馬めぐりという企画に乗るというところの山口瞳を、自分で解析すると、何で公営競馬なんですかね。

山口　一つは、僕は、落ち目になるものにすごく惹かれるところがあるんですよ。あのうち少なくとも三つは、完全に赤字で、もう潰さなきゃいけないわけなの。だけど、潰すのにお金がかかるから潰せないという、そういうものの最後を見届けようという気持は非常にありますね。

沢木　そういう気持は連綿と昔から……。

山口　そう。昔、「世相講談」を書いた時、一種の産業革命が行なわれていると思ったの。小さなことでいうと、会社にはソロバンの名人というのが必ずいたんですよ。だけど、計算機が出てくると、もうその人は無能な人間になっちゃうわけ。一種の建築ブームみたいなのがあって、お風呂付きの家が建ち始めて、マンションなんか出来るでしょう。僕ら、お風呂付きのアパートへ入るというのは夢のような話だったですね。

沢木　結婚した当時とか……。

山口　そうそう。お風呂屋がダメになっちゃうわけだね。

沢木　で、亡びゆく銭湯について書くとか、映画館について書くとか。
山口　やったわけです。そういう傾向がたしかにありますね。
沢木　それの延長上にこんどの公営競馬めぐり、ありましたか。
山口　それの一つの分野って感じありましたね。終戦直後、二十年の秋か、あるいは翌年かもしれませんが、戸塚に競馬場があって、そこへ行ったんですよ。僕は、子供の時からばくちが好きで、戦争中、麻雀トバクを非常に怖い思いをしてやっていたでしょう。戦争が終って天下晴れて太陽の下でバクチをやるっていうのが嬉しくてしようがなかった。これが平和だな、と思ったの。その印象が非常に強いわけね、公営の場合は。中央競馬は、ちょっと取り澄したところがありますから。官庁みたいなものでね。
沢木　全国の公営競馬を全部通して見て、競馬場を通して日本はどう見えました？
山口　難しい質問だなあ、それは（笑）。
沢木　どこも変わらないということでもないでしょう。
山口　いまや老人の娯楽になってるね、特に公営競馬は。若い人は血統を調べて、展開を読んで……なんていうのは面倒臭いのね。むしろ、競艇とか、オートレースとか、競輪とか、そっちのほうが一六勝負みたいなものでしょう。簡単だから、まだしもそっちのほうへ行っちゃうんですね。競馬場へ行くと、おじいさんが百円玉握りしめて、単勝の売場のところにジイーッとして、売上げを見てるんですよ。百円で幾らかにしようっていうんでね。一レース二百円として、朝から晩までいて二千円で遊べるところって、もうないでしょう。適度の興奮があってね。しかも「もしかしたら百万円になるかもしれない」と思ってやってるわけよ。ゾクゾクするな。

沢木 そうですねえ。

山口 ああいう感じは非常に好きなんです。

沢木 町の感じとしてはいかがでしたか。泊まりながら三日間とか、四日間とかいらっしゃいますよね。その町その町で違うものですか。

山口 僕は「競馬場のある町」と「この町にも競馬場がある」というのと二つに分けて、「競馬場がある町」っていう感じは、非常に好きで、とても愉しみにして行ったね。福島は中央ですけど、町じゅうが愉しみにして、旅館へ泊まると、女中さんも女将さんも番頭さんもタクシーの運転手もみんな馬券買うっていう感じで、そういうのは僕はとても好きだったけど、一方で……。

沢木 たとえば姫路だとか。

山口 そう。競馬場があるってことを非常に……。

沢木 恥じてたりする。

山口 そういう町もありますね。非常に嫌われてるっていうか。

万馬券を引き当てた沢木耕太郎氏の競馬的運勢

山口　あなたは以前、競馬の何かやったことあるでしょう。

沢木　ええ、昔、イシノヒカルの廏舎に住み込んで馬丁さんやらしてもらったんだけど、競馬、全然分からないんです。ただ、「草競馬流浪記」の中になぜか僕の名前が出てくるんですね。僕の運勢まで見てくださった。

山口　うん、あれは不思議な話だった。

沢木　なぜ僕の名前が出たかっていうのを読者に知らせておくと、あれは縷々《るる》説明すると、もっと長い話になるんです。

山口　あ、そう？　教えて下さい。

沢木　その年（昭和五十七年）の一月か二月に、村松友視さんが直木賞を取れなかった時があるんです。つかこうへいさんが取って村松さんが取れなくて、その時に、色川武大さんと村松さんと僕と飲み屋で一緒になって、「村松さん残念だった」という話を、帰りの車の中で三人でしてたんですね。村松さんが「もう一回か二回挑戦して、ダメだったら遠慮させてもらおうかな」っていう話をしてたのね。色川さんも僕も、「いや、そんなこと言わないで、くれるまで頑張ったら」とか、「あと、四回も五回もやるの大変だな」とかっていう話をしてたんです。

それから二カ月後くらいに、まず色川さんが「百」で川端賞をもらったんです。その二、三カ月後に村松さんが「時代屋の女房」で直木賞をもらって、それから二カ月後に僕がおまけっていう感じで「一瞬の夏」で新田賞をもらったんです。きっとあの車の運転手さんも、何かもらっているか、当たっているか、交通事故かなにか起きてるんじゃないだろうかっていう話をしてたわけですよ（笑）。

その新田賞の賞金三十万円だか、五十万円だか忘れましたけど、いただいたお金で、親しい編集の人やなにか、友だちと一緒に宴会を、とり鍋を突つくという会をやってたんです。十人くらいでみんなでワアーッと遊んでいるうちに、「草競馬流浪記」に出てくる都鳥氏が、「あした早いから、そろそろ……」っていうんですね。「何だ」といったら、「高知に山口先生と競馬に行く」というんで、そこにいる十人くらいが、「あッ、それなら買おう」ということになって、一人千円ずつ、二日目かなにかにあるメインレースを買う。自分で思った連勝複式の番号を一人ひとり言っていって千円ずつ委ねる、と……。

山口　どんな馬が走るか、知らないわけね。

沢木　全然、何も知らない。馬が何頭走るかも知らないわけ。番号言ったあと、もしかしたら、こんなに番号ないかもしれないから、なかった場合ゴメンナサイ、と都鳥氏が言うんだけど、ただし当たったら、そのお金でみんなで、もう一回宴会をやって、なぜ自分はその番号を言ったか、というのを説明する。というんで、「まさか……」と言いつつ、みんな千円ずつやったわけです。
僕は、①③を千円といって委ねたところ、何と高知で一万二千九百円……。

山口　万馬券……（笑）。

沢木　①③が万馬券になったんです。千円買っているから、十二万九千円。とにかく大変だっていう話で電話がかかってきたんですよ。実は、あれからもう二年経っているけど、まだ宴会開いてなくて、そのお金使い込んじゃったんだけど……（笑）。

都鳥氏が万馬券取ったので、山口さんが誰だって訊いたら、沢木に頼まれたっていって、そのことを「草競馬流浪記」の中に書かれているんですね。その時に、山口さんはわざわざ僕の運勢まで見てくれて。

山口　そういう運というものがあるんだよ。

沢木　その年、僕はとても運勢がよかったんですよね。

山口　そう。

沢木　しかし、その運は去年で途切れましたね。

山口　あ、そお？

沢木　ええ。まだ続いているんじゃないかと思って、ある時、競輪のオールスター戦って、でっかいレースでやったんですけど、それは全然根拠もなにもなくて、知ってる人が二人出てるのでそれを買ったんですが、やっぱりダメで、このへんが僕の運の切れ目だから自重して生きていこうと思って、今年、自重して生きているんですけれども（笑）。

山口　そういう人は大丈夫なの。

沢木　ハハハ……。しかし、ツキってものに対しては、山口さんはどう考えてらっしゃいますか。ツキって、やっぱりあるものですか。

山口　僕は、あると思いますよ。よく日本シリーズでラッキーボーイって出るでしょう。あれも根拠ないもの。だから、三原さんはとてもツキっていうか、ラッキーボーイをうまく使った監督だと思いますね。どうしてもそういうことはあるようですね。だけど、それをあんまり信じて、バイオリズムとかなんとかってなると、またダメですよ。

沢木　ちょっと胡散臭くなりますか。

山口　当たらないよ、大体。

沢木　ご自分で、人生のある期間を取って、あの時期やたらツイてたなんてことあり得ますか。

山口　あり得ますね。あなたの運勢調べたのは、僕が直木賞もらった時の運勢がものすごいんですよ。旭日昇天の勢いとか、宝の山に入るとか、そういうことばっかり書いてあるの。それからあと、ずっとダメになるんですけどね。

沢木　露骨に「ダメ」と書いてあるわけですか、高島易断で。

山口　ええ、よくないって書いてありますよ。

沢木　人生の長い中っていうんじゃなくて、たとえば三日でも四日でもいいんですけれども、ギャンブルに関して、運が来かかって逃げかかってとか、そういうようなことを感じること、おありになるんですか。

山口　ありますよ。で、それが面白いってとこはありますけどね。

沢木　そういうツキなんかにどういうふうに対処なさるんですか。それを必死になってつかまえようとか……。

山口　そうねぇ、そう言われてみると、僕はあんまりそういうのを考えないほうだな。何ていうかな、もうちょっとセコいバクチ打ちですけどね。

　僕は、ずっとサラリーマン長かったんだけど、月給に手つけたことないんですよ。全部、まァ、麻雀ですね。去年、決意して、女房から小遣い貰うまいと思ったの。今年はまだ一ぺんも貰ってないよ、おれ。

沢木　それは馬で……？

山口　そう、馬で。それやるには、相当あなた、セコくやんなきゃあ、やれないのよ。

沢木　それは大変な決意です。

山口　それも、名前が面白いとかって、そういうふざけた買い方をやりながら……。

沢木　なおかつ……。

山口　なおかつ、ええ（笑）。小遣い貰わないいんですよ。どこまで続くかと思うんだけどね。

女房に小遣い貰うの、とても厭なの。そういう経験がないから。

沢木　……（笑）。

山口　それに、原稿料なんかいま銀行振込みでしょ。僕にお金が入るってことないのよ。

沢木　もう皆無でしょうね。

山口　旅行が多いですから、小銭がたまると、重たいけど替えないで持って帰って、招き猫の貯金箱に入れるの。そうすると、年末に、いま五百円玉があるから十五万くらいになるの。それが元なのよ。まァ、酒飲まないってこともあるけど、今年はまだ小遣い貰ってないで、いま、五十万くらいあるかな。

沢木　凄い！

山口　もう、ちょっとあるかな。競馬場に三十万以上持って行くのは危険だと思って、三十万よりふえると、一万円札をたたんでウイスキーの空瓶に入れるわけ。

沢木　それは、ただ、ただセコくやるっていうことの一つの……。

山口　それ以外はないよ。だから、自分がほんと厭ンなっちゃうけどね。

沢木　でも、勝利してるあいだは、そのセコさも相当快感ありませんか。

山口　ほんとの馬券師っていうのがいるわけ。それからやくざに近い人とか、暴力団の人たちがやっているわけで、あいつらの金を取ってるんだ、という感じがあるわけよ。そういう快感はあるね。

沢木　なるほど。
山口　裏を掻い潜って、あいつら以上にセコくいくわけよ。いまのやくざは利口ですから、かなりあいつらもセコいんだけど、それをまた上前はねてやろうっていう、そういう気持はあるね。

ノンフィクション・ライターの密かな教科書「世相講談」

沢木　「世相講談」の話を、ちょっとしてもいいですか。
山口　はあ。
沢木　あれは全部で四年強で、単行本で三冊ですよね。あそこでとても印象的なのは、一つ一つの扱っている素材もそうなんですけれども、いろいろ文章のスタイルの実験というか、工夫というか、一個一個違えて一生懸命やってらしたような気がするんですよね。そういうような文体のいろいろな工夫は、「世相講談」で初めてやられたんですか。
山口　初めてですね。原稿を書く十日くらい前から「明治大正文学全集」の小杉天外の「魔風恋風」とか、読むわけ。僕、ああいうの好きなの。日本語って非常に豊かでしょ。「入院」て書いて「はいる」ってルビがついている。「退院」て書いて「でる」ってルビがふってある。ああいうの好きでしようがないの。そういう世界に浸っちゃうわけ。それで書き出すんです。

沢木　あのルビのふり方がね。「鳥渡《ちよいと》おまえさん」なんて……。

山口　そう、鳥渡《トリワタリ》って書くんですよ。ああいうの面白くてしようがない。

沢木　書かれている内容もいっぱいあって、ストリッパーが出てきたり、バスガイドさんが出てきたり、風呂屋も、映画館も、いろいろ出てくるんですけれども、実をいえば、あの中に「ある代打男K」っていうのがありますよね。

山口　ええ。

沢木　僕は、ルポルタージュを書き始めた時に、ある編集者の人から読むのを勧められた本が二冊あって、まだ二十三くらいの時だったと思うんですけど、一つは、坂口安吾の、将棋のことを書いた「散る日本」と、もう一つは山口さんの「世相講談」の一巻だったんです。
　まだ何をどういうふうに書いたらいいのか分からなかった時だから、その二つは密かなる教科書になったんです。迷惑でしょうけれども。坂口安吾のほうは、あるこだわりを持って見ていくと、何かが見えてくるという、それは僕にとっては、ちょっと印象的だったんですね。「世相講談」は、こんなことでも、物をちゃんと見ようと思えば、大事な話になるというのが意外だったんですよ。たとえばくず屋さんの話とか、バスガイドの話でもいいし、映画館でも、銭湯でも……。その中で「ある代打男K」というのがありまして、僕は、これを読んだ時に、なるほど、と思ったことがあるんですね。ちょうど当時、榎本喜八のことで少し気になることがあって……。

山口　あれは気になったねえ、僕も。

沢木　それで榎本のことを書く時に、Eというイニシャルを使うことにしたんです。それは明らかに「ある代打男K」のKというイニシャルが気になって、おそらくその意識の中でEという選択をしたんですね。山口さんはKが誰か、最後まで明かさないんですよね。

山口　そうでしたかねえ。小林っていうの。

沢木　出ないんですよ。僕は、Eを榎本喜八と出すか、出さないか、迷いに迷って、結局、僕は出したんです。Eは榎本喜八だっていうことが、最後になって分かるような仕組みになっちゃったんだけれども、Eを出すべきか、出さざるべきかっていうのは、迷いに迷いましたねえ。

山口　榎本の場合は一流選手だからね。

沢木　そういう意味では、超一流ですよね。

山口　そうそう。あの打率は凄いから。小林の場合はKでもいいわけだよ。だけど、榎本の場合は難しいよ。そのままでも分かっちゃうでしょ、打率三割何とかっていったら。

沢木　そうです。生涯打率が幾つといったら、大体分かりますものね。

山口　やめてからも、練習してたんでしょ、あの人。

沢木　ええ、走ってました。

山口　僕も書く時、どっちにしようかと思ったくらい……。
沢木　あ、そうですか。それは意外だ。
山口　榎本も面白いと思ったけどね。
沢木　「世相講談」の中で、たとえば「キャンプめぐりをするジャーナリスト」とか、お巡りさんと泥棒とか、そういう五十近くの話を書くというような、あの好奇心は、いまやもうありませんか。
山口　好奇心はあるけど、体力がないね。あの時、僕、「オール讀物」「小説新潮」「小説現代」と三誌連載していて、それで「週刊新潮」やってて、ああいうのが出来た時ってあるんだけど、まず、体力がないなあ。やってみたいことはあるけどね。

紀行文の要諦その一　よき相棒をみつけること

沢木　そうだ、この機会に、ぜひお訊きしたいことがあるんです。山口さんはずっと紀行文を書き続けていらっしゃいますよね、どんな形でか。そこでなんですけど、紀行文を書く要諦というのは、どんなところにあるんでしょうか。
山口　要諦ねぇ……（笑）。
沢木　「競馬必勝十カ条」風にいえば（笑）、何でしょうか。

山口　一つは、相棒がいないと書けないね。
沢木　それはまったくそのとおりで、独白じゃダメなんですよねぇ。
山口　だから、その時の相棒の運、不運てあるね。
沢木　だから山口さんの場合は、必ず相棒を何らかの形で設定してますよね、編集者でも、どなたかお仲間でも。
山口　ええ、そうなんですけれどもね。その相棒にべったりになると、ダメになっちゃうの。第一、喧嘩になっちゃうよ、あんまりべったりしたら。だから、二人で行くでしょう。取材が長くなるっていうか、そんなことはないけど、仮に一週間あれば、まん中の一日くらい別行動取るんですよ。そうすると、実に新鮮な感じになるの。
沢木　なるほど。
山口　それから、方々へ行っちゃダメなの。一カ所にジッとしていなきゃダメ。飲み屋へ行くのも、同じ飲み屋へ何度も行くんですよ。
沢木　その土地でね。たとえば三日いれば三回続けて行く。
山口　毎晩行くの。よくても悪くてもいいんだよ、一カ所へ行くの。もう一つは、枚数が長くなきゃダメなの、紀行文ていうのは。
沢木　ああ、そうなんですか。
山口　内田百閒の「阿房列車」ってかなり長いよ。七十枚くらいのがある。短いと、ここへ行きました、ここへ行きました、こういうことがありました——で終っちゃうわけよ。

沢木　ムダが書けないんですね、余計なことが。

山口　そうそうそう。それが一番の要諦じゃないかな。紀行文というのは、最低で四十枚ないと書けないね。いま、連載してるのが二十五枚なのよ。それでちょっと困っちゃう。

沢木　きついですね。

山口　僕の場合、落語のまくらね、まくらが長いのよ。だって、旅行っていうのは、行ったらこうしよう、ああしようって、そこが一番愉しいんだから、それを書かなきゃダメなのよ。

沢木　なるほど、まくらを長くね。

山口　まくらを長く、一カ所にジッとすること、枚数長く、短いとダメ。

沢木　飲み屋は同じ店に何回も行く。そこで四カ条出てきましたね。あと六つ出ると十カ条になりますけど、なるほどね、それで大体了解できますね。

山口　もう一つは、媒体を選ぶことだよ。

沢木　なるほど、それは大事なことですね。

山口　高級なことを書いても分かる読者がいると思わないと、書けないもの。百閒さんの「阿房列車」でいつでも笑うのは、「二等車のボイは女である」っていうところ。ボーイをボイってお書きになるんだけれど、何度読んでも大笑いするね。そのおかしさが分かる読者がいるだろうと思う媒体でないと書けないな。ボーイって男じゃない。なのに「二等車のボイは女である」っていうんだよ。

沢木　相当クラシックな冗談ですねぇ（笑）。

山口　活字で読まないと分かりにくいね。

沢木　さっき、相棒が必要っておっしゃってましたけど、僕の場合、旅をするとすれば、日本も外国も一人で行きますね。そうすると、突然、独り言いってるのに気がつくんですよ。それは自分でもかなりおっかないですけどね。一年も外国にいるとすると、全く日本語を喋る機会がないわけです。だから、一人でああだ、こうだ反芻して喋り合ってるんだと思うんですけど、気がつかないでパッと独り言でそれが出ちゃうことがあるんです。

山口　その時は、日記かなにかをつけるの？

沢木　つけないんです、まるで。

山口　テープに吹き込むとか、そういうことしない？

沢木　何もしないんです。ただ一年くらい長い旅行に行った時には、金がなかったものですから、金銭出納帳をつけたんです。まだあといくら残っているか確認するんですね、宿のベッドの上で。それが一年分あるんだけど、とても旅の生活を物語りますねえ。

山口　役に立つでしょう。そうなんだよ。

沢木　いま、その一年分の紀行文を書こうと思ったら、それを見れば書けますね。

山口　そういうものなんですよ。だから僕は、新幹線に乗ってお昼に何を食べたって書いておくのよ。ほとんど役に立たないようだけど、あの時、おれがハンバーグといったら、一緒にいたあいつもハンバーグ食ったな——そこから情景が思い出されるの。やっぱり、つけたほうがいいね、あれは。

歴史のある町は面白い。だから国立という町も……

山口 もう年齢的に無理だけど、田舎の町へ住んで、それがだんだん発展する過程を見たいっていうのもあるね。小さな町で、郵便局が出来て、学校が出来てっていう、そういう町にもし住めれば、これは最高だと思うけど。

沢木 よくアメリカの小説に出てきますよね。郵便局長が全員を知ってるとか……。

山口 そうそう。ワインズバーグ・オハイオなんて、まさにそうなの。郵便局長はこういう奴で、妻君と別れてどうとかっていうの、全部知ってて、自分の同級生が小学校の校長になって、学校が出来て、だんだん発展していくという……、これはもう、書けちゃうんだけどなあ。

沢木 それもまたいいですね。

山口 でも、国立って町は、面白いよ、そういう面で。古いところと、団地が出来て、中産階級の下のほうの——まァ、そう言っちゃいけないけど——人たちが住んでいたり、みんな、小さな家を建てはじめたところと、商店街と、何といっても一橋大学の歴史ってのがありますからね。そういう意味では、なかなか面白いところですよ。

沢木　これは本当の仮定の「……たら」話なんだけど、万一、国立に来なかったら、相当変わってるでしょうね、山口瞳さんの作品は。

山口　そうですねえ、僕は、都心部のマンションに住んでいると思うよ。僕はずっと麻布にいたから、庄司薫みたいに……あんなに金がないからダメだけど、三田の……。

沢木　まァ、程々のマンションを買って。

山口　ええ。三田の三井マンション……、無理かナ（笑）。いや、そう思ったことあったよ、ちょっとね。家建てる時、トラブルがあって、そうしようかな、と思ったけど。そうすると、僕はさ、毎晩寄席なんか行ってね、たしかに違ったものを書いていたかもしれない。

東京・大阪〝われらは異人種〟

司馬遼太郎
山口瞳

■しば・りょうたろう
作家。一九二三〜九六。著書に『竜馬がゆく』『坂の上の雲』『街道をゆく』など。

司馬　ぼくは山口さんの小説や随筆はぜんぶ読んだつもりですけど、読みおわるとじつによく眠れる。（笑）どういうわけだろうとここへ来るまで考えこんでいたのですが、ともかく旺盛な拒絶反応性というか、非寛容というか、（笑）トゲトゲしているくせに、それが濃厚な美の意識で秩序づけられているから、その秩序の国にまぎれこんでゆくとこちらの気持も安らかになってきて、眠りにおちこんでゆくことができまして。（笑）

まあそれは今日の本題とはかかわりはありません。山口さんは定義好き、（笑）――こまったな、ぼくはそう決めてかかっているのですけれど――まあ、強烈な定義メーカーであられる。その定義好きに倣って私も山口さんを定義しますと、命がけの僻論家《へきろんか》で……。（笑）

山口　偏軒と号す。（笑）

司馬　偏見を正念場にして、その偏見のためには死んでもいいというような、（笑）これはすごいな。まことに凄絶なもので、つまり山口流の一つの定規を作って、これにあらずんば人間にあらず、あるいは文明や文化ではないんだとおっしゃる。これは江戸いらいのきっすいの東京人の精神みたいなものだと思いますね。きっすいというのは、三代つづかなければ江戸ッ子じゃない、というああいうきっすいでなくて、精神の意味です。

山口　育った環境とか母の教育のせいでしょうけれど、世の中には本物と偽物とあって、本物だけを信じようという気持が、子供のときから強かったですね。つまり、芸者には、いい芸者とダメな芸者がいる。芸人にも、いい芸人とダメな芸人がいる。いい人間とダメな人間がいる。そういう感じがものすごく強かった。ですから、世の中が逆転逆転しても、芯になっているのは、子供のときに抱いたそういう感情なんです。一回限りの命ならば、自分の好きな女に惚れちまえ、という感じが実に強いですね。

司馬　今日は山口さんのお好きな東京についてお伺いしようというわけなんですが、山口さんから見て、東京というのは、地理的もしくは心理的にいえば、どこからどこまでなんでしょう。

山口　初めは非常に限定しまして、山の手線の内側だけが東京で、あとはいらないと思っていました。（笑）新宿なんて、いやでしたね。宿場みたいな、馬糞が落ちているような感じで……。私は三鷹市なんて北海道ぐらいに感じていました。（笑）それが一つの東京です。それと、東京郊外、杉並区、世田谷区あたりの、小津安二郎の映画に出てくるような小市民的な町。それも一つの東京だというふうに思っています。江戸ッ子と東京人と、東京に群がっている人間、いまでは三つあるような感じで、そのどれも好きですね。

迷路の町・東京

司馬　ぼくは寸毫《すんごう》も東京が語れない。ぼくの頭の中には、江戸時代の地図ばかりがなんとなく入っていて、たとえば溜池を通りますと、あ、ここは鍋島肥前守の屋敷があってそのむこうに汐見坂があって、その坂沿いに塀のあるのが松平大和守の屋敷だというぐあいになってしまう。（笑）ところがやっぱり妙ですな、そういう大名屋敷のあとはあまり細かく切り売りされてなくて、やはりドカッとビルが建っている。旧江戸の域内はだいたい江戸期の区画が骨組みになっていますね。東京に緑が減ったというけれども、しかし樹齢三百年といった樹々が所々に小さな森をなしていて、大名屋敷の庭の一部が残ったようなかっこうになっている。

そこへゆくと大阪なんてのは緑がなくて、ごみごみしているなあ。町の成り立ちから、まあ大名屋敷がなかったも同然なので、大区切りがない。中之島のあたりにかろうじて大名の蔵屋敷がならんでいたおかげで、その跡地にいまの朝日新聞だとか大阪大学の医学部などの大きなビルがあり得ているわけですけれど、他は一坪の土地でもあれば物をならべて売るというぐあいで、じつに細分化されてごちゃごちゃと発展してきて、まったくきたない。大名屋敷という大区画がなかったから、原型としての骨格が船場以外にないんですが、船場も問屋の町ですから、緑などはない。そこへゆくと東京はきれいな町だと思います。骨格というものにめぐまれていたんですね。

真ん中に宮城があるでしょう。中央にこれだけ手入れされた大きな自然を残しているのは、世界にそうはないんじゃないでしょうか。ただ、道がややこしいですな。それは宮城があるためというより、徳川家康というのは心の貧しい人で、（笑）異常に防衛本能が強くて、京都風の町にしなかったからなんです。攻めこまれたとき、京都風の町ではこまる。迷路のほうがいい。で、いま西向いていたら南を向いているというこの東京の道は、家康の防衛感覚からでていますね。まあ、山口さんにすれば、むしろ迷路であることが東京の東京たるところなのであって、京都みたいな碁盤の目の町は、間違っていると思うのではありませんか。（笑）

山口　私の感覚でいいますと、碁盤の目はかえってわかりにくいんです。何条だったか忘れちゃったりすると、もうまったくわからない。（笑）東京はどうかというと、私の育った山の手線の内側だけの感覚でいえば、円タクにのればいいんです。円タクに乗って、尾張町とか動物園とか言えばいい。歴史的なことはわかりませんが、山の手線と中央線というのは非常にわかりやすいですよ。ただし、郊外は駄目だ。

誇り高き〝京都共和国〟

司馬 ぼくも昭和二十一年だったかな、京都で新聞記者をしていて、はじめて京都に接したんだけど、変な町だとおもったたな。変にデレリとしていて、祇園祭の祭ばやしなんかも生理的にいやだったたな。それに碁盤の目。あれがわかりにくくて、京都の人にそういうと、「こんなに道をわかりやすくしてあるのに、あんたはんよそのお人やからわからへんのどす」(笑)京都でよそのお人というのは田舎の人のことです、むろん東京をふくめて。(笑)まして大阪人などは京都の目からみれば賤民やな。

山口 私に言わせれば、そういうところが実に田舎くさいのです。どこへでも自由に出かけて行くのが都会人です。京都の人は離れませんね。閉鎖的です。それと、冠婚葬祭とか仕来《しきた》りにやかましい。窮屈ですね。「京に田舎あり」といいますが、「京は田舎なり」が私の持論です。

司馬 京都大学にいる私の知人で、じつに寛仁大度《かんじんたいど》な人がいます。その思想は脱日本的で、本当の意味でコスモポリタンといっていいような人なんですけれども、この人も、こと京都になると絶対の精神をもっているな。京都市民なんてものじゃなくて、日本があって、もう一つ〝京都共和国〟というものがあるという感じです。東京に対するコンプレックスとか、町に文化財があるとかいったような類いの図式で割りきれるものじゃなくて、ちがう次元のものですね。

山口　私、本当にはっきり申しあげて、これは司馬さん以外ということで申しあげるんですが、関西の文化人は大嫌いなんです。臆面がないでしょう。テレたり、恥ずかしがったりすることがないでしょう。それが実に耐えがたいんです。関西の文化人と座談会をしたあとで、中学の同窓生に会ったりすると、実にホッとするんです。

司馬　言いにくいことをいうなあ。しかしその実感は非常に狭い体験の中でならわかりますが、概念としては私にはわからない。

山口　京都に〝哲学の小径〟ってありますでしょう。あの名前なども、実にいやですね。

司馬　京都の地《じ》の人、言ってるかしら。あんな名称、誰がつけたんでしょう。

山口　京都の人は、いまでもやや自慢げに随筆などに書きますね。それを読むとたまらない気がするんです。ネーミングがいやです。私は牛込《うしごめ》とか矢来町《やらいちょう》なんていうブッキラボーでソッケない町名が好きだな。花見小路なんてゲロが出そうになる。

司馬　そうかなあ、私はたくさん京都の人を知ってるけど、これはミクロでみているわけで、マクロでみればそういう印象もあるかもしれませんね。しかし〝哲学の小径〟は田舎から京都大学に入った学生がつけて言いつたえたんじゃないでしょうか。私は昭和二十年代六年間、京都にいたけど、〝哲学の小径〟という言葉を地の人からきいたことがないな。もっともこないだ鹿児島に行っておかしかったんですけれども、今年、あそこに〝哲学の小径〟ができ

ましたな。山林を切り開いて立派な県立青年教育センターができましてね、その中の小径が〝哲学の小径〟と命名された。(笑)

江戸文化と田舎者

山口 しかしまあ、いやな面というのは、上方だけにあるのではなく、東京人にもありますね。

司馬 ありますか。

山口 権威に実に弱いんです。それは私自身の中にもあります。それに臆病です。五月《さつき》の鯉の吹き流しで、ハラワタはない。

司馬 山口さんはそうじゃなさそうだけれども……。

山口 いや、大ありです。私の先生の高橋義孝にしてもありますね。九州帝国大学、横綱審議委員会、ゲーテ、鷗外でしょう。私も森鷗外には簡単にいかれちまう。

司馬 話を外らすようですが、漱石は非常にいい東京人ですね。学問には根気がいりますでしょう。根気のいる仕事は笈《きゅう》を負って出てきた田舎者にしてやれることで、根っからの都会ッ子がやれるものではない。漱石があそこまで学問という洒落っ気のない根気仕事をやったというのは、江戸ッ子にしては上出来です。

幕末、江戸にぼつぼつ蘭学塾ができ始めたころ、蘭学の先生が旗本か御家人の息子の入塾志願を「学問は田舎者に限る」といって、断わったそうです。つまり、江戸文化は学問文化ではなくて、人間の生き方や生活のしきたりやしぐさの文化なんですね。人間の暮らしのメソッドの美しさを守ろうという文化だとおもいます。こんなに偉い学者がでたとか、こんなに偉い陸軍大将が出たとかいう文化が江戸文化ではない。

山口 そういうのはバカにしますね、あれは田舎者だといって。

司馬 現にそういう仕事は田舎者がになってきたんです。すくなくとも江戸初期から太平洋戦争の終りごろまではね。いまでもそう、田舎者がになっているのかもしれません。ところで、山口さんはよく「田舎は好きだが、田舎者はきらいだ」とおっしゃいますね。山口さんの定義による田舎者とは、いったいどんなものなんでしょう。

山口 いまとっさにいえるのは、他人に迷惑をかけないとか、対人関係における気の使い方とか、そういうものが欠けている人間のことです。それと私のいう田舎者は自己本位ですね。また、東京人は嫉妬心が希薄です。よくいえば公平です。功名心がない。執着しない。芸を大事にする。変な話ですが、ヨットで太平洋を横断したりするのは大阪人ですね。あんなことは意味がない。功名心だけです。東京人は、とても我慢ができないで引き返すか、ムチャをやって死んでしまう。

司馬 ぼくは少し違うのかな。田舎の人は自己本位だからこそ、なんともいえぬユーモアがあるでしょう。あれがどうも好きで。ある県にいったとき、早朝いきなり電話で起されて、飛びおきて受話器をとると「自分は百姓で、いい大根を作っている。一度見にきてくれ」というだけの用事で、むろん見ず知らずの御仁です。農協的田舎というのはすべて天動説で、（笑）ああいう我利我執《がりがしゅう》の人物がどうもおかしくて仕様がない。私だけでなく、私のまわりの人にもそういうのをおかしがってよろこぶ人が多いですよ。

山口　いや、それは私のもっとも愛している人種です。つまり、田舎者は嫌いだけれど田舎が好きだというのは、そのへんのことなんですが、フリワケ荷物で頰かぶりして万国博を見に行く人は大好きなんで、そのことは何度も書いています。それはそれで筋が通っています。

商売に不向きな大阪人

山口　私は三十歳すぎてから、サントリーという完全に大阪商人の会社に入ったんです。東京支店で東京の人間を採用するのを現地採用というんですが、（笑）私はその現地採用の最初かもしれません。入ったときは変な感じがしましたよ。とにかく課長以上が全部大阪人なんですから。しかし、実に気の楽な面もありましたね。完全に名を捨てて実をとるという主義でして、名誉のいらない社会は住みやすいんです。こんなに楽をして月給もらっていいのか、というふうに思いました。（笑）お昼に社員食堂に行くと、重役が天ぷらうどんとご飯だけの丼をとって、その天ぷらをご飯の上にのせるんです。これでたぬきうどんと天丼と二つとれたというわけです。（笑）当時は、サントリーは茅場町《かやばちょう》にありまして、道にオデン屋が来ると、開高健でも柳原良平でも、会社の前で立ってオデンを食べるんです。そのころ一串五円で三つも食べるとオヤツみたいになるんですね。そんなこと、とても私にはできませんでした。

司馬　大阪にはむかしの日雇人夫や、学生たちに、きつねうどんでご飯を食べるというやり方があるんです。あれはうまいものです。それをちょっとサントリー風にして、現地人である山口さんに誇ったんでしょうね。

山口　いや、うまいまずいとか損得の問題ではないんです。なにか薄汚ない感じ、ケチ臭い感じがしました。そのうちだんだん慣れましたけれど。私はケチだといわれると、舌かんで死んじゃいたいようなところがある。（笑）本人は非常にケチなんですが。（笑）

司馬　ぼくは不幸にして代々の大阪だけど、大阪の人間がケチだと思ったことはありませんよ。もちろん、大阪のケチとド根性という概念が世間に流布されていることはたしかです。あれはしかし、ボテ振り商人の習性です。なんといっても大阪は、印《しるし》ばんてんと天秤棒一本で田舎からでてきて、爪に火をともすようにして資本を貯めればなんとかなる、という伝統では三百年の都市ですからね。金沢でも博多でも既得権がうるさくて、大阪のように負けン気とケチだけでなんとか小店一つもてるという都市は、ほんの戦前まで大阪しかなかったと思います。江戸はどうかというと、日本橋あたりの問屋では何様御用ということで成立していた。田舎から出てきて商人になろうたって、株仲間や既得権の所有者がうるさくてとても割りこめませんよ。田舎から出てくる者は江戸では職人になるのが普通だったのです、問屋の下職の。

　大阪でのそういう天秤棒さんの精神みたいなものが概念化されて、流布されたと思うがなあ。普通の大阪人というのは頼りない、つまらないものなんですよ。商人としてはまったく不向きなのが多い。とくに大商人にむかない。松下幸之助だって和歌山でしょう。三洋の故井植歳男さんは淡路です。とにかく、大阪人は概して商売にはむきませんよ。

山口　ぼんぼん……。

司馬　うん、ぼんぼん。ぼんぼんでなくてもカイショナシ（甲斐性なし）。実に役立たずなものです。これは数字であげると明快になりすぎて、かえって物事のニュアンスを失いますけど、まあ言うとすれば、商売の都のセンターである大阪商工会議所の会頭は明治初年以来大阪人は、たった一人ですよ、それも明治初年に地主さんが頼まれてなっただけです。これをみても、大阪がいかに田舎から流入してくるひとびとの覇者交代の地であるかわかると思います。

山口　しかし、大阪人はケチ臭いという感じは、依然としてあるんです。（笑）牢固《ろうこ》として抜きがたいな。（笑）

司馬　ぼくは小学校から最終学校まで、それに勤め先も〝大阪〟とつかないところにいたことはありません。兵隊で満州に行くまで、大阪以外の土地をぜんぜん知らなかったんです。二十三、四歳のとき、まあ古代騎馬民族みたいにわざわざ満州から朝鮮半島を経て、新潟に上陸して、東京を防衛するというのでうまれてはじめて関東平野に入ってきて、そのとき、連隊の使いで東京へ行って、はじめて東京をみました。焼け野が原だったけど、まあ、あれが私にとっての東京瞥見《べっけん》だったな。だから、ぼくには全く東京経験はありません。従って東京コンプレックスもない。

といって大阪が好きだから住んでいるんじゃないんで、どこも行く所がないから住んでるんです。高知や鹿児島に住んでもいいと思いますけど、作家だから東京へ住まなきゃならないということになるなら、作家をやめます。これは本音です。

山口　いや、驚いた。あなたこそ命がけの僻論家ですね。作家をやめるなんて。……（笑）

司馬　たとえば東京へうかうか住んで、八百屋へ行って大根を買ったりすると、東京の大根を売られちゃうという恐怖心がある。（笑）これはべつにナショナリズムじゃないんで、住んでいる町というのは着古した洋服と同じで、着やすいというか、住みやすい所がいい。私など大阪には小学校以来の友達が、うどん屋もいれば巡査もいるし、泥棒までいますぜ。そういう所に住んでいるのが、人間の幸福だからと思って住んでいるわけだけど、大阪が気に入って住んでるわけではない。私はじつは大阪に対しては近親憎悪のようなところがあって、大阪の役所から何とか賞というのをくれるというのもヒステリックにことわっちゃった。ぞっとする思いです。

山口 激しいなあ。私は権威に弱いから、すぐもらっちまう。（笑）

司馬 まあまあ山口さんの体験はおそらく正しいでしょう。ぼくは同臭の中にいるからわからないのかもしれない。世間に流布されている概念的大阪を、それでもなおこの近親のためになんとか打ちこわしたいとは思うんですが、なにせ山口さんのような体験者がおっしゃるんですから……。（笑）

山口 同僚はみんな大阪人でしたよ。（笑）

ユーモアの違い

司馬 ぼくが兵隊に行ったときは、学徒出陣なので学生ばかりで、それも特科隊ですから、各県からきています。そのとき、信頼できるのは大阪の人間だけだ、と思いましてね。

山口 その感じは非常によくわかるんです。名誉がいらず短気でもない。合理的なんですね。権威にも強い。私も、日本の軍隊なら大阪の部隊に入隊したい。

司馬 ただしこれは注釈がいります。郷土意識じゃなくて、つまり悪いことをしたり怠けたりするときだけの相互扶助関係であって、それは暗黙の上に成立する。各県の連中は——といって学校はたいてい東京なんですが――どこか張りきってしまうところがありましたから……。

山口 その通りです。実に気が楽になるような良さがある。それはいまでも感じていますよ。それからちょっと別のことですが、東京とはユーモアのセンスが違いますね。これは私にとって、耐えがたいことなんです。

司馬 そうなんです。違いますね。大阪の連中も、これだけは耐えられないといっている。

（笑）

山口 三遊亭円生《えんしょう》は大阪生まれの東京人ですが、「大阪では噺がやりにくいったらない」っていってました。どぎつくやらないと笑ってくれない。あんな辛いことはないから、大阪に行くのはいやなんですって。

司馬 円生の磨きあげた芸は、江戸芸ですからね。

山口 しかし「三十石船」でも、大阪ダネでしょう。

司馬 江戸落語のタネは七割以上が大阪で作られたものですね。となると大阪の人は創造力があるようにきこえるが、これは別な事情もあってそうもほめられない。ともかく大阪は落語ダネは創ったけれども、噺をみがきあげて芸に仕上げてしまうということができないんです。これは芸人が悪いんじゃなくて、風土がそうさせないのでしょう。落語の芸は、ともかく江戸でなきゃ成立しませんよ。客があああいうふうに通ぶってキザったらしくなってくれなきゃあ、噺家が気負いこんで芸をみがいて、ここまで来いというぐあいにいかない。

山口　偏見だなあ。東京人は決して通ぶったりはしませんよ。通ぶるのは、それこそ田舎の人なんですよ。東京人は、むしろ野暮を心がけるんです。万事につけて控え目です。可哀そうなくらいに……。しかし、芸に対するオアシはキレますよ。

大阪人の〝笑い〟

司馬　大阪はダメです。客は笑わしてくれという一点ばりで、子供に菓子をまいているようなもんや。江戸もしくは東京の場合、お客は一生懸命に聴くでしょう。いやな噺家なら背を向けたりしますけど——あれまあキザですけどね——しかし、それでも聴かねばならないという姿勢は持っている。その心情をすこしイケズにいえば、江戸風になるための道場みたいなものが寄席だったという伝統がありますね。ところが大阪で寄席に行くのは、田舎から出てきて商店街で軒店《のきみせ》のひとつも出した連中です。せっかくお金を払って来てるのだから、ほ、げたが砕けるほど笑わせてくれという。笑いは知性の尺度ですね。まあ大阪というところは、いまの五十代ぐらいから上の人は、大学出などめったにいない土地ですし、そういうこととは無関係であるとしても、土地に知恵はあっても知性がない。みなオッサンやオバハンばかりが客で、これまことに江戸芸は通用しません。ともかくまあ、円生の磨きあげた芸では、大阪人はどうにもポカンとしてしまうらしい。しかし、だからといって大阪のユーモアがダメだということにはならないで、ユーモアの系列がちがうんです。

山口 円生の「かなわないな」という感じがよくわかります。たとえば六代目菊五郎の芸を大阪に持っていけば、非常にあわれというか、気の毒な感じがしますね。

司馬 とりつくしまもない、というような格好になるでしょうな。

山口 六代目のは、人をバカにしたようなサバサバした芸ですからね。しかし、あれは実は大変な修練の結果なんです。吉右衛門でも勘三郎でも、歯がみして口惜しがるような立派な芸です。

司馬 しかしまあ、東京でも浅草の喜劇芸人なんてのは、エノケンのほかはどうにもわからない。バナナですべってゲラゲラでしょう。あんなものなんだ、ラジオ体操してるだけじゃないか、と思うだけで、（笑）どうにもあれがわからない。

山口 私は、エノケンでも受けつけないんです。エノケンよりも、三木のり平のほうが東京の芸です。山本嘉次郎の演出したエノケンは別ですが……しかしたしかに喜劇役者は関西のほうがいい、あれは不思議ですね。

司馬 喜劇役者にいいのがいるというよりも、いまのところ関西弁のほうが方言といえる。もっとも京都弁では笑えませんけれどね。

山口 それと、向うのほうが競争が激しいし、ギャラが安いですね。東京の芸人は偉くなるとすぐギャラが高くなってしまう。森繁にしても三木のり平にしてもえらく高くて、おそらく藤田まことの何倍になっちゃうわけでしょう。向うは安くて、辛抱して、熱演しますから、自然にうまくなるし、使いやすいというので、テレビや映画にどんどん出てくるわけです。

司馬 その方面はよく知りませんが、ははあ安いのか。(笑)

「東京は田舎なり」

山口 西条凡児。あれは大阪の典型ですか。大阪人は、「西条凡児ようやった」という感じがあるんじゃないかと思うけれど……。

司馬 あれは典型ではありません。なんだかあの欲ボケさんは世間一般の大阪概念にピタッとはまる人物として、社会面に派手に登場しちゃいましたけれども、まさかようやったとは大阪の人、思ってないと思いますけど。あれを攻撃して書いた四つの新聞の社会部は、みな大阪ですからね、「ようやった」と市民が思うようなら、社会部というのは、庶民感覚に敏感なだけがプロフェッショナルな唯一の点ですから、あんなにキツイ攻撃はしなかったでしょう。

山口 鹿児島では西郷吉之助がすごい人気だとかいうし、関東でも荒船清十郎などああいうスキャンダルを起した人物が、国に帰ると人気者になってまた当選してしまうということがありますね。あれにひどく田舎臭い感じをうけるんです。

司馬　たしかにいやらしい感じをうけますね。西条凡児についていえば、ぼくはテレビを見ないからよくわからないのですが、かつてタクシーの中できいたことがある。ああいうギスギスした物の言い方はどうも上方の味じゃありませんね。

山口　私は西条凡児というのは嫌いではありません。むしろ月亭可朝のほうが好みにあいません。どっちでもいいけれど……。

司馬　上方人は中間色で物をいいます。決してはっきりとはいわない。上方の言語は、フニャフニャとわけのわからないことをいって、そこで本意を察してくれという、そういう気息の間《かん》に成立しているものです。たとえばグジャグジャいってるけれど、本当は断わりたい、だけど断わりますといったら失礼だからグジャグジャいってる。それが上方言語です。それを察しないと木曾義仲になって京都から宙に浮いてしまう。ところが日常、東京の人にそういう言い方をしても、ちっとも察してくれない。だから東京はやっぱり田舎なんだな、と思ってしまうんですよ。(笑)

山口　「東京は田舎なり」ですか。それでも結構ですよ。私もいまの東京は田舎だと思っています。しかし、この対談、なんだか変だなあ、子供の喧嘩みたいで。

司馬　東京には、江戸時代のころから沢山人間が集まっていますね。元禄過ぎたころに、百万人もいたそうです。で、幕府は二百数十年間、江戸に人口を流入させないように苦心して、いろいろおふれをだしている。結局刀折れ矢尽きて、東京になってしまったわけです。各県から人間が流入するので、共通言語が必要になってきますね。それが東京ことばになった。各県から来た連中に「これがほしい」とか、「それはダメだ」というような意味をはっきりわからせなければいけないので、東京ことばは、日本の言葉の中では、極めて例外的に意味が明晰なんですね。上方ことばは、その点では土語《どご》です。日本人の遅れたる生活感情と一緒の言葉ですから、グジャグジャいって、顔色を見て察してくれということになるんですね。

　ところが、東京ことばは、さっき申したように論理的な言葉の伝統が三百年もありますから、どうにも理屈っぽくなる。ところが、理屈でいうと、間違うことがありますね。初めはこう言おうと思っていても、論理というのは妙なもので、理屈自身が理屈をひきずっていってとうとう思わぬ結論にいくときがある。そういう言語の違いが、東西の行き違いになるんじゃないでしょうか。いま、大阪に本社がある会社も、東京に進出していますが、東京と大阪で電話で業務上の連絡をしているとき、たいてい喧嘩になるというのも、言語の違い、いや言語以前のセンスの違いからくるのでしょう。

両都市間の断層

山口　関西出身の人で、普通は東京弁を使っているのに、物を断わるとき急に関西弁になる人がいますね。あの感じはズルくて実にいやです。

司馬　私もときにそれをやる。（笑）断わるというのは、やはり失礼ですよ。失礼だが断わらなきゃしかたがない。八百屋のオヤジが、大根を下さいといわれて、大根がなかったとする。すると大阪では「どうもすんまへん、すぐ取り寄せまっさ」というんです。翌日入荷するだけのことで、すぐ取り寄せるわけではなくて、これはウソなんですけれどね、これをウソだといっていきまいたら、木曾義仲になって、あれはアホやということになる。その「すぐ取り寄せまっさ」というのはウソなんですけれど、ウソを承知でその場の雰囲気だけはやわらかくなる。言葉というのは、文化の古いところではほとんど無意味につかわれるわけで、ただ人間関係を円滑にするだけで効用をはたしている。もし、「大根ありません」なんていったら、もうあんな店に行くか、ということになってしまいます。

山口　どうも弱ったなあ、私はブッキラボーだけど決して嘘はいわない東京の頑固なオヤジが大好きなんです。すると私はアホになるわけですね。（笑）

司馬　戦後、東京の友達の家に泊まって、向かいの煙草屋にチリ紙を買いに行ったことがあるんです。じつに無愛想なオヤジがいて、国電のキップを出すようにチリ紙を出してプイと横を向きやがった。私はそれに腹を立てて、友達にお前の向かいの煙草屋、あんなことで商売になるのかといったら、彼が切り返してきて、「大阪でチリ紙を買うと、みんなニタニタしやがって、ニセのチリ紙でも売ってるんじゃないかと思ったよ」（笑）まあそういう行き違いがありますね。お互いに理解しようとしない。

山口　私は理解してますよ。（笑）それに、弱ったな（笑）おかしいな。（笑）私は大阪で買物をするのが厭なんです。大阪という所は、買うほうも売るほうも商人なんです。従って、実にエゲツない。買物の楽しみとか、馬鹿馬鹿しさとか、心意気なんてものがない。とにかく、大阪で物を買っても「ありがとうございます」といわれない。商人と商人ですから、これは当然です。

司馬　お互いに懸命に理解しようとしなければいけないほど断層ができたのは、原型的に、どうも古くは別個の人種の地帯同士だったんじゃないのかなあ。これはオーバーですけれどもね。まあ日本歴史は大和盆地を中心に叙述されていますね。大和盆地に飛鳥だか奈良の都だかわからないが、ともかく強い政権ができたとき、鈴鹿峠から東が、東国《あずま》だったわけです。アズマとは、わけのわからざるところ、人情言語の通ぜざるところということです。それからどんどんと関所が東方に移って美濃の関ケ原に不破の関ができ、ついで白河の関までゆく。源頼朝の政権によって白河の関がやっとはずれる。それがわずか七百八十年前ですよ。

まあ家康の時代になると、箱根に関所を作って、ここをもって西日本と東日本の境となす、ということになりましたけど、これはまあ極めて政治的に作った関所ですけれど、ともかく風土的には西と東は言葉でも言語の発想からしても違いますね。大垣から沖縄まではおなじ抑揚《イントネーション》ですから。これが大体西ブロックじゃないでしょうか。

ぼくは兵隊の末期、関東地方の館林《たてばやし》や佐野、相馬ケ原などにいて、あのへんの農家の人々とずいぶん親しくしていたけど、土地の人と話していてどうも自分が悪人に見えてしようがなかった。つまり、上方の言語は悪というものを知りぬいてしまった言語なんですよ。悪を知り抜いたところから出て、自分の悪を出すまい、相手の悪もあばくまいということまで含めて成立した言語です。ですから、この言葉をしゃべっている限り、オレは悪人なんだなという感じがしましてね。

そういう違いは、もう大変なものなんですよ。ぼくは子供のころ、もし東京と戦争が起ったら、おれはどうも肉弾三勇士にでもならなきゃ仕様がないなと思っていましたから。（笑）

山口　偏軒という号は司馬さんに返上します。（笑）私はとてもそこまでは考えない。それでは、私はショーギ隊となって討死いたします。

〃味〃の文化

司馬　まあそういう意味の、多少は劣等感からくるナショナリズムは、京都をのぞく上方にはありますね。五年ほど前に、大阪のPR雑誌を読んでいたら、十代の連中の〃大阪を語る〃という座談会がのっているんです。しかし、大阪にはべつに語るべき文化などはないから、とにかく最後まで、東京への憎悪と攻撃なんですね。つまり、愛国心とかナショナリズムは、二番手を走っている国や都会にあるんですよ。大学でも、東京大学には格の意識だけあってナショナリズムはありませんけれど、京都大学にはありますでしょう。

山口　京大はわかりませんが、そういう座談会が実に田舎なんだなあ。東京人は憎悪とか嫉妬とかが希薄なんですよ。

司馬　京都大学は、いわゆる大学が東京にしかなかった時期に、その次を一つ作ろうやというのでできた大学です。わりあい遅く、東京大学より二十年あとの明治三十年にできているんです。で、東京大学の謀叛心の強い人間が行ったり、また教授に学歴のない人を採用したりもしました。たとえば内藤湖南といった東洋学の開祖のような人は、秋田師範出の新聞記者だし、ごく近年でも考古学の梅原末治さんなどは中学校しか出ていない。まあ、それはどうでもいいですけれど、二番手を走っているからナショナリズムが起って、東京大学何するものぞ、ということになる。ナショナリズムというのは本来悲痛なものですけれど、ただ上方のよりどころは、一つあるなあ。東京には味の文化がないということです。

山口　不思議だなあ、そんなことはありませんよ。東京人は上方の味を理解していますし、ヒイキにしています。残念ながら、瀬戸内海や裏日本をバックにしている上方とは違って、東京にはウマイモノがないんです。それだけの違いです。それから器に凝ったりしないんです。あれは田舎くさい。私の場合でいいますと、台所に入ったり、食べ物の話をすると叱られまして、それがいまだにしみついています。

司馬　ぼくの家もそうでした。これはまあ、そのころ日本全体にあったシツケですね。しかし上方には食通随筆家は一人をのぞいていませんよ。食通文化は江戸から東京の独特な文化です。あれはちょうど宵越しの金をもつやつは江戸ッ子じゃないということが江戸の大工の、それも棟梁じゃなくて下働き大工の世間のモラルだったように、その連中からのものですね。大工の下働きは日当はその日勘定ですから、その日に使ってしまっても翌日仕事場にゆけばまたくれる。金を貯めているやつは仕事をしなくなるか、いい仕事をしようと思わなくなる。そんな事情から出たものだと思うんですが、食通文化もおなじで、江戸にはうまいものがどうにも少ない、だからどこそこの店で何を食わせる、ということが重大な情報になるし、それにとびつく。半日がかりでも出かけて行って食ってくる。

上方と東京の違いは、牛肉でも大根でも、西のほうはその辺の八百屋で食ってもうまいが、関東は料理屋はべつとして、素材がなんといってもまずい。劣等感に苛まれた上方人が、ときに落魄《らくはく》の想いをもつとき、開きなおって、東京の奴に味がわかるか、それならさらに飛躍して、味のわからん奴に文化がわかるか。さらに飛躍して、東京の奴がアメリカに行ってアメリカの食い物はまずいというけれど、奴らは平素どんなうまいものを食っているのか、（笑）ということになっていくんでしょうね。まあ可哀そうなもので、それが上方のよりどころになっているんです。可哀そうだけど物の味とか、建物とかは、やはり上方のほうが上じゃないかな。

山口　そのこと自体はまぎれもない事実なんです。銀座で二代つづいた小料理屋は十軒ありません。飲食店は全部、関西及び東京以外の人に席捲されてしまった。もう、お手あげです。降参です。(笑)

許せぬ日光東照宮

司馬　私はめったに東京にはゆかないんですけど、お正月に東京のホテルでゴロゴロしていたことがあるんです。退屈だからその辺をタクシーでまわってみようとアテもなく走りはじめたら、丸の内にでたんです。そのとき、これはすごい町だなあ、と思ったなあ。お正月で人っ子一人いませんからね、町全体が私に迫ってくる。風景画に人物を描くと弛むでしょう。実際の風景でもきびしくなりますね、だからつくづくみて、東京のビルがみんな上等になったということに驚いたな。空襲以来しみじみ見たのははじめてだったからな。どうも大阪でみるビルは、バタバタ作った安ビルが多いんですが、東京のは実にいい。表の化粧だけでも大阪の五倍以上の金は使っていると思ったですな。

山口　おそれいります。私は「丸の内が東京だ」とは思っていませんが。

司馬　しかし、開きなおってみると、そうなる理由があるわけで、いまの日本の税法というのは国税中心で、政府に金が吸いあげられるようになっている。ですから恐らく、日本政府はフランスやイギリスの政府よりも、はるかにお金持ちなんじゃないでしょうか。そしてこのごろの大事業というのは、ほとんど政府がかんでいて、政府の金があてにされている。だからどうしても、お金のある所に会社も人も集まる。いまの日本はお金の中央集権制度みたいなものです。だから、どこの会社でも東京に本社をおかなかったら格好がつきません。そういうわけで、大阪のビルを一億円で作ったら、東京では十億円くらいのビルを作る。ですから、もう東京は国際的なステーションとしての町で、日本から、国際的な場所に婿入りしやがったな、という感じがするんだなあ。同じ取引をするにしても、外国との取引は東京でやりますからね。やはりビルは立派にしておかなきゃいけない。

　ぼくはそれまで東京は田舎だと思っていたけれど、しかしこれは改めなければならないと、そのお正月に思いましたな。ぼくの住んでいるところは、大阪といってもこれは大阪が迷惑するような場末ですから、その場末からくるとびっくりしてしまう。しかしそのくせ、原型的な東京に対する美意識についての不信感があるんです。建物について東京の悪口をいいますと、東海道線で小田原あたりから東京まで走ると、ああ東京の家だというのが眼につきますね。相当にいいお屋敷なんだけれども、屋根がトタンで、トタンはいいけれども、その色たるや縁が赤くて真ん中は黒くて、つまりイモリみたいな配色で、東京の人があんな色彩センスの家に住んでいては、日本の文化も大きな期待はできんなという気がするんです。（笑）

山口　申しわけありません。（笑）

司馬　また、日光の建物が許せない。あんな田舎の建物はない。もっとも東照宮は歴史的な建造物ですが、やはり日光センスというのが東京にあるのではないか。

山口　東照宮のあのケバケバしい感じは、私にとっては関西の感じがします。（笑）

司馬　いいとこあるなあ。そこが命がけの偏見。（笑）まあぼくなんかからみると日光センスは東京なんだと思ってしまう。そこに東西比較論のいいかげんなところがあるんですが、浅草の雷門を見ると、よくまあこんなものが見えるところに人が住んでいると思ってしまうんですよ。（笑）

山口　たしかに浅草雷門なんて、ちっとも面白くはありません。だけど、ちょっとしたところに爪楊枝や袋物の専門店があったり、鳥料理屋があったり、牛屋があったり、まあそんなことはどうだっていいんだな。浅草ッ子の久保田万太郎の文学碑は「竹馬やいろはにほへとちりぢりに」だそうですけれど、このシャレッ気や心意気は好きだなあ。だいたい、大阪には俳句が似合わない。

司馬　「アサヒカメラ」に、この前、雷門を背景にした、素人のいい写真がのっていましたよ。二十一、二歳の女の子で、うまく説明できないが、これは江戸が生きているなという感じがしました。いま流行のあのへんな和服じゃなくてキモノでね、それも縞の着物。縞を今時のどの土地の娘も着こなせませんよ、しかもどのくらい年期がかかったかと思えるほど、着付がしっかりしている。眼付の鋭い美人で、キンチャク切りなんかすぐとっつかまえそうな感じで、そのくせ底ぬけに親切そうなところがある。あれは三百年の伝統をもつ下町しか絶対に生産できない娘だと思いました。

そういうふうに、東京については、感心するところと、どうにもわからないところと、どうしようもなくアホかいなと思わざるをえないところがあるんです。

山口　私は、東京人のバカバカしいところが、実は好きなんです。尾崎士郎さんは「銀座で十円の靴を買うのには、百円かかる」とおっしゃったそうで、私にはその感じがよくわかるんです。そして、それを大阪人に話しても、まず誰も笑ってはくれないでしょう。私、将棋のお稽古をすると、月謝は一万円です。が、一万円の月謝を払うのには五万円も十万円もかかるという感じが絶えずあって、現実にそうなってしまう。私が、関西人を誘わないのは、月謝は一万円だというと、「キミ七千円にならないか」といわれるからです。それはそれで合理的でいいんですが、将棋も芸ですし、芸人を大事にしたいし、従って私の家には将棋指しが集まってくる。……しかし、私のような人間は滅びてしまうでしょうね。

滅びゆく頑固者

司馬　尾崎士郎さんは、専門部じゃなければ早稲田じゃないとかおっしゃる、（笑）狷介《けんかい》な美意識の持主でしたからね。まあ、たった一人の例をあげて、普遍的な問題にすりかえることはできないんですけれど、ぼくの祖父は明治三年か四年に大阪に出てきたオカキの商人でしたが、商売のほうは、日露戦争前後にダメになってしまいました。なぜダメになったかというと、朝鮮米や台湾米を舶来だからといって使わなかったからなんです。日本米はコストが高いんですね。しかもこの人は、明治三十八年までチョンマゲを結っていた人で、最後まで頑固でした。五十歳のときにできた一人息子を小学校に通わせないんです。娘は通わせましたが、小学校は西洋モノだから男子はいかんというんで、塾に通わせた。ぼくの父がその被害者だったんですよ。まあ、そういうメソッドというのは、昔は、個人個人にあったのでしょうね。そういうメソッドを持っていなければ人間じゃない、というようなところがあったんでしょうね。

山口　それはまさに東京人だ、(笑) あなたのオジイさんは。

司馬　ところが、頑固を建て前としているそういう人間は、大阪ではもう滅びてしまった。だが東京では、山口さんのような人がいまだ生きてますなあ。(笑) だから東京は滅びないんだ。こいつはすごいと思いますよ。

山口　よろしかったら何人でもご紹介します。

司馬　京都も、もう危ないです。純粋京都人からみると、祇園ですらニセ京都みたいなところがあるといいますからね。私にも多少わかります。あそこは、京都を意識して再生産したような場所ですから、純粋京都人は、祇園言葉からしていやだといいますね。

山口　祇園の裏は連れ込み宿ばかりで、「ホテル上高地」とか「ホテル軽井沢」とか。あれはいったい何ですか。純粋な京都人は何をしてるんですか。

司馬　だが、東京にだけはわずかながら残っているんだなあ。日本橋に行っても、袋物問屋の旦那に厳として三百年の伝統が生きている感じをもったことが何度かあります。山口さんとこう向かいあっていても、生きているものを感じますよ。

山口　私はもう引退ですよ。

司馬　引退というのが、つまり、もう一枚上の頑固になるということでしょう。（笑）ぼくには不思議でしょうがないんですけれど、東京は、頑固な人間が住みつきやすいようにできているんじゃないでしょうか。（笑）

山口　もう大体滅びちゃってますがね。私なんか場違いです。（笑）これは本音です。第一、金がない。東京はゼイロクに占領されました。どうぞ、よろしいように……。

司馬　どうも頑固だな。（笑）

チームプレーにもジャイアンツ新戦法を

長嶋茂雄
山口瞳

■ながしま・しげお
読売巨人軍終身名誉監督。一九三六〜。五七年に巨人軍に入団、七四年に現役引退。

勝つもの、負けるもの……

山口　私はある雑誌に野球の話を連載していましてね。前の号の〆切りが九月三日だったんですよ。そのころジャイアンツが首位に上がってきたので、これは楽勝と思ってね、十連覇必至って書いちゃったの。

それだから、困っちゃいましてね。だいたい私は、どこのチームがひいきってことはなかったんですけれども、九月三日から十月の十二日までは、熱烈なジャイアンツ・ファンでしたよ。勝ってくれ、勝ってくれと手に汗にぎって応援してましたよ。まことに残念でしたがネ。(笑)

長嶋　どうも済みません。

山口　あなたの引退がきまりましたが、南海の野村のように、プレーイング・マネジャーという形は考えられましたか。

長嶋　よそのチームでは、今までそういう例はたくさんありますが、巨人の場合、いろいろ条件が違いますから無理だと思います。

山口　ところで、日本シリーズは、今年、ロッテと巨人だったら日本中沸いたでしょうにネ。

長嶋　カネさんも、それを待ってたでしょうね。派手なこと好きだから。（笑）

山口　だけど、あのシリーズ、一試合くらいは地方で、例えば仙台あたりでやってもいいと思うけどね。私は地方でたくさん試合やるのに賛成なんですよ。ファンが多いですから、必ず満員になるでしょう。日本シリーズの最後の試合終わって国歌をやって、あの場面は野球の上の大晦日っていう感じで好きですね。ジーンときますよ。

長嶋　やれやれ、これで一年終わったという感じでね、あのシーンいいですね。

山口　競馬やっていると、有馬記念が大晦日で、厩舎のあたりから、焼酎や、するめの匂いがしてきますよ。あの気分が何ともいえない。勝つもの負けるもの、実にいい。あなたは競馬とか、マージャンとかは、一切やらないんですか。

長嶋　いえ、やりますよ。競馬もビッグレースは人並みに、場外あたりでけっこう突っこむときがありますけれど、マージャンのほうは、そうですねえ、二軍に入れてもらえますかね。一軍にはとても上がれないですね。

山口　長嶋さんはギャンブルに向いていないと思うんです。ギャンブルに向く人と、向かない人があるんですよ。あなたはやれば旦那になっちゃう。そういう人はダメなんです。こすっからいような人のほうが強いんですね。ちょっと巾着切りみたような人のほうが……。

長嶋　ちょっとせこい感じですか。（笑）

カンの長嶋も戦法のうち

山口　あなたのバッティングの場合、ヤマをかけると、よくスポーツ紙など書いていますね。

長嶋　ぼくはぜんぜんかけないいんですよ、先生。王ちゃんの場合、正確無比で、ぼくのバッティングはカンで打つとか、ねらってヤマをはっているとかいうイメージが出来上がっていますね。しかし、五、六種類の球を投げるピッチャーに対して、そのなかのカーブならカーブ、直球なら直球をねらうということは、二割だけをねらって、後の八割を捨てるということでしょう。そんな損な商売をやってられませんよ。やはり野球も確率の高い方法を選ばなければ……。

山口　賭けはやらないんですね。なんにつけても……。

長嶋　世間一般のイメージは「カンの長嶋」ということになっていますから、あえてぼくはそれに反論も否定もしませんでしたし、むしろ、それも戦法の一つで、話をきかれれば、意識的に「あの球をねらってたんだ」などといってきましたが、そんなことしてたら、本当はこの商売できないのです。ストライクは必ず打つ、しかしボールは打たない。セオリーどおりです。ただ、ボールは打たないけれども、ストライクは打つんだという姿勢と、ストライクを最初からねらっていって、ボールだから打たないのとでは、まったく違いますからね。

あの、ホームベースの上に来たやつを打つという、これが鉄則ですね。ヤマをはるやり方で、長い間選手生活を送ってゆくのはむずかしい、短い選手生活で終わってしまうということだけははっきりいえますね。ただ「カンの長嶋」ということは、メンタルな面での先制攻撃ですから、これは戦法の一つです。

山口　しかし、ヤマをはる選手もいるわけでしょう。

長嶋　これが最近多くなったんですね。だからぼくも非常に責任を感じているんです。ヤマをはるようなバッティングは、三流、四流の選手ですね。ピッチャーというのは、いかにタイミングをはずして、打たせまい、フォームを崩してやろうと向かってくるんですから、ヤマをはっているようでは、打者の本当の力は出てこないですね。

山口　いや、あなたのゼスチュアで、いかにもヤマをはったかのごとく見えるんだよ。

長嶋　ぼくはそういうふうに見せたんです。これもかけ引きですから。二十勝ピッチャーなどはポーカーフェイスですが、こちらの目配り一つを見ても、長嶋の状態はいまどうだなどと計算しているに違いないので、いろいろ打席内でもゼスチュアを使い、後ろに立っているアンパイアまで、こっちの態度で引きずりこんでしまう。これはやはりワザのうちですよ。だから「長嶋ボール」「王ボール」っていわれるでしょう。あれはぼくからいわせると、確かにぼくの目から見れば、審判は正確なジャッジをするでしょうけれども、「あァ助かった」というときがあるんです。

山口　アッハッハ。（哄笑）

長嶋　だから他チームの投手は、あれは「王ボール」「長嶋ボール」だと審判をものすごくヤジるわけです。審判はえこひいきなく、公正な信念を持ってジャッジをするのが仕事のうちですから、えこひいきはないと思いますよ。ないと思いますけれども、いつの間にかこっちの術中にはまるということはあり得ます。それもワザのうちだと思うんです。

山口　それは大打者だからできるんですよ。長嶋が自信もって見送れば、これはボール。それは多分にあるよ。

スター選手の実像と虚像

長嶋　しかし、野球というのはむずかしいもんだと思います。だいたい世の中で七割ミスをして、三割だけうまくゆけば評価されるなんて商売は、他になにかありますか。七割ミスしたら、たいてい大目玉ですよね。

山口　そうね。（笑）

長嶋　野球の場合は、三割でも成功すれば、たいへんな価値として存在を認められるということは、やはりそれだけのむずかしさがあるということですね。
山口　堀内は天狗になるとか、何とかいわれているけれども、あれ、無理ないと思うんですよ。
長嶋　堀内は天狗じゃないですよ。あれはマスコミ看板であって、あれほど繊細な神経を持っているヤツはいないですね。ぼくの場合のカンというのと同じで、実像と虚像の間には、かなり距離がありますから、彼も、いつもそういうスキを見せて、そういう悪太郎的な言動を、意識的に用いる場合も時にはありますけどね。でも、本質は全然違うんですよ。あれが悪太郎そのままだったら、あれだけのピッチングできないですよ。あの、針を刺すような繊細さは出せないです。
山口　金田（ロッテ監督）もいろいろいわれたけれど、あれだけやれたのは、表面とは違った部分が陰にかくれていたんですよね。
長嶋　金田さんあたり典型的ですよ。あれでなかったらピッチャーは打者に勝てませんよ。しかし先生、ピッチャーというのは、ノーマルな人間は大成しませんね。
山口　ハハハハ。（哄笑）
長嶋　われわれは逆に、ノーマルじゃないと仕事できないんです。内野手、外野手というのは、相手があって商売が始まりますから……。けど、ピッチャーというのは優先ですからね。逆説的にいえば、ノーマルな、メンタルな人間は、二流、三流の投手なんですよ。アブノーマルじゃないと、本当の力が出ないんです。アブノーマルなんて言葉悪いかも知れないけれど……。

山口　いやいや、そうですよ。よく、隻腕《せきわん》投手っていうけど、隻腕三塁手というのはいないですからね。権藤（阪神投手・引退）なんかガリガリで、とても野球の選手とは思えないですよ。ピッチャーだとつとまるという、特殊なポジションだと思いますね。

長嶋　中日の近藤さん（コーチ）の投手管理を見てますと、もちろん、腕の振りとか、腰とか、やはりプロですから技術優先になりますけれども、それよりも、心から、メンタルから入っていくわけですね。これは、いままでの日本のやり方から見ると、面白い管理の方法なんです。

というのは、ピッチャーというのは孤独だし、あれだけ緊張の連続で、相当強靭な精神力を養成しなければいかん。それは、もちろん練習方法から入ってもいいけども、それよりもまず心、精神の持ち方から指導するわけです。

ほかのチームのピッチング担当コーチは、技術、あるいは昔のやり方の、投げて投げて、投げまくって、そこから一つの基礎を作り、自信を生み、それが真の投手という、これは長いしきたりで日本の球界に入っています。けども近藤さんは、別格なんです。中日が優勝したということは、もちろんウォリー（与那嶺監督）の力の存在は大変大きいけれども、近藤さんの力も……。日本の球界の流れは、これから変わっていくような気がしますね。

山口　中日のピッチャーというのは、全部それぞれ使える感じね。
長嶋　いや、われわれから見れば、星野仙はある程度の力を持っていることは認めます。けど、あとは、よくこれで首位を走った投手陣かと思いますよ。
山口　しかし、竹田なんてこわいでしょう。左バッターの頭の上へ投げますね。次にまん中にスポーンと入る、ヘンなピッチング。
長嶋　あの投手陣だけで見れば、実力は十二分にも、十五分にも出し尽くしたチームといえますね。
山口　星野仙とか、高木とか、いかにも気分屋の感じがして、乗ってくるとこわい感じしますね。ぼくが一番印象に残っているのは、稲尾（西鉄監督）の全盛時代のシュートを、長嶋さんがホームランしたのを見たことがあるけど、あれはすごくいい勝負だと思いましたね。よく、外角の低目へ投げれば打たれないというけど、そうじゃなくて、シュートの胸元にくるやつが一番打ちにくいと思うんです。
長嶋　もうお手あげです。
山口　キャンプへ行くと、キャッチャーが低目のところに構えて、そこへいくと、コーチが「よォーし」なんて言っているんですけど、本当の野球というのは、ぼく、あれじゃないと思うんですよ。解説の人も、あそこへ投げたら間違いない、と言いますよ。でも、そうじゃないと思うけどな。稲尾のいいときは、まん中に投げても打たれなかったでしょう。日本シリーズで、坂崎（元巨人）が三球三振したのは全部まん中の球で、バッターのほうがぶるっちゃった。

長嶋　本当にすばらしい球でしたね。かつての稲尾投手とか、杉浦（元南海）とか、村山（元阪神）の全盛のときとか、力のある球って、いまあまりなくなりましたね。球そのものに力があるというやつは……。

山口　生きてる感じね。気持ちがいいですよ。ああいうピッチャーだと、大体ぶつけることがないしね。

長嶋　はい。

山口　鈴木孝政とか、竹田とかって、見ててこわいんだもの、どこへくるかわからないの。

長嶋　本当の火花が散る勝負をすることが薄らいでいるというのは、ピッチングの組み立てもかなり変わってきたということもありますね。いまのピッチングの主体は変化球になっていますから、昔みたいに、速いストレートの球を、メインに入れて勝負をするということがなくなっています。いま、ストレートの速い球は一つの見せ球にして、勝負球はフォークボールと、目先の変化で勝負しますから、本当の気迫と気迫で勝負をするというのとは、ちょっと変わってきていますね。

優等生では勤まらぬ世界

山口　引退の理由は体力の衰えということですが。目なんかどうですか。

長嶋　ナイター時期になりますと、球をとらえるときの視角が、焦点がブレるということを聞くんですが、ぼくはまだそういうことはないですね。視力も落ちないですね。もちろん、もう一つのほうも、まあ三割打つくらいの力はあるし……。

山口　十日に三回というところですか。三割打者だ。(笑)

長嶋　そういえば、最近野球選手の艶種ゴシップは、あまり聞きませんね。しかし、野球というのは、遊びがある程度派手くらいじゃないと、ダメなんですがね。遊びも少し迫力あるくらいなのがいいですね。とくにピンチ、チャンスという時に、本当に腰がすわるのは、遊びができない優等生じゃダメですね。

山口　女性週刊誌やテレビで、いまみたいに私生活を監視されていない時代には、いろいろ武勇伝がありましたね。あの大打者大下弘さんなんか、遊びに行くときトレパンを持って行ったんだって、帰りは朝になって、それをはいて走って帰ってくる。そうすると翌日の新聞には、ことしの大下はいい、朝早くからトレーニングしてるなんて出た。(笑) なに、島原からの朝帰りなんだ。(笑) だけど、長嶋さん、あなた、責任重大なところがあるんですよ。いま三十五、六から四十くらいの人は、あなたが一つの目安になっているわけよ。長嶋がダメ?　ウーン……なんて、そういう目で見ている人が非常に多いですよ。日本の選手で一番長い選手生活は、浜崎さん（元阪急投手）でしょう。あの人は四十七でピッチャーやっていたから、これは別として、だれかな……。

長嶋　大岡（虎雄・大映スターズ一塁手）さんも四十いくつまでですか。

山口　ピッチャーって不思議ですね。小山コーチ（阪神）はいくつですか。

長嶋　ぼくより一つくらい上じゃないでしょうか。野村監督（南海）はぼくと一緒です。よう、しかしやってますね。あのキャッチャーという商売は、ぼくら、とてもできないですね、あのポジションだけは。神経は使うし、ボールは当たるし……。

野球の戦法も年々に変わる

山口　技術的なことになりますが、ジャイアンツのピッチャーが一塁に牽制する、二塁手はファーストに向かってダッシュしてきますね。あれをほかのチーム、あまりやってないように思うんだけど。土井なんか、年取っているのに、とにかくスタートのダッシュ見せますね。気持ちいいですよ。

長嶋　それは基礎の反復練習をキャンプのときからみっちりやっていますから、自然に体が動いていくんです。バント守備の場合でも、一つ歯車を狂わせますと、全部狂っちゃいますからね。だから、つねに内野手は協調精神がなければやれないですから、一つのつながりがあるわけですね。これはバントやらせる球、ピックオフでファーストで殺す球、やらせる場合でも、サードに取らせる球、ファーストに取らせる球、全部サインで入ってきますから。

山口　あ、そうですか。

長嶋　後半、点差一、二点、ランナー一、二塁、ワンチャンスでゲームの展開が変わるとなると、当然バントでくる。ランナー一、二塁のバントならば、サードに取らせることによってランナーを進める。ファーストにバントすると、ダッシュしてサードに投げて殺されるかもわからない。どっちへころがせたら走者を食い止めるか。あるいは一本遊んで牽制をしておいて投げる場合と、ストレートにショートが牽制するようにして、投げると同時にサードをフォローする、ぼくが球を取りにいってサードで殺す場合と、サードで取ってセカンドで殺す場合、最悪の場合にはファーストでもしようがない。つねに一ウエイ、二ウエイのサインが入っていますから。

山口　それは監督からくるんですか。

長嶋　担当のコーチから。たとえば、脚さわれば一のサイン……、一、二なんていうと、ちょっと数字的だから、たとえばサントリーとかニッカとか、「サントリー」という声だったら、このスタイル。

山口　声でくるんですか。

長嶋　ええ。あるいは声が浸透しない場合は、サインですね。

山口　大変だねえ。野球の選手にならなくってよかった。（笑）

長嶋　その内野手の動きに対して、外野手はフォローしますから。たとえばファーストにやらせてサードにくる。これは瞬間のプレーでしょう。暴投も、動きが激しいですから、あり得る。こんどレフトにフォローさせなければいかん。サードは、次はこれでやるからフォローに来いよ、というサインを出すわけですね。そのサインによって、外野の高田は、こんどはトリックだ、こんどは本番だということで、前進守備のあれを全部やりますから、だから、サードでミスしても、レフトのフォローで本塁では食い止めるということですね。

山口　ワァー……。

長嶋　これが、一々寄り合ってやっちゃ仕事になりませんから、キャンプでどんどん反復練習ですね。

　だから、野球はやっぱり、変わってきたというか、先生が戦前、洲崎でごらんになっていたところから見ると、野球の戦法がだいぶ変わってきていますが、いわゆるドジャース戦法ですね。だけど、ディフェンス（防御）でチャンピオンを取るという一つの戦法ですから、ドジャース戦法というのは、見せることから言ったら面白くないんですね。しかし、最近は各チームが、巨人のチームプレーに追いつけ追い越せで、いまやまったく肩並んで、むしろ出ているチームもあります。ことしの場合は、うちよりも、中日のほうが機動力とか、もろもろからみ合わせたときには優れていましたね。ですから、うちとしては新たな分野を、ここで作らなきゃいかん、という時期にきているんじゃないでしょうか。

技術から入ったチームプレー

山口　今年の「中日の強さ」というのは、何でしたかね。ぼくが先に言いますと、終盤近くの後楽園の二連戦を見ますと、巨人と中日は、チーム力がぜんぜん違うと思いますけどね。つまりジャイアンツが上だと思いますよ。中日は何か粘っこさが身についてきたという感じはありますけれども、内容でいうと、相当開きがあると思ったですがね。

長嶋　オールスター前までの中日の戦いと、オールスター後の戦いは、手のひら裏返したように、矛先が変わっちゃいましたですね。後半はまったく逆になってきました。トータルすれば、ちょうど、どっこいどっこいじゃないでしょうか。

山口　オールスター前というのは、むしろ阪神だったですね。

長嶋　阪神もスパートかけていましたけれども、あのときはちょうど優勝は巨人か阪神かというイメージがありましたが、中日が音無しの構えで、それなりの力を非常に発揮していましたですね。

山口　オールスター以後、中日が地元で十連戦みたいなことがあったんですよ。大洋、ヤクルト、最後は巨人かな。そのとき大洋に三連敗した中日は、非常にみじめな負け方をしたから、もうダメだと思ったですね。実にひ弱い感じがしたんですよ。
長嶋　いままでのイメージがイメージですからね。
山口　松原、シピン、江藤、ボイヤーにボカスカ打たれちゃって、どうしようもなかったですよ。
長嶋　大洋の、一本にまとまったときの結集力は、うちでも歯が立たないし、中日でも歯が立たないですね。
山口　ヒット七本で、七点くらい入れちゃうんですね。ホームランがあるから、残塁なしで。
長嶋　うちも、ずいぶん大洋には泣かされていますけど、大洋の結集力はセントラルでもナンバー・ワンでしょう。あの打力を抑え切れるピッチャーはいないですね。
山口　それと内野の守備も、いいときはものすごくいいですからね。どうしてあのチームが勝てないかと思うくらい、すばらしいんだけれども。あのときにぼくは、名古屋に行って見て、ちょっとこの中日が優勝ということは考えられなかったですね。
長嶋　鈴木が出たのは六月ごろだったじゃないでしょうか。
山口　八月ごろからガ然、いいピッチングし出して。中日はやはり、バランスがいいですね。
長嶋　ですから監督のウォリーが、うちは二十五人のベースボールだということを常々言っていますし、われわれやっていましても、実際は九人ですけれども、ベンチを見ますと、一丸となってぶつかっている姿勢が感じられるんですね。しかし考えてみれば、われわれでも一丸となって、ましてやうちは売り物のチームプレーという一つのチームの和を保ち、一丸となってやっている。けども、ああいうふうに水があいたということは、どういうことなのか、ということを考えたときに中日の方がもう一つすぐれたまとまりをしていたんじゃなかったかとも思うのです。日本の野球の場合は、また、ほかのスポーツの場合でも、和気あいあい、フレンドシップ的なものがチームプレーというイメージが持たれておりますけれども、どうも中日のように技術から入ったチームプレーが、いい結果につながっていくような気がするんですね。

山口　じゃ、長嶋さんも監督になられたときには、そういう方向にチームづくりしていくというわけですね。

長嶋　まだ正式に決まったわけじゃないから……。

山口　いや、期待してます。来年の長嶋監督の巨人を楽しみにしています。(笑)

たいこ持ち　あげてのうえの　たいこ持ち

吉行淳之介
山口瞳

野ダイコと野旦那

吉行 まあ、あんたもあぐらをかいて下さいよ。

山口 ぼく、正座のほうがラクなんですよ。座椅子も駄目。

吉行 あ、将棋指しだからね。なるほど。

山口 ええ。(笑) 棋士生活が長いと自然にこうなる。

吉行 お酒はなに? え、ホウモン正宗なんて初めて聞いたね、菊正の上だなんて。

山口 肛門正宗?

吉行 ホウモン、宝の紋でしょ。

山口 じゃない、鳳の紋じゃないかな。

吉行 あ、鳳ね、はあはあはあ。

山口 じゃないかな。

■よしゆき・じゅんのすけ
作家。一九二四〜九四。著書に『原色の街・驟雨』『砂の上の植物群』『夕暮まで』など。

吉行　いや、そうだと思うよ。あ、瓶でこないんだな。（笑）レッテルは見られない。どうもね、馴れない旦那で、ハハ、あまりいいところへ来てない旦那でね。
山口　野旦那。（笑）
吉行　そう、「鰻の幇間《たいこ》」ね。しかしあれはなんとなく悲しい話だねえ。
山口　で、上がって行くとね、あの二階が子供の勉強部屋なんだね、あれは。ああいう店ありますね、田舎の小料理屋なんかで。こちらが全然カオきかない、ふらっと入ったとこでさ、仕様がない、二階に座敷があるからなんていって、三畳ぐらいのとこの隅に、子供の勉強机……、ありますね。
吉行　あるある。ぼくも経験あるね。
山口　ばかに遅いねえ。酒ぐらい早く持ってくればいいのに。
吉行　酒も遅いし、人間も遅いよ。
山口　芸者もどうしたんだろうな。ほんとにあいすみません。気に入らないね、まったく。酒飲まないうちからおこってる。最初にアンマが来たりして。
吉行　大体なんだい、この鉛筆削りは。（笑）
山口　旦アさん、あれは香炉でげす。（笑）
吉行　さっきはこの店、ほめてたけどな。いいたかないけどさ。
山口　さっと持ってくりゃいいんだけど、おしぼりが出たっきりですよ。さっきから三度顔ふいちゃった。ああ、やっときた。

吉行 （仲居さんに）ホウモン正宗のホウモンってのは鳳という字ですか。

仲居 褒美の褒です。

山口 あ、ご褒美の褒。モンは？

仲居 紋章の紋です。

吉行 全然思いつかなかったね、褒美の褒とは。モンはね、紋だと思ってたけど。

山口 いやはや、菊正の上があるとは知らなかった。樽酒ですか。

吉行 ダイヤモンドの粉でも入ってるんじゃないかな。（笑）おや、たばこも金も袂《たもと》に入ってないや。お姐さん、あとでたばこね、ハイライトでもセブンスターでも、なきゃ両切りのピースでもいいいし、あるもんでいいから。

山口 両切りときたな。ピースの上ってのはどうです、褒紋ピース。（笑）

吉行 褒紋ピースはいいね、葵のご紋かなんか。あ、写真？ 酒でも飲んでないと写真の形にならないいな。

山口 座椅子にもたれて。

吉行 そうそう、旦那が一人こう。褒紋、ちょっと甘口やね、これは。菊正の上でげすかね、こりゃ、拙《せつ》の考えでは、ええ？

山口 甘口じゃないでしょう、いまこれは。

吉行　そういえば、これでも辛口なんだね。甘口だとおもうと、違うという場合があるね。

山口　ありますね。酸っぱ口なんていうのもある。（笑）

吉行　一口に限る。（笑）

山口　あなた、この旦那はひどいよ。金も持たず、たばこも持たずなんてねえ。（笑）お先き煙草の旦那なんて。

吉行　あたしぐらいになりますと、金っちゅうのはね、きみたちはわからんじゃろうけど、持たんで動くっていう習慣がついとるんでな、じいやがあと始末して歩いておる。

山口　クレジットぐらい持っているでしょう。ＪＣＢとか。

吉行　クレジットなんていうのはね、ないんだね、これが。

山口　ダイナース・クラブも。わたしはね、幇間《ほうかん》ってものあげたことないですね。そのつもりでね、きょうはひとつと思って出かけてっても、いやですね。大体気持ち悪いです。

吉行　大体いまいないでしょう。

山口　まあ、いますよ、一人二人は。

吉行　葭町《よしちょう》あたりね。

山口　はやらないわけですよ。そんなこともあってさ、呼ぼうと思っても、いざとなると気持ち悪くて駄目ですね。やっぱり芸者衆のほうがよろしいですね。芸者だと、いくらかは色恋もあり、達《たて》ひく感じもあるけれど、幇間《ほうかん》というのはお金だけだから。

吉行　気持ちが悪いってのは何が気持ち悪いの。呼ぶ気持ちか。

山口　何でしょう。ある感じはあるんですよ、うまくいえないですけどもね。たとえばおかま呼ぶみたいな感じがあるんです、ぼくには。それに、なんだかグロテスクな感じ。

吉行　葭町へ行ったら、いかにも悪そうなタイコが二人いてね、これを見たらあんた、おかまを呼ぶ心境なんかなりゃしないよ。ほんとに人生の苦労が身にしみついていて、しかもものすごく悪くてね。その感じがかえっておもしろいんだな。あれは野ダイコなのかな、よく分からん。

山口　幇間《たいこもち》あげてのうえの幇間、なんていうのもすでにいない。

吉行　いまやもういない。

山口　元は旦那なんてのはかなりいたもんですけどね。

ああ、郊外の幇間

吉行　ぼくがかねがね不思議に思っているのは、紀伊国屋文左衛門の頃からいろいろ大金持ちのエピソード聞いているとね、まことに泥くさい話しか出てこない。芸者を裸にして、池へもぐらして金くわえさすとかさ、ろくなのないんだよね。これは金を儲ける資質の人間ていうのは、その種のアイディアが出せない頭の按配なのか、それともわざと泥くさくしているのか、そのへん前から疑問に思っているんだけども、いまだに解決できない。どうもマジメな悩みなんだけど。紀伊国屋文左衛門てのは江戸中の初鰹全部買い占めちゃって、吉原へ行って自分だけ食って、あと猫に食わした。厭味な話だよね、粋じゃないでしょう、これは。

山口 粋じゃない。住友商事、三菱商事のたぐいだね。（笑）

吉行 住友商事っての、ぼくはあまりイメージがないんだけれども。

山口 いや、買い占めでさ。今度米の買い占めをやろうという。

吉行 ああ、そういうことか。

山口 三井物産だって何するかわかりゃしない。

吉行 なんだかね、あまり感心した話聞いたことないね。障子にさ、幇間《ほうかん》並べて、石原慎太郎の元祖だよね、ちんぽこ突き立てさせて、それを芸者に選ばすとかさ。なんか洒落にもならんような。

山口 非常にこれ、残酷なね。それから大体のぞきが多いでしょう。幇間《ほうかん》に自分の女とやらして、それを見るっていうのが。やですね、それ。

吉行 なんかいやだねえ。やっぱり金持ってるやつってのはそういうことしかアイディアが出てこなくて、持ってないやつはアイディアだけはいいんだけど実現はできないというふうに世の中できておるのかねえ。（笑）

山口 このごろわたくしいやなのはね、田中角栄も、日拓ホームの社長もね、庭に錦鯉飼っているっていう。うちにもいるんですよ。（笑）うちは錦鯉ともいえないいんだけどね。
吉行　かなり育って高くなってるんじゃないか？
山口　そうなんですよね。
吉行　売りなさいよ。
山口　七、八年前にね、子供が大変興味持ったんですよ。うちの近所に養魚場があるもんですから。それでね、二千円以上のもの買っちゃ駄目だって言ってね、こづかいためて買ってたんですよ。それがいま大きくなりましてね。
吉行　土地なみの上がり方したね。
山口　ちょいと見は二、三万て感じの鯉が泳いでるんですよ。それで客が来るたんびにね、きまりが悪くてしようがない。
吉行　小さいねえ、タイコのいうことは。田中角栄、一匹三百万ですよ。
山口　郊外に住んでる幇間《たいこ》だから、どうしても量見が狭くなる。
吉行　それでもかなりの、十倍の儲けだから。鯉成金だね、これは。（笑）
山口　で、うちの鯉がまた死なないんですよ。ずうっと生きてるんですよ。
吉行　だから売っちゃってだね、ブリキかなんかおもちゃの鯉でね、ゼンマイ仕掛けかなんかの入れとくといい、ヒレがやたらに動いたりしてさ。いま日本のおもちゃは、アイディアあるね。この前見せてもらったのはね、猿がね、シンバルをこう叩いているの。これが気持ち悪いんだ、猫背になってね、不気味になるくらい一生懸命叩く。そいつの頭をポンて叩くとだな、この猿がおこりはじめる。シンバル叩くのやめてね、キーって、唇がこうまくれ上がって目がとび出してくる。見てたら気持ち悪くなってきちゃった。おこるときはどうってことないんだよ。シンバルを叩いている感じがね、まことに陰気でいやなんだ。

山口　旦那ひとつお酌させてください。

吉行　もういいよ。(笑) なんだったら祝儀袋持ってきたよ。中はからだよ、このへんの爪楊枝かなんか入れて。

山口　幇間《ほうかん》を騙しちゃいけない。あの、なんですな、わたくしはね、吉行さんを上野毛の毛虫の旦那と呼びたいと……。(笑)

吉行　ああ、「樹に千びきの毛虫」か。毛虫の旦那ってのは、なかなかいいねえ。

山口　上野毛の。

吉行　上野毛までつかなくちゃいけない。枕詞がある。ちょっとうるさいな。あまり女性とか高校生に売れる感じじゃねえな。(笑)

山口　売れない。なんか、「軽薄のすすめ」という文庫本が売れているそうですね。わたくしが解説を書いたために……。

吉行　あ、あれはどうも。

山口　ばかな売行きだという噂。

吉行　ありがとうございます。旦那のほうが、礼言ってちゃあ。（笑）いや、ばかな売行きでげしてな、これが。

山口　解説は山口にかぎる。提灯持ちはまかして下さい。

吉行　随筆はもともと山口にかぎるが、解説、そんなことというとまた頼むよ。

山口　わたしが書けば売れる。だって、文庫本があんなにベストセラーになるなんて、ちょっと珍しいんじゃないですか。だいたい、めったに売れない人ですからね。

吉行　だれがですか？

山口　あなた。

吉行　あたし。ああ、ね。（笑）

山口　解説書くとウイスキーかなんか届くんですか、最後には。（笑）

吉行　はて、まだ考えておらなかった。

山口　あなた詰ってるからね。

吉行　いやいや、待っとれ。

山口　いろいろ、かかりも多いことだし。

吉行　お互いさまだな。いやあもう、わたしゃあね、ゴウゴウと売れとるから。しかしジョニ黒ってのは通俗だし。

山口　安い、いまね。

吉行　下がったの？

山口　ジャックダニエル。

吉行　ジャックダニエルもちょっとキザだし。なんかまあ、何を差し上げていいか、悩んでるんです。

山口　褒紋正宗が樽でくる。（笑）

吉行　さりとて、サントリーの旦那にシーバスリーガルとか、あまり凝った酒もあげられないし、やっぱり褒紋正宗だねえ。

山口　ぐうたらとか、軽薄とか、マンボウとか、そうなってきたんだね、世のなかが。あたしのところへは廻ってこない。

吉行　なってきたね。ぐうたらはいい言葉ですよね、もういい言葉になっちゃったわけよ、つまり。軽薄はまだいかがわしいんだけど、ある種のパンチがあるんだね。これは自作の宣伝になるから止めとこう。

山口　いえいえ、そんなことないですよ。あなたクボタ速記？（笑）あなた松下さん？（笑）

吉行　松下さんてのはいいね。あのコマーシャルちょっといいね。やっぱり角だねえ、というのもよかった。

山口　あれは去年最優秀主演男優賞を受賞しましてね。

吉行　あれはサマになってた。いかにも因業というか、頑固というか、こう。そう感じがよかったよ。

女房族の敵、中山りつ子

山口　おにいさまに伺いたいんですがね。

吉行　ああ、何ですか、伺いたいのは。

山口　あのね、ご病気の話するとあなたいやですか。

吉行　いやじゃないけど、ちょっと言い飽きたとこありますから。

山口　じゃあ、ご病気はやめましょう。

吉行　いや、かまいませんよ、簡単に返事しちゃう。

山口　じゃあね。書けないっていうのはね、どういうことですか。稼ぎのない旦那ってのはこころもとないんで。

吉行　それはですね、去年はもう半死半生なのよ。もうね、横になってるのが苦しいんだ。それからものを食うのがいや。だからこれは数年前の鬱病的な書けなさと違うんです。つまり、何ちゅうかねえ、はっきり生理的に不可能というものでしたね。ことしはもうずいぶんいい。

山口　読むぐらいはできるんですか。

吉行　週刊誌程度ね。
山口　あとはボウリングのテレビ見て。ブルックリンがどうしたとか。
吉行　そうそう。もう詳しいもんですよ。
山口　テンフレの一投目とか。
吉行　ちょっとヘッドピンに薄目に入りました、とかね。解説やってみたいね、テレビに出て。
山口　あなたは女子プロでは誰がいいんですか。
吉行　中山りつ子だな。
山口　あの人は鹿児島の人でしょう。
吉行　あの人、へんに感じがあるんだ。あとはね、いずれアヤメかカキツバタ。おれのタイプは野村美枝子っていうことになるわけなんだが。
山口　ああ、小ちゃい人でしょ。
吉行　うん。で、カラスみたいな声してんだけど。でもまあ、あれだなあ。中山りつ子が一番なんか人生を感じさせる。
山口　そうなんです。ちょっと強調したりして。
吉行　九州でなんかキャバレーか、バーか勤めて……。
山口　いやね、わたしも中山りつ子がいいんですよ。するとね、中山りつ子がいいというと女房は機嫌が悪いですね。そういう感じ。

吉行　おもしろいね。

山口　つまりね、男好きがする、という感じがあるのね。それに対して女は非常に敏感なようなところがあるんじゃないでしょうか。

吉行　水商売的な感じがあるんだよ、中山りつ子に。

山口　それとね、といってあの人奥さんにしようという気持はないんだよ。

吉行　あたりまえですよ。

山口　だって、普通いって、スポーツ女性だよ、ねえ、非常に健康的な女ですね。だけど、ある種の感じってのが……。並木とか須田とかの諸嬢はいけ図々しい不良少女という感じだけれど、中山りつ子だけが違うのね。

吉行　そうなの。だからそれがつまり水商売的ということにつながるわけよ、かみさんの感覚からいえば。

山口　そうなんです。非常に敵意を感ずるようなね。

吉行　（仲居さんに）あなたちょっと。おかみさんいまいる？

仲居　ええ、います。

山口　お嬢さんいらっしゃいましたね。顔出すぐらいはするんですか。

仲居　お嬢さまですか、はい。

吉行　じゃ、あとでね、お嬢さまのお手すきの節に……。

山口　なんか旦那もあんまりたいした旦那じゃないね。（笑）

吉行　ほんと。（笑）

山口　中山りつ子の話でしょ。そういう感じってあるでしょ。

吉行　中山りつ子にこだわろうじゃないか。

山口　もしかしたらそれはほうぼうの家庭で、案外問題になっていることかもしれないね。ほんとは中山りつ子がいいのに、あたしは須田のほうがいいなんてごまかしてたり。小柳ルミ子と天地真理とどっちがいいなんて。あたくしも民度がひくいな。

吉行　それは重大問題ですよ。ハハハ。

山口　あたしはね、中山りつ子が投げてストライクだと、軽く手を叩いて帰るじゃないですか。ね。ほかの人よりなんていうか、流行語でいえば絵になるとかサマになるという感じがあるじゃない。

吉行　うん、あるある。

山口　ほかの人とちょっと違うとこありますよ。

吉行　違うとこある。

山口　あの人はスターとかタレントだと思うのですよ。そういっても駄目ですね、女房。あたしはもっぱらスポーツのタレントとして評価するんですが……。

吉行　これはすこぶる敏感なんだね。やっぱりこの、異なる匂いをかぐわけだな。主婦の嗅覚の鋭さね。

山口 しかしつるっとした感じがあるでしょう、りつ子さんは。

吉行 いや、つるっというと、ぼくは三波春夫を思い出すがね。（笑）つる、もあるがね。なんかへんな、薄暗い感じがある。

山口 自堕落な感じしますね。

吉行 そうそうそう。簡単にいや、男ずれがしている。

お脳が治ってないね

山口 それを持ち出したのは、実は吉行さんは違うと思ったんですよ。達人の好みを聞きたいと思った。

吉行 おれはいきなりあの人なんだよ。女子プロっていうのは、ミニスカートがどうのとか、そんなこと見やしない。つまり、あの感じを見てたんだ。懐しんでたわけだね。

山口 あの感じですが、わたくしは、かの名作の「驟雨」の女主人公を思いましたね。

吉行 そうねえ、ちょっと違うか、赤線じゃない。やっぱりキャバレーですね。

山口 ご婦人に関しては、伺うよりしようがない。（笑）

吉行 プロボウラーまで、おれは評論しなくちゃいけないんじゃしんどい。それより、活字文化、およびそれについての人たちのことでも語りましょうか。

山口　そうですね、文壇および雑誌社、編集者の方々《かたがた》。（笑）方々ときた。

吉行　だいぶ太鼓を叩く方角が違ってきたじゃないか。（笑）

山口　芸のこまかいところです。

吉行　おまえ、旦那がだれか忘れたのか、おい。（笑）

山口　ええと、旦アさんのあの作品、「湿った空乾いた空」。結構でげしたよ。

吉行　いやいや、いやあ、太鼓。もっとどんどんほめなさい、幇間《ほうかん》としては。（笑）

山口　いやだね、あなたのその目つき。シンバルを叩いている猿を見る目つきだ。ああいやだ……。まあ、だけどね、いいんだよ、そんなこと。長い目で見ればわかる人はわかるんだし。あのラスベガスのところは、だれにも書けませんよ。あ、あなたね、わたし不思議に思うんだ、どうしてラスベガスへ行かないんですか。「乾いた空」へ行けば病気が治るんでしょう。

吉行　遠いんだよ。（笑）

山口　遠くないよねえ。

吉行　去年ずいぶん考えたのよ。だけど去年は角のたばこ屋まで行けないんですよ。

山口　角のたばこ屋とは違うけどさ。病院へ行く感じで、さっと飛行機で。

吉行　それは寝台車乗せてくれりゃいいけど。外国へ行くとなったら大使館へ行ったり、種痘をしたり。
山口 そして行けば治るの？
吉行 いいんだ。
山口 わかってるの、治るって。
吉行 砂漠のまん中……。
山口 それはお金関係なしに。
吉行 お金がねえ。
山口 マッチが落ちてますよ、下に。
吉行 ああ、これか。気にせんでくれ、マッチの一本や二本。（笑）
山口 フィルターのほうに火を点けないかと思って、さっきからヒヤヒヤしてるわけですよ。
吉行 うん。ときどきやるんだけども、焼芋の味がするんだな、これが。（笑）やってごらんなさい。
山口 やだ、やだ。（笑）
吉行 おい、やれ！ やれ！（笑）フフ「たいこ腹」だね。真剣にぼくは考えたの。ラスベガスはホテル代と食事で一日三十ドルで暮せるんですよ。日本の金で九千円ね。ところがラスベガスで一攫千金を考えると絶対駄目なんだと、三十ドル稼ぐのは非常にやさしいことなんだ、ブラックジャックやれば。ぼくはバスを待つ間に二十ドルを百七十ドルまでにしたなんてことは、何度もあった。

山口 そんなことが……。

吉行 いやいや、つまりね、いいたいのは、大金を狙っちゃ絶対無理。小ゼニを儲けるぶんにはディラーも許す、インチキしない。大金賭けてたら何でもできるんだ、あの連中は。一日三十ドルかかるでしょう。三十ドル稼げばその日のかかりは済むわけよ。だから永遠にただで住めるかもしれない。

山口 あなたは病気なおってないんじゃないかしら。（笑）

吉行 いや、ほんとうに。

山口 旦那ね、治ってない、そういう考えは。永遠に住めるなんて。

吉行 いや。

山口 あなたは信じられる？ 一日一万円稼ぐのがなんでもないって。

吉行 いや、ブラックジャックで三十ドルはすぐ稼げるんですよ。

山口 治ってないなあ……。ちょっと名前と年齢と現住所を言ってみてよ。

吉行 小ゼニですよ。一万円。小ゼニといってもいいと思います、あそこじゃ。

山口 あそこではね、ここではそういかない。

吉行 ご祝儀なんか出やしないよ。（笑）それより、心配してるのはね、あの日本人は毎日ちょびちょび稼いで長いこと暮らしておる、目ざわりだ、だから消そうといわれたら困ると思うわけよ。そこまで考えているんだから、頭の病気は治っているわけよ。

山口　頭はいいが、お脳のほうが。（笑）あなたフランク・シナトラと張り合う気。一万円のシナトラ。（笑）

吉行　消されさえしなきゃあ、もう小説も何もやめてね、あっちへ行って毎日三十ドル、軽いもんですよ。

山口　小説やめることも、何もないじゃないですか、あなた。体はよくなるし。

吉行　ラスベガス便り。（笑）

山口　わたしはよく、イタリアかなんかの映画監督でヴィットリオ・デ・シーカ？　三億円儲けたなんていうやつね。女房がね、あんたなら百万円持ってけばそのくらい儲かるはずだっていう。ぼくもややそれに近い感じはあるわけよ。だけどそういうことは駄目なんでしょ？

吉行　そういうこと考えちゃ、あなた、お脳が治ってないよ。（笑）そういう単位はいけないの、一万円単位でものを考えなくちゃ、あそこは。ギャングの町だからね。デ・シーカが三億円儲けたというのは本当かどうかね。あれは、モナコだったかな、三千万なら無事に帰してもらえる。

山口　わたしは三百万でもいいんですけどね。（笑）元が百万だから……。

吉行　行くならラスベガスね。浅草みたいよ、感じが。ガチャガチャしてね。

山口　ただ、わたしは欲に転んで行くわけですからね。あなたはさ、養生をかねて行く。つまり「居残り左平次」。

借景に借鯉

山口　（席をはずしかけて）合鴨ですか。とっておいて下さい。
吉行　生意気なタイコだね。（笑）これは何ですか。
仲居　モロコでございます。
吉行　あ、モロコね。モロコはいいんだ。場合によっちゃ、鮎よりいい。
山口　これスッポンのスープですか。
吉行　このスッポンいいよ。
山口　スッポンてわからなかったな。鯉こくの残りかと思った。（笑）
吉行　たまに食わすことになると、これになるんだ。（笑）
山口　旦那はちっとも稼がないからね。（笑）
吉行　この旦那、稼がないねえ。
山口　わたしが解説書いてやっと息ついているような。
吉行　フフフ。
山口　わたしが銀座のバアに行ってご婦人と遊ぶでしょう。そうすると、ああしまった、時間を無駄した、お金を損した、エネルギー損したって、絶えず後悔しますけど、吉行さんの場合はそれがごく自然に身についてね、すごくプラスになっているという感じがあるんですよ。それがじつに羨ましくてしようがないですね。

吉行 これはね、あんた、決めちゃうんだよ。

山口 なにを。

吉行 ハラを決めるんですよ。決まったものには、神経使わないでしょう。

山口 うんうん。

吉行 もう決めちゃうわけ。ただしそこはあり余った金じゃないから、一年通算していくらかの借金程度ですめばよろしいという計算はあるね。

山口 そうでしょう。だけどそれが吉行さんの場合はなんか、そのこと自体がとてもプラスになってる感じを受けるんだけど。ごく自然に。あたくしなんか、銀座にいても競馬場にいても、たえず俺はこうしてちゃいけないんだってクヨクヨしている。器量が足りない。量見がせまい。ああたてえ人は「姫」へ行って女を五人も六人も呼んで平気な顔をしている。金もないくせに。（笑）たいした度胸だ。（と、溜息をつく）

吉行 そうかね。

山口 先ほどお迎えに上ったとき、おにいさまのお部屋に、和室でしたけど……。

吉行 無調法でげして、だね、ちょうど応接間に客が来てたんだよ。でも、和室のほうがほんとうは借景がいいんですよ。

山口 結構でしたね。

吉行 うん、五島美術館の裏だから。

山口 裏住いですね。鯉なんかも、よその鯉。借景に借鯉。

吉行 鯉は見えないけどね、アパートは建たないやな、金持ちだから、あそこは。見渡すかぎり木だったでしょう。気がつかなかった？

山口 いや、大きな古い木がね。

吉行 なにしろ、あそこは見晴し……何の話してたんだっけ。何をほめてくれようとしたの？（笑）

山口 旦那のお部屋の、あの寺子屋机ね。

吉行 ああ、あれだいぶ剝げたね、あの机でやってるから、ブラックジャックを。

山口 寺子屋机の下に麻雀、上に花札っていうのは、ふつうはあまりいい感じじゃない。美空ひばりの家じゃないんだから。ところが旦那の場合は不思議にピタリと合っちまう。実に不思議だ。だってね、家を出て芸能人とお住まいになって、麻雀に花札。これいけません、ふつうの人は。困った人だってことになる。しかるに旦那の場合はピタリとおさまる。実におそるべき方だ。こんな人めったにいやしない。

吉行 だんだん調子が出てきたな。ああいい気持だ。もっと叩け。（笑）

山口　わたしはね、銀座で遊んでてたえずね、もうその場にいて後悔してる。ああ、うちへ帰って「鷗外全集」読まなきゃ駄目だって、たえず。（笑）
吉行　そうかねえ。
山口　そういうとこがあるんですよ。
吉行　なるほど。
山口　吉行さんはだけど、全然違うね。怠けてる感じもしないよ。じつにそれが不思議で。
吉行　いい気持のものだね、幇間《たいこもち》あげるというのは。なあ。どんどんいってくれ。（笑）
山口　またオモチャの猿を見る目つきになる。しまいにゃ唇がまくれあがって目がとびだすよ。……いや、わたしはほんとに才能だと思うんですね。マン・ノブ・ジーニヤス、それにお人柄。たいしたもんだ、つまり非常に率直にいって、これは文才だと思うんですけどね。
吉行　このモロコうまいよ。一八《いっぱち》も熱いうち食え。（笑）
山口　これモロコですか。ヘエ、驚いたね。多摩川でモロコがとれるの。……うまいね。
吉行　口へ含んでうまいという発音、非常にこう……。本職になれる感じ。
山口　違いましたかな、さっき合鴨かっていったの。

仲居　ウズラでございます。

山口　ウズラですよ。おい、これがウズラだ。ついにめぐりあった。

吉行　モロコいいね。鮎よりいいんじゃないかな。鮎なんてのは偽善的な魚だからね。（仲居に向って）このお銚子は四合入りだというけど、本当に入ってるの。どうなの、正直にいいなさいよ。（笑）おれの感じでは二合二、三勺だと思うね。

仲居　三合入れてます。

吉行　どのくらい飲んだかね、おれは。六合飲んだかね。

仲居　でもお二方ですから。

吉行　いや、何度もきたよ、その形のお銚子が。

山口　三本はきてるね。

吉行　ちょっとビールを一杯飲ましてください。おれもかなり飲めるようになってきてね。

山口　よかったですねえ。

吉行　ところで、「人殺し」などはなかなかに共感して。まあよくこれ、死ぬ思いで書いたんだろうなあと思いながら読んだけど。

山口　三度死んだね、あたしは。

吉行　そうだろう。それがあれだけ書けたというのはね、これはやっぱり大変なことだね。もっと書けっていうのは無理だよ、不可能だよ。

山口　人間の生き死にってああいうことですね。ほかのことじゃ死ねない、有馬頼義さんは未遂でしたけど、三島由紀夫さんでもね、川端さんでもさ、死因はわたしに近いところにあったと思わざるを得ないですよ。

吉行　それはもう三島由紀夫は情死という考え方もあるな。男との情死だよ。

山口　あるいはなにかわたくしの知らない大失恋ね。相手が男だかなんだかわからないよ。そういうの、直感で感ずるわけだ。川端さんでもね、つまり女一途の人ですから、体力的限界を感じたら死ぬよりしようがない。何もないですよ、義のためでもなんでもない。それでいいと思う。小説家なんだから。

吉行　しかし世の中は不思議だなあ、もう。つまり、大体いまの世の中ってのは事故が多いからね。だれがいくつまで生きるかわからない。人間すべて同い年、って説がある。だけどなんとなく見ててね、こいつは八十までだなとかさ、あるんだな、タイプが。おれはもうせいぜい六十までなんだ、タイプとしては。もう秒読みの段階に入ってるわけよ。何してもいいわけなんだ、もう。こわいことないはずなんだよ。でもこわいんだよ。

山口　こわい？　おにいさまが？

吉行　どうしてこわいんだろう、これが。

山口　ちょっとしたつまんないことがこわいね。

吉行　うるさいんじゃないかね、こわいんじゃなくて。

山口　わたしは、一つはそれが仕事に非常にさわるっていうこと。うるさいと駄目。

吉行　面倒くさいんだな。

山口　そのためにもういやんなっちゃって仕事できなくなると、これは女房も死ぬし、わたしも死ぬっていう感じになるでしょう。

吉行　極端だね、いうことが。だいぶ治ってないね、まだ。（笑）

山口　だけどわたしの場合は女房がね、結婚したときからもう発作をともなう強度のノイローゼなんですからね。

吉行　そうらしいですね。

山口　これは非常に危険なんですよね。なんかへんな、マジメ人間とか一穴主義とかっていう以前にね、それはだれにも説明のしようがないですね。いまだに電車に乗れないんですから。

吉行　ああいうことの感覚は、それはね、健康人にいったってわからないのよ。

仲居　ブドウ酒をお飲みください。

吉行　いや、これ何か肝でしょ。

山口　何かの生血でしょ。あからさまにいったらどう？（笑）

吉行　これはブドウ酒にまぜてあるんだろう、生血が。

仲居　はい、スッポンの血でございます。

山口　奇妙な色ですね。

吉行　少しはブドウ酒が入ってるの。
仲居　はい、分離しないように。
山口　これ飲みながら女房の話するのはへんだね。（笑）
吉行　これ飲むとおできができるんじゃないの。
山口　うん、飲んだ。矢でも鉄砲でも持って来い。さあ殺せ。女房がなんだ。（笑）いや、ほんとにそういうことで、人生って不思議な感じですね。
吉行　人生はムゴイ。もう映画見てて、深夜映画のくだらないのでも、男がむごい目にあってると、思わず涙が出るねえ、あんまりむごいやあっていってね。（笑）

あげたりさげたり

山口　元気をだしてくださいよ。いま吉行さん、本が売れてるわけですよ。紀伊国屋なんかへ行くとたいへんですからね、列ですからね。「軽薄のすすめ」「不作法のすすめ」ススメススメヘイタイススメっていうくらい。百六十円持って並んでいます。たいへんな列。
吉行　列ですからねとはいいね。これはだいぶ幇間対談……。
山口　しかし吉行さんの「乾いた空」ってのはわたしはすごい救いだったですね。吉行さんでもそうなのかって。ありがたいですね。

吉行　いや、つまりね、おれたちやっぱり情があるんだよなあ。そうなんだよ。
山口　速記もういいんじゃないですか。
吉行　まだオチがついてない。たいへんなんだ、おれいろいろ気を使っちゃってね。
山口　なにしろまだ治ってないですからね。
吉行　てめえが治ってないんだ。
山口　治ってないってのはね、お脳がいけないんですよ。余計な神経つかう。本席はあたしがホストなんだ。
吉行　おまえだってお脳がいけない。（笑）
山口　でも、幇間《ほうかん》は脳が病めてはもう駄目です。商売にならないです。
吉行　オチをつけようじゃない。落語なんだから。
山口　やっぱり治ってないですよ。もうじゅうぶんでしょう。しかし、この店、とうとう奥さまもお嬢さまも来なかったね。芸者もこない。ええ、もう、あたしはじゅうぶん……。玉川の芸者なんか見たくない。
吉行　いや、じゅうぶんだけど、オチをちょっとつけようじゃない。
山口　ウーン。
吉行　ちょっと、お姐さん、腹すいた。つまりね、何を食いたいかということをいえば、あれが食べたい。

山口　即席ラーメン。（笑）

吉行　それはうちで食う。（笑）せっかく来ているんだから、モロコとシシトウがいい。酒飲むと腹がすいてきた。

山口　それが治ってない証拠です。脳が病めると、やたらに腹が減る。（笑）

吉行　ああ。いや、拙としては、例のお世話になった本がゴウゴウと売れてたもんだから……。

山口　いまだにご祝儀もでなければウイスキーも届かない。ゴウゴウのわりには。

吉行　ゴウゴウと売れたって、知ってるかい。つまりね、大阪の金持がテレビに出てきてね、金というものはある程度たまるとゴウゴウとたまるっていうの。それでね、必ず「ハッハア」といってね、二声笑う、何かいうたびに。三木鮎郎がね、「ゴウゴウとたまるためには元金いくらぐらいからならゴウゴウと……」「そうですなあ、十億かね。ハッハア」という。（笑）それをまあ、なぞっているわけだ。こっちも、そのゴウゴウでね……。

山口　（ひとりごとのように）治ってないな。

吉行　わざとイヤ味に小さい声でいいやがったな。速記が止まると、急におまえ態度大きくなる。（笑）なんか……いばった幇間《たいこ》をあげちゃったなあ。

山口　どうせこっちはビッコの提灯持ちだ。あげたりさげたりする。だいいちね、金もなけりゃたばこもないっていう旦那なんだから。

吉行　（袂をさぐって）鼻紙とハンカチだけはあったよ。（笑）

教室では学生の顔が見られません

高橋義孝
山口瞳

■たかはし・よしたか
ドイツ文学者、評論家。一九一三〜九五。著書に『私の人生頑固作法』など。訳書多数。

季節感の喪失

山口　今日は師弟対談ならいいんですけど、横綱と新弟子でございますから。

高橋　冗談じゃない、そんなものじゃないんですよ。若き同僚と老いたる同僚で、同じ穴のムジナですからね。でも毛は大体おなじ……。

山口　頭は禿げていても出入りの若い衆でございます。

高橋　ところで、子供の時分のお正月の遊び、山口君なんかおぼえているのは……？

山口　雪釣りっていうんですかね、糸の先に炭をつけて、チョンチョンチョンとやるとだんだん大きくなる、そういうことをやりましたね。

高橋　それは初耳ですね。凧、コマ、それからベイゴマがありますわね、お正月じゃないけど東京の遊びとしては。それから福笑い、スゴロク、百人首……東京者《もん》は百人一首といわないですね。私と若い人とドイツ人と三人でいた時、ドイツ人が「新宿」はどう読めばいいいんだときくんです。そうしたらその若い人が、あれはシンジュクだと教えている。東京で誰がシンジュクと言うもんですかね。ありゃどうしても「シンジク」ですよ。や、失礼、元に戻って、竹馬、トランプ、家族合せ、いろはガルタ、追い羽根、ちょっと思い出すとそんなものですね。もっとありますか。

山口　おやじが待合なんかから仕込んできた変な遊びをみんなでやりましたですよ。おそらく芸者と遊ぶんでしょう。たとえばベロベロの神様とか……。「大きい提灯、小さい提灯」。

高橋　ありましたね。「ベロベロの神様（かみ）さんは」は、高等学校の時、芸者に教わりました、はい。

山口　それからミカンの取りっこ……。

高橋　輪をつくっておいて、向うにミカンを置いておいて、ぱっと取る……ありましたね。みんな花柳界から来ているんですかねえ。

山口　車座になって、おやじがそのときは音頭をとって遊んでくれましたね。

高橋　お正月じゃないんですけど、ぼくはむかし芸者にこういうのを教わりましたよ。何人かで酒をのんでいる、すると一人が便所に立ちますね。その留守に急いで相談する。その人が座に戻ってきたら、その人に「みんなでワンワンてほえよう」っていうんです。「一、二、三」で、その人ひとりだけ「ワンワン」、あれはおもしろいですよ。

お正月の追い羽根、このごろ東京じゃなくなりましたね。

山口　ええ、バドミントンとか……。

高橋　バドミントンはちっとも風情がない。

山口　家族合せもおもしろかったですね。巡査民尾守、教授花輪高、番頭加瀬木升八、代議士日比谷集、俳優人気昇、易者岩津友当とか……。

高橋　ああいうしゃれっ気はだんだんなくなってきますね。ぼくの知人に太田益治っていう人がいますが、この人が正月に親戚へ年始に行ったら、そこのうちでは年賀のお客さんに因んだお年玉を用意してあって、太田さんには、小さい座ぶとんの上に大きなボールがのっかっているのをくれたんですって。曰く「オオタマ・スワル」ね、太田益治でしょ。

山口　友だちに聞いた話なんですけど、質札で家族合せやった男がいるんです。「おとうさんの帽子をください」というと質札がある。（笑）「おかあさまの訪問着をください」。一ト揃いつくれば勝ちですよ。

高橋　じゃ、おじいさんの越中ふんどし、おねえさんのパンティをください、なんて……。

山口　お正月の遊びもそうなんですけど、このごろ季節がない感じがありますね。花でも年中ある感じで……。

高橋　さよう、さよう、あれは愚《ぐ》なことですね。文明は季節の抹殺をたくらんでるんです。キュウリだってトマトだって年がら年中ある。ソラマメもかん詰があるし……。まことに風情がない。今の人には風情なんか用はないんです。今の人が欲しがっているものは、ただ一つ、お金だけだ。

山口 エダマメも冷凍でいつでもあるようなね。

高橋 ところが、ぼくは鳥を飼っておりますが、鳥は絶対に季節保持ですね。春しか鳴きません。いまだに季節感を保持していますね。カナリヤとか文鳥とか、ああいう播き餌の鳥はそうじゃないけど、野鳥は季節にならなきゃ鳴かない。カナリヤなんかはトリじゃない、トぐらいのもんですよ。

山口 それから子供が小学校へ行って、中学へ行って、学校を出て女郎買いに行って……そういうきまりがなくなったような感じがあるんですけどね。中学に入るときに、ワイシャツ着ていい、万年筆、時計を持ってかまわない、長いズボンをはく。それがいま小学生がみんな時計や万年筆を持って、ずるずるっと行っちゃって、お女郎買いもないでしょう。だから子供みたいなおとながいるような……。季節じゃないけど、縦のほうがまたね。

高橋 人間にハシリとシュンがなくなっちゃったみたいですね。

内田文学の面白さ

高橋 ここのうち（山ノ茶屋）はぼく、尾崎士郎先生と初めて伺って、それ以来なんです。だけど、尾崎さんのようないわゆる文士というのはもういなくなりますね。

山口　早稲田派というような感じの人は、あの年輩の人にちょっとありますね。

高橋　ぼくは近ごろの若い、大江健三郎とか、ああいう人の書いたものはほとんど読みません。文章にまず抵抗を感じるもんですから、もうのっけから読む気がなくなっちゃう。そこへいくと山口君の文章は、あなたを目の前に置いてこういうのはいささか気がひけるけど、実にメリハリがきいていて、いい文章ですよ……。

山口　意地が悪いな、高橋先生は。内田百閒先生の文章なんか読むときに、やっぱりかなわないという感じありますか。

高橋　うーん、やられたな、という気になりますね。

山口　先生に対するわたくしがそれと同じですよ。

高橋　いやァ……。百閒先生は文章ではずいぶん苦心しているんですね。三度も四度も書き直すらしいです。

山口　読むときはそういう感じはないですね。さらっと書いたような感じ。

高橋　抵抗がない。完成しているんですね。ヴァレリーに「一つの作品を完成するとは、そこから制作のあとをすべて消し去ることである」っていう言葉がありましたね。ぼくがいちばん感心したのは、教え子のなくなったことを思い出している文章です。その教え子が昔、自分のうちの玄関の前に生えているトクサを持ってきてくれた。トクサという植物は、この地上に生え出てからたいへんな年数を経ているものらしいですね。その天文学的年数と、教え子がこの世に生きていた年数とを比べてみると、何をどう考えたらいいのか、わからない変な気持ちになったとかいう文章なんです。非常に深い悲しみなんですね、それを実にうまく書いてあると思いましたね。

それから、九州の八代の旅館に大きな池があって、その池をながめていて何だかんだいっているところがある。それが終って、最後の一行が「突然雨が降ってきた。」それでぴしゃっと終っちゃうんです。うめえなあと思ったですね。

百閒先生の最近の和歌、これは発表なさらないだろうと思うんですけど、こないだ東京に雨台風がございましたね、あのときに、「台風の雨はまだ来ぬたまゆらのしじまをつづるこほろぎの声」ちょっといいですね。もっともこの歌は『新古今』の「むらさめの露もまだひぬ槇の葉に霧たちのぼる秋の夕ぐれ」と構造が同じなんですね。百閒先生の念頭にこの歌があって、ついつられて同じ調べになっちゃったということじゃないんでしょうか。それを先生に手紙で申し上げたら、返事は来なかった。

山口　俳句をやっていた人の短歌という趣きがありますね。批評するわけではありませんが……。内田百閒先生の文章、たまらなくこっけいなことがございますね。電車の中で読んでいて吹き出しちゃって、恥ずかしくなる。たとえば「禁客寺」なんて、そういう言葉だけでもおかしい。

高橋　ありますね。ヒマラヤ山系という人物を書いている。ヒマラヤ山系はうしろの毛が長く伸びているんですよ。あれ、おそらく背中まで生え続いているんだろうなんて……実にこの、どうも、なんとなくおかしい。

山口　自分のそばへゴミのような子が来た、なんてのがある。ほんとにゴミみたいな子、いますものね。泥人形みたいな子供もいますし。

高橋　『阿房列車』で、何の意味もなく大阪へ行きますわね。東京駅まで行くと人が右往左往しているというんですよ。用もないのにこんなに右往左往している。みんな踏みつぶしてしまえ……。（笑）自分が用もないのに大阪へ行くというのにね。

山口　いつか先生に伺ったんですけど、むかしの二等車の、リクライニング・シートに乗っていて、通路を列車の進行方向とは逆に歩いて行くとこれ（刺身の皿のシソの実）みたいだというのがありましたね。

高橋　みんなこういうふうに前に向いている。それを逆に向うから歩いてくると、このシソの実をしごくみたいだ、というんです。

最近のことなど

高橋　おかあさんがなくなられて何年になります？

山口　八年でございますか……。

高橋　そんなになりますか。いいおかあさんでしたね。

山口　まあおもしろい女ですね。

高橋　ぼくは女の人だとは思わなかった。おかあさんだと思っていた。目玉のぎょろっとしたね。

山口　お金もないのに、たとえば京都の高山寺なら高山寺へ行きたいとなると、もうその晩いなくなっちゃうんです。一人で見て回って帰ってくる。大胆不敵なものですね。

高橋　恋愛結婚ですか、おかあさん。

山口　ええ、相当な……。北杜夫のおかあさんの斎藤輝子さんとよく似てるんですよ。とにかく隣の部屋の電気を始終消して歩いている。要らないというんです。それはうちの母も斎藤さんのおかあさんも同じなんですよ。それから子供にいい洋服を着せない。ふとんはせんべいぶとんですね。かなり景気のいいときで、ふとんぐらい買えるときがあったんですよ。それでも子供のからだに悪いというようなことを信念のように持っていましたね。

高橋　ふとんは確かに薄いの一枚がからだにはいいですね。ぼくは九州の下宿へ、いちばん初めふとんを一枚持っていきまして、それがダメになったので、また敷きぶとん一枚持っていきまして、それがダメになったので、また一枚持っていったんです。三枚になりましてね、全部ふとん屋に出して、綿を入れ直して、こんな厚いふとんになったんです。せっかく三枚あるのに敷かないのは業腹《ごうはら》ですからね。ところが、三枚を一緒にしたら、どうもからだのぐあいが悪いです。

山口　時代劇で殿さまが病気で寝ているふとんがあるでしょう。あれに一ぺん寝てみたくてしょうがないんですけど、ダメですね。紫の鉢巻して。

高橋　こないだ講釈を聞いていましたら、そういうのに寝たことのない人がそういうふとんに入ったら、中が落し穴になっているのかと思った……。（笑）

山口　わたくしの母にいわせると、厚いふとんに寝るのは、ダメだ、てんです。子供には非常に薄着をさせますね。長いズボンなどはかせない。靴下も短くって、下着はランニングしか着せない。腹巻きだとか、手袋だとか、マフラなんてものをほしいというと、とても怒りましてね。それは斎藤輝子さんもまるっきり同じなんですね。どういうところから来ているか……。

高橋　いまのおかあさんは逆じゃないでしょうかね。

山口　電気毛布ですよ。

高橋　ぼくは晩年に及んでだんだん下着を着なくなっちゃったんです。洋服の下は夏冬ともランニング一枚、ステテコ一枚です。ここまでのシャツを着ると、のぼせてしょうがない。

山口　燃える男……。（笑）

高橋　伊達の薄着とか申しますね。しかし薄着のほうが確かにからだにはいいようですよ。頭のぐあいもいいですね。ほんとうはサルマタもはかないほうがいいらしいんです。何にもはかずに、いきなりゆかたか何かの上に着物を着たほうがいいらしい。

山口　寝るときがそうですね。不精して下着のうえに寝間着を着て寝ますと眠れなくなる。

文芸評論への疑問

高橋　少しは文学やなんかの話もしなくちゃいけませんかね。文芸評論てものね、ぼくは何年か前に『群像』だかに書いたんですけど、あんなものは意味ないと思いましたね。いまの文芸評論家の方々にはお気の毒ですけど、つくづく身をもって知りましたね。何のプラスにもならない。自分の……。損ですな、あんなことをやっていたら。

ぼくはこのごろ変なことを考えているんです。文芸評論はあるけど、音楽評論や、絵画評論や、陶器なんかの評論は、その作品があって初めて成り立つわけでしょう。評論よりも作品が強い。ところが文芸評論は、評論家というものがちゃんといて、その評論が本になったりしますね。評論が作品の紐つきじゃなくて、一本立ちの自前芸者です。そんなことからもどうも文学というやつは芸術じゃないんじゃないか。じゃ何かというと、文学は芸術とは違った独特のものじゃないかと考えだしたんです。でなかったら、あんなに評論だけが独立するはずもない。陶器なんか見たって、独立した陶器評論なんてものはありませんものね。せいぜいだれがつくったとか、いつごろ作られたとかいうような、そんなものですから。文学と一般の芸術と、いままで一緒に考えられていたようだけれども、その辺のことを考え直したほうがいいんじゃないか。そうするとわりあい文学の説明がうまくつくんじゃないかなんて考えてるんですけど。

山口　わたくしは、評論家じゃなくて、ものをたくさん読む商売だとか、筋を手ぎわよくまとめて教えてあげる人とか、そういう仕事をなさる方があってもいいと思うんですけど。

高橋　その場合、小林秀雄さんみたいな人がいて、本居宣長なんてものを書いていますね。あれは結局本居宣長をダシに使って、自分のことをいっているんですね、小林さんの場合。ですからそういうふうなことがあり得るところに、また絵や音楽と文学の違うところがあるんじゃないかと思うんです。やっぱり文芸評論そのものが文学にならなくちゃ、うそなんですね、きっと。

山口　そうですね。片っ方で野球の試合をしているでしょう、アンパイアというのは野球をやっているわけじゃないと思うんですよ。……このごろ、お相撲はいかがですか。

高橋　やはり時代の波がありましてね、お相撲さんで貯金なんかしている人がいるようですよ、郵便貯金なんかを……。昔の相撲取りの話でおもしろかったのは、名前はいいませんけど、一ト晩に日本酒を八升飲んだというんですね。ぼくがその関取に会ったとき、「関取、一ト晩に八升飲んだそうじゃないか」「先生、冗談じゃないスよ、七升五合スよ」（笑）いかにもお相撲さんらしい。

山口　このごろきまり手が少なくなっていますか。

高橋　そうでもないようですね。勇み足のときに、押し出しとかなんとかいいますね。あれはやっぱり勇み足で一方の負けになったといえばいいんですよ。それを押し出しで片っ方の勝ちということになるでしょう。石井鶴三さんなんかも、あれはおかしいといってますね。

山口　わたくしが子供のころのお相撲だと、右が入って下手投げしかできないんだとか、そういう一芸しかないお相撲さんがいて、片っ方の、こっちがまき落しの人だとか、そういうのできまり手も多いし、ことばは悪いんですけど、バカの一つおぼえみたいなお相撲さんがいました。

高橋　それは六場所の影響です。巡業目標地としての台湾、満洲（現・中国東北部）、朝鮮がなくなったということとです。台湾と満洲と朝鮮があれば、もっとみんな自分の型を持つようになるんです。番附にひびく場所が六回もあっちゃ、自分の型を作る余裕がないんですね。とにかく一場所一場所勝って凌いで行かなくちゃならないんだから。勝っても負けてもいい、とにかく自分のきめ手をつくろうということがなくなってきた……。場所がすぐ来るもんですから、星に響く、つまり地位に響くでしょう。自分の型を持つということは、今の相撲の在り方では、どうしても無理でしょうね。

山口　わたくしは柏戸に人気があるというのはそこじゃないかと思うのです。あの人は一つしかできない感じがある。突っ込んでいくしかないお相撲さんで、それが人気があるというのは、やっぱりある種のファンはそれを望んでいるような気がするのです。

高橋　そうですね。しかもある種のファン、つまりわりあいに高級な、目の肥えたファンがね。でなきゃつまらないですもの。ドタバタ、犬のケンカじゃあるまいしね、ただ勝ちゃいいってのはつまらない。

　でもなんといっても相撲てものは、チョンまげがあって、いろんな仕来たりがあって、昔のかたぎを残している唯一のものですね。日本人かたぎを……。そういうものは芸者にももうありませんしね。柏戸が以前五月場所に、つまり昔の夏場所ですね、雪駄引きずって、ゆかた着て場所入りして来たんですよ。そしたら六十くらいのおばあさんが、そういう柏戸の姿を見てネ、「ま、なんていい男だろうねえ」と感に堪えている。いい男って、顔という意味よりも、全体の感じをも含めている言葉なんでしょうね。

山口　芸者なんかも、お正月にはちゃんと島田で……。カツラでしょうけどね。

高橋　稲穂をさして、褄《つま》とってね。

山口　普通のときはああいうかっこうは見られなくなってきましたね。

高橋　いま芸者は表に出るときはたいてい洋装でしょう。

山口　きょうあたりは飛び石連休の間の土曜日ですけど、かりに待合さんに行くでしょう。「ナニ子さんどうしました」「ゴルフへ行ってます」「ヒヤヤッコどうしました」「きょうは英語学校へ」「あのばあさん芸者はどうした」「いま唐手《からて》にこってまして」……。(笑)いま外人の客が多いから、柔道とか唐手とかできるなんていいのかもしれませんですね。
高橋　それ者《しゃ》という昔ことばがありましたね。芸者屋のおかみや待合のおかみなんかでいちばん面白いと思うのは、あなた、ほら、ナニしたでしょ、だからナニしちゃったんです、あらそう、ナニしちゃったの、なんて、ナニで全部通っちゃう。あれは昔の芸者ことばですね。
山口　芸者さんでおもしろいのは、たとえば新派の話なんかしていて、わたくしが「河合武雄が……」というと、「あら、河合先生」って言うんですね。「君、その若さで河合武雄知ってるわけないじゃないの」「わたしは演舞場の隣で生まれましてね、二つのときから見ていました」そうすると、あ、そうかしらと……。そういう東京の人が東京に住んでいてそのまま芸者になっちゃったというのが少しいると愉快な感じがするんですけどね。そうでなくて、たとえば銀座通りとか電通通りのバーへ行きますと、経営者は日本人でなかったり、大阪の人であったり、ホステスさんは青森とか九州、四国から来ていて、ボーイさんもやっぱり越後のほうから来ていて、銀座でお店やって大繁昌していたりするのは、妙な感じでございますね。なんか毎晩銀座で県人会やっているような感じで。
高橋　もう東京は一つの伝統と歴史を持った町じゃなくなりましたね。これはしょうがないです。ですから町名改正なんかも、地方の人が区役所におりますでしょう、そういう人たちがやるのですから、東京の古い町名に愛着のあるわけはない。でも東京はもうしょうがない。マンモス共同便所みたいなもんです。

山口　あるいは単に交通のターミナル、住むところじゃない。

高橋　現に丸ノ内なんかクソ、ションベンをたれに人が昼間だけ行く。夜はいなくなっちゃうでしょう。だからベッドタウンから来る人からは屎尿料というのを取っていいと思う。（笑）それを全部ぼくたちがひっかぶっている。

山口　このごろ、よく行っているバーがあした開店記念日だなんて、うっかり聞きますね。こっちは何がしか持って、翌日いそいそと行くわけですよ。「これ、ほんとに貧者の一灯で……」「あら、そんなものいらないわよ」こっちは客だと思っているから侮辱されたような……「そんなこといわないで、みんなで……」「いいわよ」て、反対に記念品なんかもらっちゃってね。それでも包んだものを置いて逃げるようにして出ると、追っかけてきますね。客を何だと思っているんだろう、いい気持ちにさせてくれといいたくなる。向うのほうが金持ちだからしょうがない。そういう感じが田舎なんですね。

高橋　しょうがないですね。呼出し太郎さんに祝儀を、「ま、取ってくれ」といって押しつけたら「先生、そんなものいらねえよ、いらねえよ」といいながら、祝儀袋の方はもうふところに入れちゃってる。（笑）山口君は祝儀袋が好きですね。いつでも懐中にしているんでしょ。こんばんあたりもきっと……。

山口　祝儀に関しては、たいへん微妙なむずかしいルールがございますでしょう。そういうのもういらないんですね。生活のルールなし、東京も何もないんじゃないですか。

高橋　あなたのおっしゃった、日本ほどチップのむずかしい国はない、てのはほんとうですね。これはあなたの名言です。ヨーロッパへ行くと、旅行者はチップがむずかしいといいますね。冗談じゃないですよ。日本よりもずっと簡単です、あんなもの。日本じゃぴたりとツボに嵌まらないと大恥をかく。少なすぎると、ケチだと思われ、多すぎると間抜けだと思われますからね。大体、外国みたいにキマリというものがないんですからね。

山口　わたくしは全然どこも行ったことがないからわかりません。

高橋　ぼくも大体おんぶして方々行くものですから、あんまりわかりませんけど。

表芸をしくじっては！

山口　先生は大正の初めでわたくしは終わりですけどね。先生の前へ出ると、たえずおっかなくて震えている面と、ほっとする面と、両方ございます。それは実にうれしいもんですね。先生はおそらくいやがっているでしょうけど。

高橋　冗談じゃない。

山口　ほっとする一つの感じでいうと、この勘定はもちろん先生が払ってくださるんだな、というのがまずあるわけです。

高橋　ところが実際はいつもおごってもらってしまうんですからね。貧乏教師だから……。

こないだありがとうございました。ついお礼がおくれちゃって……。（笑）

山口　ああいうことをおっしゃる。そうじゃなくて、わたくしが払ったら失礼ですよ。ですから、実に豊かな楽な気持ちでいるんですけど、他の人だと、ひょっとするとワリカンなんていわれやしないか……。

高橋　ぼくは大学で講義していて、学生の顔をまともに見ることができないんです、なんだか恥ずかしくて。下向いたり、横向いたり、天井向いちゃったりするんです。ところが、市民文化講座なんていうもんだったら、全部顔を見ちゃう。どこにいい女がいるだろうかなんて。大学はダメですね。

山口　女子学生はいないんですか。

高橋　女、男にかかわらず、てれくさい。どういうんでしょうね。もし大学の講義という自分の表芸をしくじったら、おれの人生の全部がダメになると思いますから真剣なんですね。だから講義の文章のまずさ加減といったらない。そのかわり、随筆、何でもいいから三枚書いてくださいなんていわれると、時にはいい文章ができるんですよ、ぼくは。

山口　どっちかといえば、そっちのほうがいい。

学生さんと一緒に飲んだりすることございますか。

高橋　あります。何年か前、女子学生が卒業論文のテーマの相談に来ましてね、「ど……」とぼくがいいかけたら、もうすわっちゃってる。どうぞといわない前に……。話が終って、

「じゃ、いいですね」「ハァ」といって向うが立ち上がった。おじぎして顔あげたら、うしろ向いてスッスッと行っちゃった。おじぎして教授がおじぎしているなんて……。おじぎしなくなりましたね、近ごろの人は。それからありがとうをいわなくなりました。ドイツ語のありがとうは、語源的に申しますと、おぼえているという意味なんですね。日本のありがとうは、あることがかたいという意味らしいですね。一期一会のありがたさというのがありますね、たまたまこの世に生まれきて、会いがたきことに出会ったという喜びのありがたさなんです。ドイツ語のありがとうと日本語のは全然違う。だから近ごろの人がありがとうといわないというのは、自分の生まれてきた人生に対してありがたしと考えないんじゃないですか。自分のいのちを粗末にしてるんですね。年とった証拠ですね、こんなことをいっているのは。

山口　「ありがとう」じゃなくて、「すみません」というんですね。あれ、いやなときがある。何がすみませんだという感じになるときがありますよ。

高橋　友だちと二人でトンカツ屋へ行って「トンカツ二つ」といったら、給仕の女の子がコック場に向って、「すいませんがトンカツ二つ」といってるんです、何がすまねえんだ。カネ払って食うというのに、逆じゃねえか。

近ごろいわなくなったことばに、「かんにんしてください」。昔は「かんにんね」なんていったことがありますね。かんにんとか、忍耐とか、耐えるとか……。

山口君は習いごとはやってませんか。

山口　全然ひとつも。いまやりたいと思っているのは、お習字です。

高橋　あれはいいですね。ぼくは、戦争中随分やりました。

山口　実に恥ずかしいことですよね。書けない。

高橋　福田恆存君のおとうさんが字がじょうずだったんですよ。ぼくは戦争前に習いに行きました。

山口　書家ですか。

高橋　書家です。りっぱな字でした。いい表札を書いていただきましてね、ところが盗まれちゃって、惜しいことをしました。習字をやりますと、あんなおもしろいものないですよ。もちろん懸腕直筆《けんわんちょくひつ》、二本の指でこうやる。新聞紙でもいいんですよ。近ごろ発見したんですけど、日本の筆の字は芸術品ですね。自分の思うとおりになりませんでしょう。そのたんびの一発勝負です。だから習字って芸術品をつくるようなものじゃないでしょうか。

もう一つ発見しましたのは、点を打って棒を引きますね、その棒がまずかったなと思ったら、次の画でかっこうを直せる。あれ、おもしろいですね。一本縦に線を引く、これが左に寄りすぎたなと思ったら、次の画を一寸よけいに右へ持って行けば全体の姿が直るというふうに、融通無碍《ゆうずうむげ》ですね。

山口　性格が出てしまうので、こわいような感じもありますね。なんか自分の中の品性下劣が全部出ちゃうような……。

高橋　出ますね、ああいうものには。

山口　吉野秀雄先生は歌よみではあるけれども、書家でもありますね。その先生が会津八一さんです。そのお二人が字というものは原稿用紙の四角いマス目に四角く書くということをやってればしまいにうまくなるものだということをおっしゃっていたので、よく見ると会津さんの字も吉野先生の字も真四角ですね。それでびっくりしたことがあって、これならやれるんじゃないかというような気がして……。

学士号は国家試験で

山口　いま学生なんかどうですか。ほんとうにドイツ文学を一生やっていこうというような……。

高橋　のもおりますね。驚きましたのは、ぼくは学生部長というものをやりまして、短い期間でしたけど……。それで左翼学生と団体交渉みたいなのをしたわけです。そのときに「諸君は何しろ教育される人間なんだから」といいましたら、「そんなことばは慎んでもらいたい」というんですな。ショッキングでしたね。教育される人間とする人間がいればこそ、大学の自治はあるのです。それがなかったら世間と同じじゃないでしょうかね。何かといえば、大学自治の共同の担い手、同資格の研究者……。冗談じゃないですよ。きのうまで受験勉強で一所懸命旺文社かなんかの本を読んでいたのが、一夜明くれば大学に入学していきなり大学自治の共同の担い手、同資格の共同研究者なんて、そんなはなしはござんせんよ。大学というところはおそらく自治能力の涵養《かんよう》の場所じゃないですか。それなのに、きのうまでの坊やや嬢やがいきなり大学自治の共同の担い手——笑わせるなてんだ。大学の自治を拡大解釈しすぎている。研究と教育の自治であって、あとのことすべては一般市民と同じじゃないかと思うんです。

山口　わたくしは旧制高校復活賛成なんですが、どうでしょう。いまの大学が怪しげになってきたのは、教養過程でダメになったような気がするんですがね。

高橋　あれはいちばんダメですね。なぜかというと単位制なんです。何単位とればいいというので、どの学生がどの講義を聞きに来るかわからない。昔はクラス制でございましょう。先生はみんな生徒の顔を知っていた。四十人なら四十人を全部掌握できるんですよ。いまは掌握できない。だから学生との接触が足りないなんてよくしかられますけどね、クラス制にしちゃったら、年がら年じゅう接触ですよ。

山口　わたくしは、六三三というふうにこまかくわけて、三三でもう一つ受験があるというのはかわいそうだと思うのです。五年制にすれば、初めの三年くらいはどうでもいい。

高橋　そうですね。あの区切りがいけませんね。三と三の間が……。

山口　単に中学でいいと思うのです。その上に高等学校があって、それで大体いいですよ。よほどできる人が大学に行けばいい。その証拠に大学を中退した人に優秀な人がいますね。そういう種類の場所であったほうがいいと思う。資格に関係なく、勉強したい人が勉強するところにして出入りは自由にすればいい。早稲田大学なんか、こと文壇に関するかぎり中退した人のほうがいい仕事をしている。井伏鱒二先生をはじめとして。

高橋　そうです。文部省あたりに聞くと、大学院大学を考えているらしいですね。それよりも何よりもいちばん決定的な点は、大学を出ると免状をくれますね。あの卒業証書というやつをよしちゃったらいい。そうしたら東大出も何出もなくなりますから。もし学士号がほしかったら国家試験でやる。だから、東大に何年いようと、西大に何年いようと、一か月いようと五年いようとかまわない、ただし卒業証書は出ませんよというふうにしたらいいと思いますよ。

山口　あんまなんかと同じにしたらいいですね。（笑）国家試験だけで……。

高橋　そしたらもっともっと日本の学術は向上すると思いますね。それに対してもっとも大きな反対があるとすれば、それはおそらくマンモス大学の側からでしょうね。そして経営者よりも教授陣でしょうね。そうなったらへんな教授は勤めていられなくなっちゃうもの。大体いまの学生諸君は、学生だからというので甘ったれすぎてますよ。生意気だ。不届き千万だ。

大学は治外法権区域じゃない。大学の自治は教育と研究だけのものなんですよ。それを、警官は入るなんて、とんでもない。刑事事件が起ったら、警官が入るのは当り前のことじゃありませんか。どうも大学側も教授側も弱いですね。青二才だけがふんぞり返ってる。

山口　わたくしは、学生は選挙権がなくてもいいと思いますね。やっぱり世帯持って、何年か苦労した人が投票権があるのであって、彼らが選挙権を持っているのはおかしい。

高橋　あるいは、山口君と同じことなんだけど、所得税を払ったやつが選挙権を持つ。所得税を払わないくせに選挙権なんてダメですよ。

もう一つは、大学の数が多すぎますね。八百近いでしょう。そんな国が世界にありますか。日本の大学は十ぐらいでいいです。だって大学は共同便所じゃない。出たり入ったりするところじゃない。そこにいて勉強するところなんですからね。いまはただもう入って、さてそれから早く出ようというんでしょう。日本は教育制度が進んでいるというようなことをいう人もいるが、それは形の上だけのことで、内実はひどいもんですよ。大学の実情を知っているぼくがいうんですから、これは確かなことといっていいんですよ。

中原将棋を倒すのは私だ

大山康晴
山口瞳

■おおやま・やすはる
将棋棋士。一九二三〜九二。十五世名人。著書に『大山康晴全集』など。

チャンスはまだある

山口　ごく一部に大山引退説というのがございますね。大へんお聞きしにくいことなんですが、引退はお考えになっていますか。

大山　ぜんぜん考えていませんね。

山口　わたしとしては、もちろんそうあってほしいですがね。

大山　たしかに引退説がささやかれているようですね。ま、いろんな説があってかまわないわけで、ただ、わたし自身、引退はまったく考えていない。なぜって、わたしが弱くなったとは思えないからですよ。いままでわたしの勝率は平均して七割くらいですが、最近の勝率をみると、中原（誠名人）さんとの対局をのぞけば、やはりほぼ七割でしょう。

つまり、中原さんには負け越しているけれど、他の人に対しては変っていないことになりますね。もし、勝率が四割とか三割に落ちたら、もちろん引退します。それにタイトルをとられたとはいえ、名人戦、王将戦の内容は決して悪くなかったと思います。

この分なら、タイトル奪回のチャンスがまだまだあるぞと、まあ、こんな風に考えているわけです。

山口 それを伺って、大山ファンの一人として安心しました。ただね、引退説をとなえる人は大山さんが弱くなったと思っているわけじゃなく……。

大山 面子《メンツ》があるというんでしょ。(笑)

山口 そう、そう。男の花道とかね。そういうことを考えているんだと思います。ところで、お体の調子は最近いかがですか。

大山 とくに疲れるとか、そういった自覚症状はないんですがね。昨年の暮、人間ドックいうんですか、あそこで検査を受けました。

山口 で、いかがでした。糖尿なんかどうですか。

大山 若干ありましたね。糖が出る、胃が悪い、腸が悪い、肝臓が悪い……みんな少しずつ悪かったですよ。それを総合すると、要するに年齢《とし》相応なんだそうです。年齢相応とはじつにうまい表現だと思いましたね。

山口 以前とくらべて、根気がないとか、粘りがなくなったという感じはありますか。

大山 それは感じますね。「……だろう」という手が多くなった。「このへんでいいだろう」「なんとかなるだろう」「いけるだろう」……それだけ粘りがなくなったともいえる。逆にいうと、早い時点で見通しが立ちすぎるわけですね。アマチュアの方の将棋をみていると、われわれプロがみたらもうどうしようもない局面で、がんばっているでしょう。あれは見通しが立たないからがんばれるんで、見通しが早く立ちすぎると、しょせんダメなんだからとあきらめてしまう。最近のわたしがそうで、粘る力がどうも弱くなったんじゃないか……。

投了を覚悟したとき

山口 もう一つ、聞きにくいことをおたずねしますが、四対〇のストレート負けがきまった王将戦第四局ですね、勝負が終った瞬間どんなことを感じましたか。

大山 べつにどうということはなかったですよ、正直のところ。三対〇で負けた時点では、タイトルを守るためには、四番続けて勝たなきゃいけないわけでしょう。だいたい三対〇で負けるような悪いコンディションのときに、四番棒で勝つことは不可能です。あのとき、すでにあきらめていましたね。それにどの対局の場合でも、投了の二時間くらい前に負けを覚悟するときがあるものです。そのときはイヤなもんですが、それを過ぎていざ投了の場面になると冷静になっている。だから、その瞬間はガッカリした表情はでないんですね。

山口 そうですか。大山無冠になるというわけで、どの新聞もデカデカとその瞬間の写真をのせましたね。つまり、世間では大山さんはすべてのタイトルを失って、ガックリきたんじゃないかと思うわけですよ。その瞬間というのは、世間的には大事件だったのです。

大山 あのね、うちに帰って思ったんですが、負けてこれだけ大きく扱ってくれるんなら本望だとね。勝ってもなかなかこんなには扱ってくれませんもの。（笑）タイトルがまるっきりなくなったのは、昭和三十二年から二年間と、こんどの二回目ですが、前のときのほうがショックは大きかった。なぜだろうと考えてみたんですが、昭和三十二年はタイトルをとり始めて五、六年目ですね。取ってから取られるまでの期間が短かったから、ショックが大きかったような気がします。たくさんタイトルをとって、それが長い時間をかけてぜんぶなくなってしまう場合は、くやしいとか、ショックはあまり感じないらしいんですよ。どうも不思議な話ですな。

山口 ふーん。そんなものかな。そういえば、中原さんが棋聖戦で有吉（道夫八段）さんにタイトルを奪われたでしょう。あれは中原さんかなりこたえたようでしたね。これなんか、タイトルを取ってつぎに取られるまで短かったですから。

大山 その日にちが浅ければ浅いほど、取られたときのショックは大きい。逆にあまり長くなると、べつにどうということはないんです。その瞬間、感無量というのは実感じゃないですよ。

負けてジタバタせず

山口　そうしますと、現在はスランプといえますか。

大山　それが自分でもちょっとわからないのです。第一、スランプにしては長すぎる。調子が悪いのが三カ月とか四カ月ならわかるんですが、おかしくなってからもうかれこれ二年ですからねえ。

山口　というと、五冠王のときからおかしかったわけですね。

大山　五冠王から一つ中原さんにもぎとられたとき、ちょっと変調をきたしているなという感じを持ちましたね。プロの場合、星より内容を考えておかしいということを感じる。だからベタ負けに負けても、まだまだと思うときもあるし、勝っていても不安なときがあるんですよ。

山口　いわゆるスランプはこれまで何度かあったわけでしょう。

大山　一年に何回となくありますよ、スランプかなと感じるときは。いままでわたしが経験したいちばんひどいスランプいうか、とにかく将棋さしたら必ず負けるような気がしたのは、さきほどもいいましたが、昭和三十二、三年ごろですよ。

山口　升田（幸三九段）さんが三冠王のときですね。

大山　升田さんにはよく負かされました。とくに、赤坂の『比良野』という旅館でやると勝ったためしがなかった。つぎの対局場は『比良野』――と通知が来ると、こりゃダメだと思っちゃって、出かけるときからまるで勝つ意志がない。(笑) 対局場をかえてくれとは意地でもいえないし、まあ、しようがない、負けてもいいわいと度胸をすえて出かけたんです。とうとう、あそこでは七番続けて負けた。そのうち、『比良野』がつぶれてくれて助かりましたが。(笑)

山口 七番も。こりゃ大へんなことだな。

大山 そういう風に負けつづけると、他の対局にも影響するもんで、その当時、ボロボロ負けた。昭和三十二、三年ごろは勝率がたしか五割八分か六割だったはずですよ。

山口 そんなに悪かったですか。ひどいもんですね。その大スランプをどうやって脱出したんです。

大山 あのね、あわてなかったいうのが、よかったと思います。調子が悪いからなんとかして早く勝ってやろうなんて思わないで、いっさいジタバタせず、負けに行ってやれというようなのんびりした気持でしばらくやったのが結果的にはよかったらしい。

山口 いまのわたしがそれです。(笑) しかし、わたしなんか、そんな気持で将棋を指すとますます負けるような気がするけど……。

大山 どう負けたって、負けるときは一緒なんだという気持、こういうと投げやりのようですが、勝とう勝とうとあせるよりは自然のなりゆきで負けたっていいやというつもりで対局にのぞんだわけです。

山口　えいくそ、酒でも飲んでやろうとか、女遊びしてやろうとか、そう思わなかったですか。

大山　ぜんぜん……。自然に木が倒れるように負けるときは自然に負けましたよ。

山口　自然流ですか。（笑）くやしいと感じませんでしたか。

大山　感じませんね。好調のとき負けるとくやしいですが。というより、くやしさを感じるときのほうが好調だともいえますね。

山口　さて、今度のスランプを乗り切るためになにか特別なことを考えていますか。たとえば将棋を変えてやろうとか。

大山　わたし、この三月十三日で満五十歳になりました。この社会に入って三十七年です。この五十年間はよかれ悪しかれ、自分の思うように生きてきたわけですが、このへんでガラリと、というほどでもないけれど、生き方を変えてみようと思った。そうすれば、将棋も変るかもしれない。まず、手はじめにアルコールをやめてゴルフを始めたわけですよ。屋外運動をすることと、アルコールをぬくことで体質が変えられないものかと考えたわけです。

山口　ゴルフねえ。クラブを握ったご感想はいかがですか。

大山　コースに三回でたんですが、背中が痛くなっちゃって。年がいってゴルフはじめても、ダメらしいですな。とにかく、いままでスポーツと名のつくものいっさいやってませんからねえ。

ヒフで覚えた強さ

山口　大山さんの、スランプ脱出法にみるような一種の人生観というか、勝負観はお母さんとか、ご出身地の岡山という土地柄の影響はありますか。

大山　だれの影響もないんじゃないかな。やはり、大きな勝負を何回かくり返しているうちに、勝ったとき、負けたときの気持の整理の仕方、そういうものを自然におぼえたんだろうと思います。年の功ですよ。

山口　瀬戸内沿岸の人は将棋つよいような気がしますね。

大山　さあ、どうですか。ただ、根性いうか、辛抱強いいうか、とにかく粘り強いのは関西の人に多いようですねえ。さっきいった見通しが立たないでがんばるいう人は関西の棋士に多いんじゃないかしら。

山口　関東の棋士は序盤を大切にし、関西の人は終盤粘り強いといわれますね。投げっぷりのいい人は、だんぜん関東の人に多い。これはたしかだ。それにしても、勝負強いというのはどういうことなんですかねえ。

大山　本当の強さというのは、頂点が長く続けられるということじゃないかな。うまくいえないけれど、頂点をきわめても長くその位置にとどまっていられない人は本当に強いとはいえないんじゃないかと思いますね。天才肌の人より、平凡で合理的な考え方をする人の方が頂点にいる期間が長い。異常な才能の人は急に伸びるかわりにすぐガタンと来る。こういう人は真の強者とはいえませんよ。

たとえば、プロとアマが対局する場合、これは技術の差があまりにも大きいから、その差だけで勝負がついてしまう。しかし、プロのトップクラス同士がやる場合、勝負をきめるのは技術じゃないと思う。将棋の技術に関する限り、それぞれ攻めが得意、受けが得意といったちがいがあるにせよ、その深さは似たりよったりです。そうなると、持てる高度の技術をフルに発揮できるかどうかがキメ手になるわけですよ。強いから勝った、弱いから負けたというのは、よほど力に差がある場合なんです。

山口　俗に勝敗は心技体できまるといわれますね。技は高段者同士では差がないとすれば……。

大山　体力と心の持ち方が大切ということでしょう。最善手を連続して指せる人、途中で乱れる人、この差ですよ。いまの人は伸びるのが早いけれど、いったん行き詰るともろいようです。鍛え上げた人というのは、容易にくずれないし、スランプのときでも、立ち直りが早いような気がしますね。

山口　そこにむかしの内弟子修業の良さがあるとお考えのわけですね。

大山　チエだけを使って覚えたのより、体を使って覚えたことの強さでしょうか。将棋とは直接なんの関係もなさそうな、たとえば先輩の用事を手伝うとか、そういうことをしながらヒフで覚えた力強さ。

山口　内弟子生活はつらかったですか、いま思い返して。

大山　それほどでもなかったですよ。好きでこの道へ入ったのだし、好きなんだから先輩に何をいわれようが平気でした。いまの若い人にこんなことをいってもわからないと思いますが、寒い冬の朝、冷たい水で雑巾をしぼり、拭き掃除をしたあと、ようやくごはんにありつけて、熱いお茶が入ったお茶碗で手をあたためるとき、「おお、あったかい」という喜び。これが内弟子生活なんです。

山口　将棋なんかちっとも教えてくれないんだそうですね。

大山流マージャン必勝法

大山　強くなるかどうかは本人の意欲次第ですからね。教えたからといって強くなるもんじゃない。

山口　そうですね。教わるのはアマチュア、プロはチラッと見ておぼえちゃう。踊りでも三味線でも、お師匠さんは手とり足とり教えないもんですよ。弟子に教えているのをみておぼえるのがプロ……。

大山 教わってもおぼえないのがアマ、ですか。（笑）

山口 大山さんが故木見金治郎八段に入門したのが十二歳。小学校を卒業したばかりですが、内弟子時代なにを考えていました？

大山 なにも考えませんでしたねえ。

山口 名人になってやろうとか。

大山 とんでもない。そんなこと考えもしませんでしたよ。あのころは、わたしは升田さんという人を目標にしていた。あの人はわたしより五歳上で、わたしが入門したときが二段。こっちは七、八級ですね。もし、そのとき、わたしが升田さんという人間ではなく二段を目標にしていたら、多分、途中でダメになったでしょう。わたしも三年後には二段になったわけですが、そのときは升田さんは五段です。そうすると、まだまだあの人には及ばない、ガンバラなくちゃあと勉強する。それから三年たって、こっちが五段のときはあちらは七段。自分なりに升田さんの近くに来たかなと思ったのは戦後、お互いに八段になったときです。入門してから十数年たっているわけですね。升田さんのような優秀な動く目標を持ったおかげだと思っています。

山口 優秀も優秀、大天才ですからねえ。話は変りますが、ギャンブルはなさいます？

大山 ええ。だいたいのものは好きです。ただし、競輪、競馬はやりませんが。

山口　マージャンと将棋、なにか共通したものがありますか。

大山　対局の前の晩にマージャンの卓をかこむのは、勝負に対する感覚を休ませないためです。

山口　あれ気分転換かと思っていたんですが……。

大山　そうじゃなくて、勝負の動きに対する感覚を休ませないためにやるんですよ。もう一つはベスト・コンディション作り。ある仕事をするときのベスト・コンディションとは各人ちがいましょ。二十代の頃のわたしは、十分に睡眠がとれ、二日酔いもせず、お腹もいっぱいという状態で対局すると、暴走しちゃった。勇み足がつい出る。ところが、腹がへっているとか、歯が痛いとか、なにかちょっとした故障があると、ブレーキがかかる。その結果、将棋の内容にもブレーキがかかり、暴走がなくなった。だから、二十代のころは対局の前日、わざとマージャンで夜ふかしし、体を少し疲れさせたものです。ところが、四、五十歳になると疲れが残る。だから、このごろはみんながやっているのを寝ころんでみている。それにマージャンと将棋は対局観というか、勝負のカンどころは似ていますね。

山口　大山流マージャン必勝法ってありますか。

大山　必勝法かどうか知りませんが、ツイていると思ったら徹底的にやることかな。相手をさがしてどんどんやる。波がさがったナと思ったら、なるべくやらないこと。丸田さんに教わったんですが、最初の半チャンは強気で押して行き、その日のツキを見定める。ツイてい

れば、あくまで強気。そうでなければ、なにか理由をつけてその日は早く切りあげることですな。（笑）

もっとアマとの交流を

山口　わたしのマージャン必勝法は弱いヤツとやれ、です。これなら絶対まちがいがない。（笑）マージャンの話はそのくらいにして、わたしは熱烈なる将棋ファンの一人として残念に思うことがあるんです。たとえば千駄ヶ谷（東京）にある将棋会館。あれ、なんですか。表からみると町の柔道場か剣道場みたいで、わたしなど見学に行ってもいる所がない。応接室は町工場よりもひどい。二階の広間は大勢あがるとあぶないという。（笑）これ一つをとっても碁にずいぶん差をつけられている感じです。

大山　そうですね。現在、日本将棋連盟という団体は棋士が運営していますが、日本棋院は外部の専門家が運営にあたっている。きっとその差でしょう。普及や運営の面で碁のいいところはどしどしとり入れるべきですね。

山口　四年任期くらいでその道のベテランを迎えて、運営からいっさいまかせてみるのも一つの方法じゃないかと思います。雑誌づくりのうまい人、資金集めのうまい人、運営をやらせたらすばらしくうまい人、それぞれプロがいるわけですよ。将棋の世界ではこれだけプロを尊敬するんだから、ほかの社会のプロをもっと尊重すべきだ。

大山　おっしゃる通りですよ。

山口　注文ついでにもう一ついわせてもらえば、もっとプロとアマの交流をさかんにすべきじゃないですかね。碁の場合、アマチュアが相当強いせいもあって、アマ・プロの交流がスムーズにいっています。そりゃ、将棋の場合、アマチュアはプロにかないっこないけれど、それにしても、もっとアマチュアが参加できる場をつくって欲しい。名人位とか王将位とかのタイトルを神聖視しすぎると、かえって将棋に対する親しみを遠ざけてしまうような気がする。

それと関連するかどうかわかりませんが、いまの若手、専門棋士のタマゴはヒマすぎると思いませんか。夏の時分に将棋連盟へ行くと、庭に雑草がはえてますね。どうして草取りやらないんだ、やらないんならぼくがやるよと冗談いったことがある。さっき、大山さんがおっしゃった心技体の例をかりれば、技と体はともかく心はまるでできていないんですね。たしかに将棋指しは勝ちゃあいいのかもしれないが、そんな心がけでは頂点を長く維持できない。もっと将棋連盟のために働くという気持ね、これが欲しいですね。

大山　いまの若い人は骨惜しみするようですな。

山口　そのくせ、マージャンだ、ボウリングだ、競輪だと、そういうところへ行くヒマはあるらしい。そんなヒマがあったら庭の雑草でもむしれといいたいな。庭の草とりなんか、一見将棋と関係なさそうだけれど、これは生活態度の問題なんですよ。生活態度のいい人は成績もどんどん上がりますね、わたしが見ている限りは。野球の選手、競馬の騎手でも同じことですが。

自分の職業に関心を持て

大山　強くなった人いうのは、そういう面での気の使い方が少しずつ違っておりますね。先輩のはきものが乱れていたらちょっと揃えるとか、よごれ物がちらかっていたら黙って洗濯しておくとか、自分がお世話になっているところの庭に雑草が目立ったらむしるとか、そういう小さなことのつみかさねですよ。草をむしること自体は、なにも将棋にプラスすることはないんですよ。大事なのはその気持ですね。

山口　そう、そう。まわりの人はそういう人を決して粗末に扱いませんから。いろいろの面で得がある。四段になってからお茶くみはやらないとか、二十歳そこその若者にしては生意気です。もっとキビキビと動いてほしい。ちょっといまの話と逆のことというようですが、大山さんはつき合いがよすぎる、もっと休養すべきだというファンの声がある。ご存じですか。やれ、講演だ、やれ海外普及旅行だ、なんだかだと雑用が多すぎる、大山さんの場合は逆に対局に専念すべきだというのです。

大山　ええ、そういう声があるのも知ってます。これは一体なにが休養かという問題にゆきつかざるを得ない。わたしの場合、一週間かひと月、何もせず家で静養しておれといわれたら、「死ね」っていうのと一緒です。

山口　なるほど、これは特別製だ。そういうところが二十年以上、このきびしい勝負の世界でトップを維持してきたヒミツかな。

大山　そうかもしれません。それにのん気なんです。わたしは自分の立場いうか、名人なら名人としての立場をあまり意識しなかった。タイトルをとられたらどうしようとかあまり考えないわけです。わたしの場合、二対二になった五番目とか、三対三になった七番目の勝率が圧倒的によいことと無関係ではないと思う。こういう場合、精神が冷静なほうが勝つものですよ。この一番に勝ったら名人になれるとか、この一番に負けたらタイトルを失うとか、それを意識したほうが負けですね。

山口　いつか山田（道美九段・故人）さんと三対三になって、山田さんが自分で勝手にころんじゃったようなことがありましたね。あれは王将戦でしたか。

大山　山田さんの力みすぎですね。勝敗のポイントは自然な気持で指せるかどうかにかかっていますからね、ああいう場合は。それにトップに立っている人は止ってはダメ。そのとたんに二番手、三番手の人に追いぬかれてしまう。だから、上に立つ人ほど真面目な生活をするし、勉強もする。

山口　ジャイアンツと同じだ。（笑）ジャイアンツの練習は他のチームとはまるでちがうもの。他のチームは勝てっこないんだなあ。ジャイアンツの練習にあたる部分は具体的にはどんなことをするんですか。

大山　勉強といったって棋譜をならべたり本を読むわけじゃない。それはとうのむかしに卒業している。ただ、一日に一時間か三十分でもいい、自分の職業に関心もつことじゃないですか。

天の時を得た中原名人

山口　さて、いまや将棋界もON時代なんだそうで。中原さんと何度もタイトル戦を戦った経験から、中原将棋をどうごらんになりますか。

大山　そうですね。中原さんはもっとも良い時期にでて来たといえるでしょう。十年前なら決していまのような成績を上げられないし、十年後でもやはりこうはいかないと思いますね。新旧交代の、いわば過渡期にタイミングよくでてきたという点に実力もさることながら、運というか、そういう星の下に生まれた幸運児という感じがするんです。

山口　天の時を得たというヤツですね。それは大山さんにもいえることじゃないですか。

大山　そう、わたしも木村名人が引退する年代に出て来たという同じような運の良さがあった。かりに、二上（達也八段）さんがいま二十五歳だったら、中原さんの強敵になっており、おそらく二上さんが勝つだろうと思う。ところが、実際は二上さんが出て来たころは、升田さんやわたしが全盛で二上さんは何度も挑戦したけれど、そのたびにやられてしまった。いわば、升田さんとわたしに芽を摘まれた形だったと思うんです。

つぎに、やはり人柄ですね。将棋が強くなると同時に先輩たちに感謝の念を持ちつづけている奥ゆかしさ。これが将棋にはばを持たせています。

山口　研究熱心な山田九段についてよく勉強したし、兄弟子の芹沢（博文八段）という人は将棋の筋がいいし、師匠の高柳八段は若い人を育てるのが上手でしょう。万事、好環境にあったといえますね、中原さんの場合。

大山　将棋のような勝負ごとは技術だけでは大成しないんです。結局は人柄の勝負だと思いますね。

山口　いわば心技体の三つがよくバランスがとれた中原さんは、大山さんの前に立ちはだかった恐るべき敵というわけですね。倒す自信ありますか。

大山　自分で言っちゃおかしいけれど、わたし以外、中原さんと戦っても勝負にならないのとちがいますか。

山口　客観的にみて、ＯＮを追うのは内藤（国雄王位）さんと米長（邦雄八段）さんでしょう。しかし、最近、お二人とも中原さんはぼくらより少し強いんじゃないかとわたしに告白したことがあるんですよ。

大山　率直にいって、たしかに差がありますね。しかもその差はこれから一年ごとに開くばかりだと思います。それほど中原さんは充実している。わたし以外のだれがやっても負けるような気がします。わたしとやるのがいちばんおもしろいんじゃないですか。その意味でもわたしはまだまだやるつもりですよ。引退する気持なんかこれっぽっちもありませんな。（笑）

山口　それは嬉しいな。その力強い言葉をきいて将棋ファンとして心強い限りですよ。

一ト言も　言わで内儀の　勝ちになり

土岐雄三
山口瞳

田舎芸者の素朴な味

土岐 どうも遅くなりました。

山口 お暑うございます。

土岐 車が予定していたやつが来ませんでね、歩いてきたものですから遅くなっちゃいまして。

山口 ご近所ですか。

土岐 そうですね、歩いてここから十七、八分ぐらい。

山口 お暑いところを歩いて……申しわけありません。社長に歩かせちゃって。

土岐 浦和はときどき……?

山口 以前に小島屋さんで宴会をやったことがあるんですけど、その日は岡部冬彦さんのところへ伺いました。

■とき・ゆうぞう
作家。一九〇七〜八九。著書に『わが山本周五郎』『男の美学』など。

土岐　ここでよく岡部と飲むんです。

山口　大体この満寿屋ですか。

土岐　ええ、ここへね、なんとなしに来ついちゃいまして。浦和はうなぎ屋が割に多いんですけどね。

山口　浦和にはいつごろから……？

土岐　昭和九年に来たんですからね、浦和が市になった年ですよ。

山口　浦和市制とともに生きてる。

土岐　ええ、そうです。ハハ。それがね。浦和に遠縁の者がいましてね、建ってから四年ぐらいの家を千三百円で買ったんですよ。

山口　はあ……。

土岐　建坪が三十五、六坪ありましてね。敷地が百四、五十坪あってね、総檜《そうひのき》という家ですね。当時給料百円でしたからね。一年分の給料で買えたんですよ。だからそのじぶんは引っ越そうと思えば、どこだって家ありましたしね、なにも浦和なんて来なくてもよかったんですけどね。ただ、北部山沿いの地方ですからね、こちらは。（笑）だから、私鉄が一本もないですものね。

山口　なるほどね。ああ、気がつきませんでした。

土岐　国鉄一本しかないんですからね、国鉄が止まったら、この辺はまったくアウトになるんです。

山口　はあはあ。

土岐　ただね、距離は二十五キロなんですよ、日本橋から。

山口　銀座から自動車でどのくらいですか。

土岐　そうですね、やっぱり小一時間かかりますね。

山口　やっぱりかなりな距離ですね。

土岐　ええ。ずいぶん高速道路は、迂回しますからね、まっすぐ来ればね、四十分ぐらいですかね。だからわりあいに、遠くはないんですよ。

山口　ここのお店は最近ですか。ずっとここでおあすびに……？

土岐　そうですね、もうずいぶん古いですよ。

山口　新築でございますね、しかし。

土岐　ええ。ここね、このごろ少し建て増したんですよ。

山口　このごろ障子も張り替えたって。（笑）畳も新しい。（笑）芸者さんが入るんですか、ここ。

土岐　入ります、ええ。

山口　じゃ、あとで呼んでください。（笑）美人なんですってね。江戸じゃあ大変な評判ですよ。岡部さんと張りあってるって。大変な評判。（笑）

土岐　そうなんです。上半身があたしで、下半身が岡部という。（笑）

山口　鄙《ひな》には稀なってんですかね。それで、まん中あたしがいただこうという。（笑）それで乗り込んできたんです。（笑）花柳界がこの近所ですか。

土岐　花柳界って、まあ、地元芸者っていうんですか、何人ぐらいいるのかなあ。二、三十人いるんじゃないですか。田舎芸者ですからね、ちょっとおもしろいですよ、東京の芸者と違ってね。

山口　どういうところがおもしろいんですか。

土岐　つとめますね、たいへんに。まあ馬鹿なホステスに比べれば、芸者のほうがはるかにいいですけどね。

山口　おさらいなんかもやるわけですか。

土岐　ウーン、やるらしいですよ。

山口　そういうときはなるべく避けて通る。

土岐　ハッハッハ。よく岡部君と話すんだけども、ホステスってのは黙って坐ってね、目あいて息してりゃゼニになるでしょう。芸者はちょっと違うでしょう。

山口　そりゃもう違います。

土岐　それから芸者だとこういう部屋に入ると、隣の部屋に旦那がいようとパトロンがいようと、お約束の時間までいるでしょう。ところがバアのホステスってのは年中、意識はドアのほうにあって、ぼくはいちばん腹立つのはね、あの、こう何か注文して一杯飲むやつ出すでしょう。それをちょっと口つけたぐらいにまた違う客が来るとそっちへ行くでしょう。そうするとあれ全部、ゼニ取られちゃうんですからね。

山口　ええ、ええ。

土岐　だから、それ持ってくならまだいいんですけどね。食い残して行っちゃいますからね。だからどうもバアってのはあんまり……。

山口　ぜんぜん飲まないのがいますね。何飲むなんていうと、あたしフレッシュジュースなんていってね。ジュースがくるまえにいなくなっちゃうのがいる。そうなると私の前にジュースとオツマミのオセンべだけ残る。なんだか峠の茶屋へ来たみたい。(笑)

土岐　ええ。あれはほんとにいかんですな。ああいうのはむかしはなかったからね。

山口　フレッシュジュースでも安くないですからね。

土岐　同じでしょう、あれ。

山口　いいえ、水割より高いんです。つまり、いまね、なぜ水割飲むかというと、あれがいちばん安いんですね、水割ってのは。

土岐　はあはあ。

山口　細工をすると高くなるのね。フレッシュジュースといっても、水割がたとえば五百円とすると八百円。

土岐　なんとも馬鹿くさいような感じがします。つい行っちゃいますけどね。あれ、どうして行っちゃうんだかわからない。なにしろ四十何年、もう慙愧《ざんき》の至りでね。（笑）

山口　地元であすぶってのはどうですか。わたくしはわりに好きなんですけども。

土岐　地元で遊ぶって、まあここでね、芸者呼んで飲むこともありますがね、あとはあんまり……。やっぱり行きつけの店ってのできますでしょう、自然と。

山口　勝手のいい店ってのがありますね。

土岐　それからあと北浦和に一軒、腰掛けて飲むところもあります。あんまりあれですね、遊ぶというような遊びはもうこのごろ、できなくなりましたね、ハハハ、尾羽打ち枯らしてきたし。

山口　社長がそういうことといっちゃ困りますね。

土岐　いやいや。（笑）ほんとにお恥ずかしい次第ですよ。あ、新顔の人が来たな。あなた、新しいの。

仲居　そうでもないです。

土岐　あんまり見たことないね。

仲居　そうですね、あんまりお会いしたことないです。

山口　秘密兵器なのよ。（笑）

土岐　お酒は山口さん、ずいぶん召し上がるんでしょう。いろいろお書きになったもの拝見

する と。

山口　ただただだらしがないだけなんです。

女房は正義の味方!?

土岐　もう、孫が高校二年ですからね。所帯持って四十三年かな。うちのかみさんてやつは、うまいものは外で、きれいな人を見たかったら外へ行けってなもんですからね。

山口　テレビの「かみさんと私」……。伊志井寛が社長にそっくりでね。

土岐　あれはあたしは見ないし、かみさんにも見せたくないんですがね。あれやるたんびにかみさんの機嫌が悪くなるんですよ。

山口　え？　悪いんですか。

土岐　あのね、あんないい亭主じゃないでしょう。

山口　ありのまま描かれてもなお困る。

土岐　それでね、たまには少しほんとのことをと思って書いたら、イメージがこわれるからって直されちゃったんです。絵空事ですよ。

山口　困ったね。

土岐　人物の構成はあのとおりですけどね。十何年間やったんですかね、あれいちばん最初、京塚じゃなくて夏川静枝がやったんです。

山口 へえ、ずいぶん前。

土岐 ところが夏川静枝じゃどうも雰囲気が出ないっていうんでね、それで伊志井寛がうちの昌子がいいだろうというんで、それから京塚さんがやったんですけどね。

山口 京塚さんはふとっていましたか、すでに。

土岐 ええ、ふとってました。ふとってるほうがね、何もかも知っていて黙ってるという感じが出るのね。

山口 それは面白いですね。

土岐 うちのかみさんてのはとにかく、なんていうのかな、一歩後退、二歩後退ですからね、畳たたいてこちの人というような式じゃないんだ。どうせあたしはってなもんでしょう。どこも出かけませんからね。だからこのごろどっかへ行こうといってもね、どうして若いじぶんに言ってくれなかったたっていうんですよ。(笑) そういうふうにいいますね、女は。なんかうまいもの食いに行こうかといってもね、胃が悪いとかね、歯が悪いとかっていいますでしょう。昔を今にするよしもなしでね、ただただ降参の一手ですわ。

山口 だめですかねえ。六十七歳?

土岐 わたくしですか、六十六歳とね、一ヵ月です。

山口 そのへんで、結婚四十三年たって、まだだめですかね。無罪放免にしてくれないですか。

土岐 だめですね、やっぱり怨念じゃないかな。（笑）

山口 「怨」という字のムシロの旗持っている感じですか。

土岐 ええ。

山口 前途暗澹たる感じになってきたな。

土岐 だめですね。何気なくいやなこと言うんですよ。ぜんぜん関係なくね。たとえばテレビなんか見てるとね、「なんといってもお金ですね、お父さん」てなことをいうんですよ。それ言われただけでね、こっちは背筋がぞっとなるような、そういう感じのことをつぶやくんですよ。（笑）

山口 急所を突いてくる。しかし女房っていうのはまちがったことをいわないでしょう。そのこと自体は。「やっぱりお金ですね」「ウーン、まあ……」そういうよりしようがないでしょう。

土岐 しようがないです。

山口 なんか正義の味方かね、月光仮面一人飼っているような感じしますね。

土岐 そうです。それから、とにかくさからいますね。

山口 そうです。（身をのりだして）とりあえず、さからってみる。

土岐 この間もね、テレビ見てたら鳩がたくさんいる場面があって、「鳩っていうのは公害に強いなあ」といったらね、「だって雀だって強いですよ」と、こう言いました。（笑）それはね、たしかに雀だって強いですよね。だけど「それはそうですね」といったっていいじゃないかと思いますでしょう。ねえ、若い人だったらそうですねというでしょう。だけど雀だって強いと。だからもう二の句がつげなくなっちゃうですよ。たとえば、このところ暑いですからね、「早く涼しくなんねえかなあ」とこういうでしょう。「だってまだ土用にも入っていませんよ」（笑）こういう言い方するとね、そんなこと知ってますよ、こっちだって入ってないことぐらいは。だけどそういうふうに言うんですね。それいうと、「じゃ、何でもハイ、ハイっていいやいいんですか」と、こういうふうにきますからね、こっちも黙して語らずということですね。

山口　野坂昭如さんはね、女房というのはヤクザと同じでね、どういったってだめだって言いますね。刃向かっていきゃつきとばされる。甘いことといったってだめ、なだめてもだめ。あやまっても許してくれない。ヤクザと同じだって。（笑）わたくしはそんなこと言いませんよ。（笑）正義の味方なんです。必ず正しいんですよ。奥さまのおっしゃることはすべて正しいですね。

土岐　まあそういうことですね。

山口　だって土用がまだきてないっていうのは……。（笑）

土岐　だけどね、こっちのムードとしてはやっぱり「早く涼しくなんねえかなあ」といったときにね、「そうですねえ」と、そのくらいちょっと期待しますな。それをね、土用がこないからといわれちゃうとね、ウッと思いますね。

山口 なにか言って、女房が「そうね」と言ってくれるとホッとしたりして。（笑）それで、なんであたしがここでホッとしなきゃならないのかと思って、また悩んだり……。

土岐 「そうね」といわれるとまた無気味だ。（笑）

山口 わたしは、なんか、きょうはいいことあった、日記につけようかなという気分になりますね。「はい」といってくれただけで。

土岐 もうほんとにね、これはまれに……ないですね、まず。昨年かな、月三万円で暮らすというやつをやったんですけどね、あれ、女房がいっしょにやってくれなければとうてい月三万円であがらないですわ。うちのかみさんはもう大体前の日の残りものですますほうですからね。

山口 それは先生、はじめ思い立ったのはどういう……。

土岐 それはね、札幌のテレビでですね、定年後のサラリーマンの生活はどうなるだろうかというんでね、人材銀行の人だとか、それから来年定年だとか、それからもう定年過ぎて二度の勤めをした人が集まりましてね、そういう話が出たんです。亡くなった文春の池島さんにその話をしたら、それはおもしろい、うちの本誌の読者は大体中年以上の人が多いから、ひとつためしにやってみないかというわけですよ。で、もう教育費はいらないし、家賃もいらないし、飲み食いだけですから、老夫婦飲み食いするだけで月三万円ぐらいでやれねえかっていうわけですよ。やりましょう。実際やってみたんですがね。結局ね、かからないんですよ、そんなに金いらないですね。で、いままでいちばん何に使ってたかというと、車賃と飲代ですよ。

山口　はあ。

土岐　いままでは銀座へ出て、一杯飲んで、まあ一杯じゃすまない、一、二軒歩いて、帰りタクシーで、千円乗せてなんてことをやりますでしょう。一晩で二、三万かかりますよね。だからね、ほんとにあれを削りこれを削りしますとね。それから、新聞も四つ取っていましたけど全部ことわっちゃってね、埼玉新聞は送ってくれますから埼玉新聞と、報知新聞と、ただのやつ。でね、電話はむこうからかかってきてもこっちからはかけないというふうにしましたらね、まあ三万円ぴっちりはいきませんでしたけれども、まあとにかく金いらないですよ。だってね、大根が一本百円したって、一本の大根を大根おろしにしたって味噌汁の実にしたって、そうは食えませんからね。結局食うだけだったら三万円でどうにかいくわけですよ。それをやって最初やっぱりあれですな、禁断症状が起きましたな。

山口　え、起きました？　何の禁断。

土岐　ということはね、ちょうど十月、十一月というと、忘年会やなんかがありますね。それでまあ出席の返事出しておきます。その日になってひどく寒かったり、それから風が吹いたりするとね、歩いて駅まで行って、帰りに傘さして駅から帰ってくるとかね、それからどうせそういうパーティへ行けば、顔なじみのホステスがいたりなんかするから、というようなことを考えるとね、出億劫《でおっくう》になっちゃうですね。結局電話でことわって、失礼しちゃう。もう東京へ出ていくのがたいへん億劫になっちゃうんですわ。それでなんだかボケっと、ひなたぼっこなんかしているようになっちゃうんですね。それで、これじゃだめになると思ったんですよ。このまま続けたらね。そしたらね、一月半か二月ぐらいたったら、いくらかね、いままでぜんぜん見落としていたものをね、見落としていたというか、見る意識のなかったものに目が向くようになるんですよ。たとえば、小っぽけな庭ですけど、庭の木の芽が少し張ったりしてね、蕾《つぼみ》が大きくなってきたりするのを、そういうものに目が向いたり……。それから書棚でホコリかぶっているようなバルザックとか、トルストイとか、そういうものをひきずり出してきて読んでみるというような、非常に沈潜したいい気分になりますね。これならいけるなと思ったときにちょうど、ま、期間満了になったので、打ち止めにしたんですがね。だから、結局むだなことを非常に多くやっているという感じがしましたよ。

山口　そのときはたとえば銀座へ行きたいという気持ちは……。

土岐　だからまあ、がまんする。あるいは、そういうことに無関心にならなきゃいけないと思うんですけどね、ほんとうは。

山口　しかしそうなるとですね、女房がおこるのもむりがないってとこありますね。つまり車代と酒代で、それは女がからんでますから。

土岐 そうそう、そうです。だからふつうね、ふつう堅気というとおかしいけども、堅くやってたらね、それこそ軽井沢に別荘の一軒ぐらい優に持てるはずなのに、それが雲散霧消していたわけね。だからジャカジャカ使っても残って別荘がどんどん建つくらい稼ぐか、さもなければ地道にやるか、半ちくなゼニしか取れないのに勝手放題やったと。そのあげくは別荘も買えなければヨットも買えないということでね。だからかみさんは、なんていうのかなあ、毎月相当渡していますけれども、それでもまだわたしはいっぱい貯金があると思っているように見せかけたわけね。その実はちゃんと内情を知ってますが、彼女は。

山口 どっちが。先生のほうに貯金があるというふうに奥さんがお考え……。

土岐 考えているように見せかけているんですよ。あるわけないですものね。（笑）それは知ってますよ、彼女はちゃんと。知ってますけども、そのへんはうまいんだな、あれ。

山口 小説になるなあ。

土岐 だけど考えてみると、わたしら残り時間少ないですからね。わたしらって、わたしなんか。あと一年か二年か知りませんけれども……。

山口 一年か二年ってことはないでしょう。

土岐 いや、ほんとですよ。だって年に……。

山口 まあまあ、先生、十年としてですね、しかし十年というのはアッという間だという感じはありますね、ほんとに。

土岐 だって年に千九十五回めし食いますよね、大体ね。（笑）そうするといままでに約六万食ぐらい食っていますよ、ぼくはね。六万五、六千食ぐらい食ってますかね。あと何食食えるかということを考えますとね、なんか妙な、もったいないようなね、焦りのようなね、気もしますし、それからもういつどうなってもいいという気もしますね。

山口 じゃあ一、二年でもいいですよ。一、二年としてですね、かみさんは解放してくれるかというと、そうもいかないですね。

土岐 あのね、解放されてももうだめじゃないですか。

山口 そうですか。もうだめですか。

土岐 ときどき羽田からモノレールへ乗って、家へ帰るときに、おれ、なんで家へ帰るのかななんてひょっと思うときあるですよね、帰巣本能というのかなあ、なんか。家に必ずしもいなきゃならないこともないし、それから家にいても、あたしは二階で寝てますし、かみさんは下で起きてますから、寝る時間もばらばらですしね。めしはいっしょに食うときがありますけど、それもちぐはぐですからね。だから何のかかわりあいもないみたいなんですよ、生物的にいうと。ただ両方の間に子供ができて、その子供がまた子供を産んでっていう、家族的な係累はありますけどね、人間というかな、男対女としての関わりは、鎖が切れたというんじゃないけれども、若い人たちみたいなね、そういうはっきりした結びつきってものはもう具体的にないですからね。

山口　具体的にとおっしゃいますか。（笑）

土岐　それから外へ解放されたからってだめですね。山本（周五郎）さんのところへしょっちゅう行ってたころに、仕事部屋を持て、持てとよくいわれたんですけどね。そうかといって、じゃ持つよということになると、やっぱりやなことをいわれそうだし、また事実、持ったら何がどうなるかわからないという危険な時期でもあったからね。どうしてこう、女房ってのはじつに、奇っ怪至極なもんですねえ。だから新婚旅行に出かけるのを見たり、婚礼の披露パーティによばれたりするとね、この男はまあ、えらいことになるんじゃねえかなという気がするんですけどね。

すっからかんの旦那

土岐　あたしは大体東京の下町、日本橋の箱崎町というところで育ちましてね、浜町のそばですからね。銀行のころ人形町支店長をやってたことあるんですよ、葭町《よしちょう》にね、あれしてたし。

山口　葭町ね。

土岐　それから会社に入りたてのころは、もっぱら対象は芸者ですよ。ですから花柳界というのとずうっと年月をともにしてきたでしょう、ですからね、やっぱり惚れるとなれば入れあげるということになりますよね。まあとてもそれは新橋とか赤坂とかっていう第一級クラスは及びもつかない。それは遠くのほうで眺めてね。ただ、新橋の芸者に惚れて、これは真砂町の先生じゃないけど、上役が、絶対その女とわたしを会わしちゃいかんとおかみにいってね。ぼくはその芸者のブロマイドを買って机の前に置いて仕事をしていた。

山口　入社してすぐやったわけだな。すぐやる課っていうのあるけど。(笑)

土岐　昭和五年にね、わたしはたいへん愚かな話でね……。

山口　そのころ芸者のブロマイドを売ってましたか。

土岐　ええ、上方屋で。それは新橋の芸者が多かったですね、やっぱし。これはもちろんちゃんとした旦那がいましてね、われわれは及びもつかなかったんですけどもね。ただ、なんというんでしょうね、憧れみたいなね。ま、そういうのがおもしろかったんですね。それで実際に遊ぶのは富士見町です。

山口　ああ、あそこ。そうすると、たとえば白山とか、神明町とかああいう感じですか。

土岐　ええ、神楽坂、そうです。三流だな。

山口　麻布十番とか、大塚とか……。わたくしの友達で、はじめて麻布十番で芸者と寝たっていうのがいるんです。麻雀の好きな男でしてね。どうだったたって訊いたら、九筒を自摸《つも》ったような感じだったたって。(笑)

土岐　ええ。富士見町ね、そこは手銭で行ける。新橋は上役に連れていかれる。そのじぶんの上役はね、あたしより十ぐらい上でね、残業してるとね、めし食ったかなんていって、「まだです」「じゃあめし食いに行こう」って新橋なんか連れていったんです。自分の金でね。きょうは若いやつ連れてきたからきれいな妓《こ》呼べよなんていってね。そういうことができたんですよ、むかしはね。だから、サラリーマンというものは酒を飲んで芸者と騒ぐことがきわめてあたりまえのことだといつの間にか思い込んで、あたしが会社へ入った年の決算のときに、部長の慰労会がありましてね、そのときに飲めないけどむりに飲んで、鴨居にぶら下がったりして大騒ぎして、ネクタイとバンドで手と足いわかれて、ほかのやつはみんな帰っちゃったなんてことありましたけどね、とにかく昭和五年から八年、九年、十年ぐらいまでは物価も安かったし、わりあいに金の使いでのある時代でしたからね。

山口　いまのサラリーマンはとうていできないですよ、そういうふうに芸者遊び何回かする、なんていうことはね。

土岐　考えられないでしょう。だからね、あたしらの時代の者はやっぱしそういう世界を通ってきただけに、ムードとか情緒とかいうことが大切になるんですね。ぼくは日本が戦に負けて台湾、朝鮮、満州を失ったより、もっとね、ずうっと長い間日本の男が築き上げてきた花柳界とか、花魁も含めてね、ああいうシステムがもうなくなっちゃったっていうことはね、たいへん男にとって残念なような気がするのよ。

山口　人数も減る、若い妓もいなくなる。それは新富町でも葭町でも同じだと思うんですけどね。

土岐　これはね、やっぱりしつけがやかましいでしょう、花柳界はバアなんかに比べて。むかしの芸者はお酌から一本になりたて、あるいはお酌時代、お座敷へ出ていてお客さんから手を握られる、そうするとお客が手を離さないかぎり自分から手を離しちゃいかんというふうにおかあさんからしつけられているわけですよ。あたしの仲間の芸者ですけどね、お客が手握ったまま離さないで話してるんですって、話に夢中になって。それでおしっこ行きたくてしようがないんですって。だけどおかあさんからそういうふうにいわれているんで、とうとうおしっこをもらしたというくらいきびしかったんですね。それから彼女たちにはまったく自由がなくって、二十四時間芸者なんですよ。置屋におって、それでお姐さんから仕込まれ、先輩の芸者から仕込まれて、踊りやなにかあるでしょう。ですからいまの考え方からいったらたいへん悪いんだけど、男性のための一つの存在だった。ですから彼女たちが持っている自由なんてものは、ないんでしょうね、きっと。ですからお金の勘定もできない、芸者バカっていってね。そういうのに入れあげる楽しみっていうものがありましたね。だから入れあげちゃったですよ。すっからかんになっちゃった。

山口　入れあげられるというのはね、たいしたもんですよ。しかし、今日は悪い旦那についちゃったな。へえ、すっからかんでお銭《あし》なし……。

女と別れる極意

土岐　（仲居に）おい、悪いけどな、白焼きくれよ。おれ、注文しないもの食わねえんだから。
山口　お酒ください。それから社長のおなじみの芸者衆がいるでしょう、かけてください。
仲居　はい、急いでかけてみます。
山口　中もらいなんていっちゃってね。（笑）
土岐　こないだな、遅くまで待たせやがって。
仲居　先生、謝まってましたよ、あとで来て。
山口　すぐそこでかけるの。露骨だねえ、浦和は。お帳場でかけるのかと思ったら。
土岐　お酒だよ。
仲居　（電話で）お銚子つけといてください。あ、それからね……みなさんはふつうの蒲焼きでよろしゅうございますか。
山口　先生と同じにしてください。白焼き残せばおみやげに持って帰ろうという。（笑）しかし先生ね、先生のお書きになるようなものを書くのにはかなり遊ばないとやっぱり書けませんでしょうね。

土岐 うん、そうでしょうね、やっぱり。
山口 それは奥さんにご理解があるかどうか……。
土岐 ないでしょうなあ。まあ、あるなしにかかわらず遊びましたし、それから女にも惚れましたしね。したがって入れあげもしましたし。ですから、あたしに四人子供がいて、男の子なり、あるいは娘の亭主なりが女房に内緒の女ができて困った、どうしたらいいだろうかなんていってこやしないかと思って待ってるんだけどね、これがまったく親に似ぬ子でね、みんなマジですよ。だからぼくだけなんかひどく悪いやつになっちゃった。
山口 いまからそういう相談をしようと思っているんです。（笑）岡部冬彦さんを呼びましょうか。物知り博士を……。
土岐 ええ、いいですよ。二二一の六八八三だ。（笑）
山口 もう掌《たなごころ》を指すようにして……。
土岐 岡部っていえばわかりますよ、ここのうちで。漫画の岡部冬彦って。いるかなあ。
山口 お酒遅いね。ハハ。
土岐 酒もちょっといいましょうよ。（ここで岡部氏に電話つながる）いや、瞳さんと満寿家でやるっていったでしょう。そしたらね、編集部から話があったのよね。ぼくは対談だっていうからね、岡部ちゃん誘うのもどうかと思ったんだけどさ、あちらのゴチでしょう。だけどいいってんだよね。例の小萩も呼んでいいっていうんだよ。……満寿家。うん。待ってる、待ってる、大急ぎで来てよ。（電話を切って席へ）岡部がくるとぐっと立体的になります。

山口 あのう、ちょっとご婦人の話を伺いたいんですが。わたくしが出題しますよ。

土岐 はい。

山口 たとえば女と別れる方法なんというのは……。

土岐 わたしは別れないんですよ。

山口 えッ。

土岐 わたしは別れないんです。

山口 別れない。（笑）

土岐 むこうがいなくなるまで、去っていくまでくっついているんですよね。で、たいがい去っていきますよね。

山口 はあ、去っていきますか。

土岐 いろんな事情で。去っていかないのはかみさんだけですよ。

山口 かみさんというのは不思議に家にいる人ですね。

土岐 ええ。あれは女性じゃないですね、ああなると。

山口 しかし、かみさんがいるんで浮気をするんでね。

土岐 だから、そういう意味では、惚れた女がいやんなるといった記憶、ぼくはないんですがねえ。

山口 わたくしのね、ある先生がいうんですけどね、その先生は人から聞いた話だとまたいうんですが、畳の目の一つずつね、こういうふうに少しずつ別れりゃいい。そうじゃないと出刃包丁になるよと、こういうふうにわたしの先生が……。

土岐 それはそうらしいです。久生十蘭がね、もう何年間かつきあった女性と別れるときにね、いやだというのに三年かかったというんですよ。最初の一年間はイの字だけ、次の年はヤの字だけ、三年目にダの字をいう。そのくらい時間かけないとだめだって。つまり円満解決というのは相当ね、組合の折衝と同じでね、時間かけないとね。それは単なる浮気沙汰なら別だけど、好きだ、惚れたになると、解決が厄介になるでしょうね。

山口 まあ鼻についてくるとか、それから飽きるということもありますでしょう、それは。

土岐 ありますね、ええ。

山口 そういうときどうしたらいいです？

土岐 それはやっぱし……そうだなあ、わたしはあんまり経験がないからはっきりいえないんですけれども、なんていうのかしらん、霜がこう溶けていくようにね、自然にこう……。

山口 はあ、霜が溶けていく。

土岐 なっていけばなると思いますよ。

山口 霜が朝日にあうように。（笑）

土岐　朝日にあう霜のようにね。ような気がしますね。だから非常に時間がかかるんですよ。

山口　はあ……。

土岐　で、ぼくの場合はふつうの女の人と、好きな女の人しかいないんですね。だれでもいいっていうわけにいかないですしね、なかなかむずかしいんですよ。ただ、それがいちばん女房にとってはきついことなんでしょうね。浮気はいいけども。

山口　浮気はいいんですか。

土岐　まあ、まあいいですよ。

山口　たいしたもんだなあ。奥様も先生も立派ですね。

土岐　浮気は許せるけども惚れるのはいかんでしょう、それは。でもねえ、なかなかそういかないですね。どこまで浮気か、どこまで本気かわかりませんけどね。ただいつか「文春」の座談会かなんか忘れたけどもね。旅行で女性とまあ閨《ねや》を一つにして、そこへ枕元に電話器があって、それを取り上げてうちへ電話をかけるんですって、奥さんに。でね、風がひどいけど火の用心はいいかとか、おまえさん今晩何を食ったかとか、戸締まりよくして寝なさいよという電話をかけるんだって。かたわらに一女《いちじょ》がいてね。

山口　おせん泣かすな火の用心……。

土岐　ね、それやる。そういうのと、それから何もしないで、きわめて清潔に、出張なりなんなりして、うちへ電話を何もかけないのと、女にとってどっちがいいだろうかっていう話が出たことがあるんですよ。そうしたらね、その席にたまたま沢村貞子がいてね、それは何もしないで電話かけるのがいちばんいいっていうわけよ。（笑）それはね、ちょっとムシがよすぎると。結論的にいうとね、見ぬもの清しでね。

山口　わたしなんか、何もしないで電話をかけて、それで叱られることがある。早く帰ってこいって。（笑）

土岐　まあ、上手にやってほしいと、やるならわからないように。

山口　女房はそういうでしょう。しかし、わからないようにやればいいというけれど、むこうはわかろう、わかろうとしますよ。

土岐　まあわかっちゃうんですよ。

山口　え、わかっちゃいますか。

土岐　わかっちゃいます、第六感で。これは古い話ですけど、わたくしが福岡にいたころ、たとえば、まあ前の日に帰京していて翌朝うちへ帰りますね。で、けさの飛行機で帰ってきたと自分は思うわけです。羽田へ電話かけて、何便の飛行機着いたかって確かめてね。羽田の朝の雰囲気などを頭に描いて帰るわけですよ。ところが、それはちゃんとわかるんですね、第六感で、きのう帰ってきたなということが。だけどべつに何もいわないで、ただお帰んなさいっていうでしょう。こっちはそのつもりでいい気になっていると、夕方風呂かなんかに入って、洗って、ふいてるときにね、通りすがりに、「お父さん、けさお帰りでしたか」っていうのよ。

山口　やるねえ。

土岐　エッと思うと、もうその間《ま》でね、確かめちゃうんですね。そういう勘の鋭さはね、これはもう女房特有なものですね。あるいは女特有なもんじゃないですか。

山口　ウーン。

土岐　そうなると男は弱いね、やっぱし。それとね、もう一つは、きれいな人見たかったら外へ行ってらっしゃいといいながら、やっぱり行かれちゃ決して愉快ではない。というようなね、その男と女の相剋《そうこく》をね、四十何年も繰り返してると、ほんとにもう疲れますね。むこうも飽き飽きしたでしょうし、こっちも飽き飽きした、そういうことには。さればといって、それじゃ完璧に、古本のごとくなりはててしまっていいかというと、これもちょっとまだ未練がありますがね。ありますけど、すべてもう過ぎ去ったことだ、だからいいじゃないか、母さんと。こういいたいわけ、ぼくは。だけどやっぱりむこうは、怨念がありますから、なかなかそんなね、ああそうですかとはいわない。だから鳩雀の話になるんですよ。（笑）

山口　戦闘的に構えてるわけですね。隙あらば斬り込もうと。

土岐　ええ。

山口　お酒遅いですね。だいいち二本ずつてのがよくないな。

土岐　いつももっと持ってくるんですけどね。よしぼくが催促してやろう。よいしょ。（電話で）あのね、お酒がね、もう三十分ぐらいないんだよ。きょうは雑誌社が払うんだから景気よく持ってこいよ、うん。

山口　ハハハ。変な社長……。

土岐　男はまあいろいろ外でありましてね。で、尾羽打ち枯らしてうちへ帰る、あたしらの年になって。結局子供は所帯持って、みんな外へ行っちゃう。そのあと残ったのは亭主だけでしょう。で、亭主のほうもうよそでだめになってきてうちへ帰る。まあそのへんから夫婦っていうのははじまるんでね、やっぱり出来たての夫婦ってのは頼りないような気がしますね。

山口　それとわたくしが思うのは、やっぱりね、女房でなきゃ下のお世話はしてくれないんじゃないかって感じありますね。

（岡部冬彦氏出席）

土岐　こらまあ早いこと。

岡部　いよっ、どうも、旦那《だあ》さんお揃いで。（笑）

山口　申しわけございません。きょうは。芸者は遅いが漫画家はすぐ来るな。

岡部　いえいえ。きょう、二日酔いで寝ていたところなんです。

土岐　いやあ、あなたいてくれなくちゃね。

岡部　いやあ、役に立たない。

山口　あなた何？　ご当地。

岡部　ご当地、わたくしお酒を。チビチビと。ふだんお酒ね、持ち込みでくるんですよ、わたしは。岐阜の三千盛、あれを持ち込みで。

浮気のバレない法

山口　あのう、ばかな質問。浮気のバレない法っていうのを教えてください。だめですか、これは。

土岐　浮気のバレない法っていうのはね、ぼくは岡部さんに聞きたいんだけど……。

岡部　なんでこっちへ……。（笑）

土岐　バレない法ってないんじゃないかしら。たとえばさ。あなたがどっかへ旅行してね、そこで浮気してきたってのはバレないかもしれないけどね、引き続きやってたらバレるね。

岡部　そう？　バレる？

土岐　バレるよ。バレないと思っているのは男の間抜けなんでね、バレてるんだよ。

岡部　だって、浮気なんかしてない、してないっていえばいいじゃないですか。現場へ乗り込んできて見たわけじゃないんでしょう。

山口　これは怪しいと思ったときは当たってると土岐さんはおっしゃるんですが。

岡部　当たってますね。

山口　そこに何かがあるわけでしょう。ねえ、先生。

土岐　それはそうです。

岡部　しかしこっちがやってるんだからしようがないね。（笑）

山口　それを白状しちゃだめですよ。（笑）

土岐　それでね、わたしの家へ岡部が来るでしょう、それでかみさんと話すわけですよ。その翌日、必ずかみさん機嫌悪いんですよ。

山口　なぜ？

土岐　わたしの家へ来ましてね、ぼくは先へ寝ちゃうんですよ、もう夜十一時近くなるとね、ぼくはもう、岡部さん、じゃあ先寝るよっていって、薬飲んで寝ちゃうでしょう。

山口　ああ、早起きだから。

土岐　そのあとね、かみさんといろいろ話をするらしいんですよ。翌日あたり、かみさんの機嫌が悪くなるんですよ。それで彼に聞くとね、何もそんなことといってないっていうんですよ。

岡部　いってない、いってない。

土岐　いってないといいながらね、現象としては、翌日は雨か嵐なんですね。だからね、岡部君を通じてかみさんはカンでわかっちゃうんですね、あることないこと。だから事実無根……であったとはいえないが、(笑) まあ無根に近いようなことでも、女の人が勘をめぐらすというようなことは、習性になっている。それがね、彼女の楽しみじゃないかっていう気がしてきたな、このごろ。生甲斐じゃないかしらん、亭主をいじめるのが。(笑) 男ってのは、亭主ってのは一度そういうことをやったらね、許されないんじゃない?

岡部 そうでしょうね。許すわけないでしょう。

土岐 許されようと思うのは男の甘えかね。

岡部 ええ。

土岐 甘えか?

岡部 した以上しようがないですよ。そのかわりもう絶対やってないんだ、やってないよ、浮気なんかしてない、してないって、いや、いっしょにめし食っただけだ、いっしょに映画見ただけだ、それだけだ、それだけだっていって……。

土岐 否定するわけ?

岡部 ええ。それすらいけないっていえばしようがないけども、それだけなんだってことただただいってて、むこうはどうしてもおかしい、と思ってて。

土岐 その繰り返しが四十何年も続くわけだ。しんどい話だね。

岡部 しようがないよ、だって。

山口 土岐さんはあと一、二年で死ぬっていうんですよ。しかもなお許されないっていうのね、ちょっと気の毒だっていう感じ。気の毒っていうか、そういうものかなあと思う。

土岐 そういうものですよ。

山口 悪い土地へ来ちゃったな。(笑)浦和くんだりまで来て、インインメツメツの話ばかり。

妻という字に勝てやせぬ

土岐 もの書く人とか絵を描く人とか、要するに堅気の勤め人じゃない人はね、みんなそういうことをすることが仕事のこやしだなんていうことをいうけれども、そうでない人だっているじゃないのって、こういうわけだ。

山口 御両所を代弁するけれども、土岐さんや岡部さんのお書きになるものは、遊ばなきゃこれ絶対書けないいんじゃないですか。

土岐 いや、書ける、書けないじゃなくて、先に遊んじゃって……。

岡部 だけどね、書くために遊ぶというのは、これはいい逃れだね、やっぱり。

山口 そうかもしれないけど、絶対書けないよ。つまりあなたの「ホステス人国記」とか、「漫画サンデー」のものとか、土岐さんのお書きになるの、これは遊ばなきゃ絶対書けないでしょう。これは職業としちゃ認められないかね。だめかね。

土岐　ぼくは職業とかなんとかと関係なくね、男というものはやっぱり本来多発性のもんでね、けして一人の女性に満足し得ないというのが生物的なあれじゃないかっていう気がするんですけどね。植物だってオシベは花粉をね、蝶につけて、メシベはじっとしてて受精するでしょう。だから、つまりオスというものの本質がそうであって、メスはじっとしていてそれを受けるというんでね、メスがそれに対してぐじゅぐじゅいうことは大体生物の原則に反するんじゃないか。現実の問題として、うちへ帰ってかみさんが機嫌がよく迎えてほしいと思うのは、それはね、岡部さんにいわせりゃむりだっていうけど、そこが人間のあさましさで、こっちもよし、こっちもよしというふうな気がするわけだ。でも、そんなことは世迷言《よまいごと》ね、やっぱり最終的には恐れ入らざるをえない。

山口　馬の世界だってそうですよね、チャイナロックは一頭で、年間五十頭から百頭ぐらい馬をつくるわけだけどさ。

土岐　山口さんが馬のことというもんだから伺いたいんですけども、たとえば純血種のメスにですね、一ぺん雑種がかかると、今度次に純血種がかかっても純血種は生まれないってなこと聞いたことがあるんですけどね。

山口　知りません。

土岐　オスは何回雑種にかかってもメスが純血ならば純血だと。

岡部　というのも、あれ、なんか俗説だそうですよ。

土岐　あのね、ぼくは獣医に聞いたんだよ、犬の場合、そうだっていう。だから犬が一ぺん雑種にかかって、そしてその子を産むとね、次は純血がかかっても純血を産めないって。血が濁るんだってさ。

岡部　なんかおかしいな、それは。

土岐　だってそれはぼくはそうだろう、そうだろうと思ったんだよ。（笑）オスはメスに何べん雑種にかかってもね……。

岡部　ハハハ、つまりそれがいいたかったわけですか。（笑）そうしましょう。この際そうしておきましょう、じゃ。（笑）

土岐　つまり、よそでやってきたことと、うちでやってきたこととはね、違うことなのよ。だから、現象なんだな、外でやってることは。結局、なんというのかしらん、そこは女房の強味だ。逆にいうと、耐え忍べば忍ぶほど女房っていうのは強くなる。亭主が浮気したから浮気してやろうってとび出したらね、主婦としての地位というのはもろくなっちゃうと思いますよ。そのたんびにね、やっぱり慙愧の念にたえかねないものがありますからね、こっちは。だからそれが積もり積もるとたいへん強くなる。で、さっきの話じゃないけど、鳩と雀の話になっても、黙って、ああそうかなと思って相手にならないんですけどね。

山口　なんかね、突如として女房がね、ぼくがちょっとした冗談いうと、そんなことといわれるなら母といっしょに死んじゃったほうがよかったわ、なあんていわれる。冗談というのは女房を笑わしてやろうと思って言うんですけれども、とたんにワッと泣き伏されたりなんかして。そういうことありませんか、岡部さん。

岡部　いや、泣き伏すことはないけども、ほんとにとんでもないときにとんでもないことということありますね。ほんとにこっちも思いがけないようなことをいうことあるな。

山口　なんですかね、妻というものは。

土岐　不思議なもんですねえ、あれは。

山口　ぼくはかけがえのないもんだとは思うんだけど、じつに意外なことが起りますね、妻というのは。

土岐　なんでこういう人と長年いっしょにいるのかなあっていうこと、非常に客観的に二人の人間を見ると、思うことあるね。

山口　あなた、ほんとうに一年か二年とすればね、あなたが亡くなったときに奥さんは、ああうしてやればよかったと思って、それは後悔して泣き伏しますよ。

土岐　どうでしょうねえ、これはわからないと思うなあ。だって後家さんていうのはみんなふとっちゃってさ、元気よくなるんじゃないの。（笑）そういう面、もちろんあるかもしれないけども、やっぱり解放されたっていう気がするんじゃない。ただ男の場合はみじめになるよ、われわれの年になっちゃうと。

山口　最後に笑うのは女ですか。

土岐　だからもうあれだよ、無人島で死ぬように死ななきゃだめなんだよ。どっか悪くなってもかみさんにいわないでね。
岡部　象みたいに。
土岐　象みたいに、死骸見せないでね、消えていかざるをえない。ぼくはときどきね、かみさんに下の世話をさせたり、いろいろ介抱されたくないような感じを持つな。せめてもそれが、復讐といってはあまりひどいけども。
岡部　そういうふうになったらうんと思いしらしてやるって奥さんいるのね。亭主が倒れたら徹底的にいじめてやるって。こわいのがいるからねえ。（笑）
土岐　そうなんだよ、ほんとにこわいんだよ。
岡部　そのこわさがあるでしょう。
土岐　ある、ある。それはあるよ。だからね、女の人ってほんとにこわい。こわいし、気味悪いと思いますね。
岡部　うちの女房だって、なんかありゃいつでも出てくって、いまでも。
土岐　あ、そう。すぐ出ていかなきゃなんないことをするからじゃないの。（笑）だけどね、そうはいうけどね、やっぱりそこで子供というやつが出てくるんだよ。
岡部　子供連れて出てっちゃいますよ、きっと。
土岐　と、しめしめと思う？

岡部　思わない。ぼく、出て行かれたらそれこそ、自分の靴下とさるまたぐらいはわかるけど、あと何もわからないもの。まずそれで困るよ。

土岐　それはそうだろうね。

山口　小萩は遅いね。……芸者は遅い、酒も遅い。物知り博士はすぐ来たけれど……。これじゃ客が難儀をする。

土岐　ウナギ屋へ来て遅いって言っちゃいけない。(笑)

行く年来る年よもやま話

檀ふみ
山口瞳

■だん・ふみ
女優。著書に『父の縁側、私の書斎』『檀ふみの茶の湯はじめ』など。父は作家の檀一雄。

檀　新年号だから着物をきてこようと思ったんですけど、フグ食べるのに着物きて気取ってると、食べた気がしなくなるじゃないですか（笑）。

山口　ここの店は、昔から出るものが決まっているんですよ。日によって献立が違う店があって、ぼくは嫌いなものはないんだけれども、あまり好きじゃないものが出たりすることがあるでしょ。その点でここは安心できる。

檀　このごろ、楽しみが食べることと仕事くらいしかなくなっちゃった。あとは寝ることかしら。

山口　男みたいになっちゃった。

檀　二、三日前、ある人からフグ食べに行きましょうと誘われた。キモを食べさせる所を知ってますからっていうんですが、これはモグリですか。

山口　モグリですね。フグのキモについては条例で決まっていて、兵庫県は最近まで良かったのかな。ただこのくらい小さなやつを一人一個だというんですね。だけど、キモのハシゴをする人がいて、六軒目だなんていいながら食べてる。

檀　山口さんはフグのどこが一番お好きですか。

山口　ぼくはおさしみが好きですね。とくに今ごろのおさしみがいいな。十月が娘で、十二月が年増で、なんていう人がいる。

檀　じゃあ、十一月の今が一番いい時ですね。

山口　でも、だったら三月はなんだといいたいけど（笑）。

檀　とにかくきょうは、フグを食べながら山口先生に教えを乞うという姿勢でまいりました。お正月号ですので、日記の書き方という講座をちょっと。

山口　ぼくは社内日記で書き方を覚えたようなものです。

檀　サントリーにいらしたときですか。

山口　サントリーもそうですし、河出書房にいたときも書かされましたね。会社にはこういうのを書くのがうまい人がいるわけです。だからその人のをちょっと見たりして、簡潔に書くのを覚えましたよ。たとえば、誰々さんが来た、というのを「誰々来」と書く。それからたとえば、あなたにどこかで会ったら、「檀ふみ会」と書くんですよ。そういうふうに簡潔にすると、日記を書くことがずいぶん楽になる。

檀　残念だったと思うのは、小学校の先生は日記の書き方を教えてくれなかったんです。というよりは、先生だけじゃなくて、誰も日記の書き方を教えてくれない。ただ、日記を書きなさいと指導されるだけです。それでどういう日記を書いたかといえば、自分自身を反省するために今日はこんなことをしました、明日はもっと勉強したいと思いますとか。

山口 いやらしいね、それは。

檀 そのような意味で先生がおっしゃったかどうかは分かりませんけど、子供心にはそう理解したわけですね。自分の反省のためだから、人の悪口とかは書いてはいけないとか、そういうことを教えられたような気がするんです。

山口 日記の書き方だけじゃなくて、もっと別なことを子供のときに教えるべきですね。修学旅行で、奈良とか京都へ連れていくでしょ。あれなんかは、ホテルオークラあたりに連れていって、鍛えたほうがいい。洋食の食べ方とかね。子供が奈良なんか行ったってしようがないよ。

檀 最近は新幹線なんか使って、ちょっと贅沢ですよね。

山口 飛行機でハワイなんかに行くんですからね。それだったら、地元の町のしかるべきホテルに一泊して、まず洋食はどうやって食べるかというのを教えたらいいと思うんですよ。

檀 それからホテルのお風呂の使い方とか。

山口 そうそう。スリッパでロビーに行ってはいけないとかね。

檀 それはぜひ世間に提案したいですね。

山口 だから、出版社なんかに新入社員が入ってきて、東大出た頭のいい男でも、ぼくなんかが飲みに連れて行くと震えちゃうんですね。とくに隣に芸者なんかいたら、もうどうしていいかわからないのね。ある程度、料理屋さんに行ったときの注文のしかたとか、マナーを教えるべきだと思う。まあ、子供のうちから芸者っていうのもまずいけど（笑）。

檀　ちょっとお金もかかりそうですしね。

山口　おかしいのは、芸者と聞いただけで震えちゃうのがいます。

檀　それはまた別の意味だったんじゃないですか（笑）。でも、ホテルなどのマナーを学ぶっていうのはいいなと思います。このあいだ、ＪＲ東日本の最高顧問の山下勇さんとお会いしたときの話がよかった。父と同い年ですから明治四十五年生まれの方で、わたしの学校の先輩なんですね。マナーが完璧と伺って、お尋ねしたわけです。そうしたら、学校がよかったと。わたしも同じ学校でしたけど、決してよいとは思わなかった。そうしたら、当時はイギリス人の先生がいて、今日は洋食の食べ方をお勉強しましょうといって、お皿とナイフとフォークでもって勉強させられたそうなんです。

山口　マナーも学校で教えていたんだね。

檀　山下さんのマナーの話でいうと、日本人はトイレの使い方がなってないって、すごく憤ってらした。飛行機のトイレなんか、使用後は磨き上げてから出てくるものだと。あとは外国でホテルなんかに行くと、次の人のために必ずドアを抑えて待っている。あるとき、日本人の団体が入ってきたんだけど、だれも山下さんに代わってドアを引き受けてくれない。ドアマンと思われたらしく、ずっとドアを持ったまま、彼らが全員入るまで待っていたとおっしゃってました。

山口　教養というのはそういうことだと思いますね。学問があるというのはべつに教養じゃないと思う。ホテルのダイニングルームに行ってちゃんと食べられる、料理屋できちんと注文できるという、そういうことだよね。

檀　でも、山口さんもお若いころからそういうマナーが身についていたわけではなくて、いっぱい授業料を払われて覚えていったわけですよね。

山口　そうだけど、洋食の食べ方なんてそれほど難しいことじゃないですよ。たとえば、お酒は盃でどうやって飲むかなんてことを、ぼくはよく芸者に講義しましてね。どうするかっていうと、まず盃を親指と人差し指で持つ。これを唇に近づけて、親指と人差し指の中間のところから飲む。こうやって飲むと、向かい合っている相手には盃と唇が手の甲で隠れてきれいに見えるんです。新派の役者なんか、そうやって飲みます。

檀　それは女の人でもそうなんですか。

山口　だいたい女の人です。まあ、そういう飲み方を守る必要はないんだけど、どうするんですかって聞かれたときに、こう持って、ここから飲むんですよと教えてあげられたらいいなと思いますね。

檀　きょうはぜひ、いろいろ教えてください（笑）。

山口　内田百閒さんは、箸を左右逆に置いていた。なぜかといえば、一挙動で食べられるというんです。普通だと持ちかえなきゃならないでしょ。

檀　なるほど、右と左を逆に。

山口　それはお行儀が悪いんですよ。だけど、合理的ではあるんですね。

檀　でも、普通に置いたこのほうが美しいとは思いますけど。

山口　ええ、そうなんですよ。そのほうがいいんだけど、百閒さんは逆にしたと。そういう人もいるわけです。それで、ここに箸袋があるでしょう。これをどうするかというと、百閒さんは丸めてポケットに入れる、そのほうがきれいになると。

檀　そういうお話をどこでお知りになったんですか。

山口　聞いたんですよ。ぼくの師匠は高橋義孝先生で、先生は内田百閒さんに私淑していましたからね。それでいろいろ教えてもらった。ぼくはだんだん合理的だとかそういうことよりも、見た目に汚いのは悪いことだという、そういう考えになっている。

檀　そうですね。だから、マナーでも見た目に美しければ。

山口　それはいいと思うことにしている。ビールでも銚子でも、持ってそのまま親指で支えながら横に倒して注《つ》げばいい。相手に向かって突き出したり、ひねるように手を返しては粗相しやすいし、品がないからね。

檀　でも、そういうふうにいろいろなことをご存知で、美しいのがよいことで、汚いのがあまりよくないことだって思いはじめると、もう世の中、耐え難くなりませんか。

山口　なりますよ。品行は悪くても品性がよければいい、といったのは小津安二郎だけど、ぼくもそう思う。例が悪いかもしれないけれど、あなたのお父さんは品行が悪いですよ。だけど、品性は実に気高い人だった。おやりになることはかなり乱暴だったけれども、気持ちは純粋だからぼくは好きだった。その反対の人は嫌なんですよ。ぼくはほんとうにふみさんのお父様のことが好きだったんですよ。またかわいがってもらったと思っています。あんまり仕事の面でのお付き合いはありませんでしたけど、お酒なんかよく御馳走してくださいました。誰にでも御馳走したんでしょうけれども。

檀　河出書房のころだとすると、昭和何年ぐらいですか。

山口　二十九、三十年ぐらいですね、よく伺ったのは。

檀　とすると、わたしが生まれてないか、生まれたばかりのころです。

山口　ふみさんは、白いネルの寝間着をきて、ヨタヨタ歩いてましたよ。

檀　え、嘘でしょ。わたしかどうか、どうも怪しいなあ。ほんとうに女の子でしたか（笑）。

山口　ふみさんって呼びかけると、こっちに歩いてきました。

檀　ああ、わたしは人なつっこいので有名だったんです。それでいまも社交担当なんですけどね。うちには二つの血があって、社交がやけに苦手なのと得意なのが。一番上の太郎さんとわたしが得意なほうで、あとの二人は全然だめ。

山口　そのころ銀座あたりで飲んでいて、ぼくが、あした檀さんのところに行くんだっていうと、店の女性が、よろしくいってちょうだいね、なんていう。それで先生に、並木通りのブールバールの女性がよろしくっていっていましたよって伝えるわけです。すると檀さんが、ほかには何かいわなかったかと。これは怪しいなって思ったこともありました。こういうことは、黙ってたほうがよかったかな。

檀　いえ、もうなんでも。

山口　玄関にスノコが敷いてあってそこに靴を脱ぐような、お手洗いは共同のような、目白の汚い木造アパートに伺ったこともありました。そんなアパートでどろどろした生活をすれば、確かにいいものを書けるんじゃないかな、なんて思ってね。だけど、やっぱりあなたのお母様とかあなたの姿がチラッと浮かぶんだな。編集者としての立場でいえば、いい小説を書いてもらいたいという気持ちもある。だからそのときは、非常に複雑な感じがありました。

檀　その目白のアパートはたぶん父の恋人宅ですね。

山口　狭い部屋でね。だけど、ステレオなんていう当時としてはいいものがありました。そういう新しい機械が所狭しと置いてあった。お好きだったんでしょうか。

檀　そうですね。うちにも素晴らしい手作りのステレオがありましたから、たぶん音楽は好きだったんでしょう。亡くなる少し前も、いい音楽を聴きたいとか、静かなピアノを聴きたいとか、そういうことをしょっちゅういっていました。

山口　そのときは、あなたはおいくつでしたか。

檀　父が亡くなったときは二十一歳でした。

山口　では、それほど小さくはないですね。お父さんをお好きですか。

檀　それが難しいですね。嫌いというわけではなく、好きでしたね。よく、わたしはファザコンではないかっていわれているんですけど、そこまで父のことが大好き、恋人みたいに好きとか、そういう感じじゃなくて、どちらかというと怖かった。明治の人だったんですね。いつも背筋がピンと伸びていて、近づきがたい人でしたから。話を聞くのにも、こんなことを聞いていいだろうかっていろいろと考えたり。自分でいちばん正しい、これなら話してもいいと思ったことを話さないと叱られるんじゃないかって。

山口　ぼくは大好きだったな。御馳走になってたんだから、一緒に酒を飲んだっていうと、ちょっと生意気になっちゃうんだけど、お酒を飲んで、あんなに気持ちのいい人はなかったですね。なんとも気持ちが豊かになれるのね。こう、気持ちが弾むような感じでね。そして学問をひけらかして若いものをやっつけるとか、そういうところがまったくないんですよ。なんでもワッハッハッと笑いながら、いつも気持ちのいいお酒でした。

檀　学問はそんなになかったからじゃないですか。

山口　当時、文檀のジョン・ウェインといわれていたんですよ。つまり、飲み方でもなんでも豪快なのね。ただ、おうちの方にとってはどうかしらとは思いますよ。

檀　だから不思議なんです。あるとき、もう十年くらい前の話ですけれど、父はいま何をしているだろうっていう話をしたときに、母が、父のところに行ったら、父の横にはリツ子さんがぴったりとはべっていると。リツ子さんは若くして亡くなったから、さぞや美しく若く、父の横にいらっしゃるだろうと。そこに年寄りのばばがいま参りましたということで行っても、父はきっと、おまえ来るな、来るなっていうだろうって。

山口　それはまた、どうしてそんな話になったんですか。

檀　母が車に轢かれそうになったことがありましてね。ところが間一髪で無事だったのは、天国のお父様が守ってくださったに違いないと母が帰ってきてからいうものですから、「そんなわけないじゃない。お母さんに来られちゃ困る。リツ子さんとうまくやってるから来るな来るなって、押し戻したに決まってるじゃない」というふうな話になったんです。父もそうですが、母も二度結婚しているんですね。前の旦那さまがいるわけです、戦死された方が。で、父はリツ子さんとうまくやっているだろうし、お母さんは天国に行ったらどこへ行くの、前の旦那さまのところに行ってみたらどうって勧めたんです。そうしたら、母は、嫌だ、父のところに行きたいと。

山口　あの先生だったら、女性に惚れられないわけがないと思う。ただ、えらいことになるとは思ってましたけどね。

檀　品行は方正じゃなかったみたいですけど、純情だったんですね。

山口　でも、純情というのは困るんです。家に迷惑をかける。
檀　山口さんも純情でいらっしゃるでしょう（笑）。
山口　いや、二つのタイプがあるんですよ。志賀直哉さんみたいに四十いくつでほとんど筆を絶ってしまうのと、谷崎潤一郎さんみたいに亡くなるまで女性に興味をもって書き続けたというタイプがあるわけです。ぼくはどっちかというと志賀さんのほうですよ。比べるには、相手が偉すぎちゃうけど。やっぱり家庭をめちゃくちゃにしてまでというのは、ぼくは嫌なんです。文学ってそれほどのものじゃないという気持があるんです。だから、サントリーの宣伝部でも居心地よくやっていた。
檀　広告業界では抜きん出ていましたからね。サントリーとか資生堂は。
山口　それで小説を書いて失敗しても、もとに戻れば食えるなと。食えるし、サラリーマンとしてなら、中流の上くらいでやっていけるなって。まあ、部長くらいにはなれるだろうと。それで書き始めた。そうしたら、それが賞をもらったりして、今度は戻れなくなったんですけどね。私小説を書く人はよくいうでしょ、貧乏か女か、病気で苦労しなければならないって。ぼくは、今やあまり貧乏じゃなくなってきたんですね。病気も、それほどのものではない。
檀　じゃあ、残りの一つは。
山口　最後のやつでいいものを書こうという気持ちは、もう全くない（笑）。ぼくは、家庭円満というとへんだけど、やっぱり家族というものがとても好きなんです。

檀　それはでも、よっぽどいい奥様をおもらいになったということですね。うちの母は、わたしの妻みたいになっていますから、最近よくわかるんです。やっぱりこれは父もかなわなかったろうなと。

山口　うるさい？

檀　そういうのとも、ちょっと違うんですが。

山口　女房というのはうるさいんですよ。ぼくは総入れ歯だけど、洗面所で入れ歯を洗ってはいけないというんだな。どうしてだというと、入れ歯の間に挟まったもので、パイプが詰まるという。この野郎って思いますよ（笑）。

檀　でも、きりっとして素敵な奥様じゃありませんか。

山口　頑張って、よくやってくれていると思いますよ。だけど、うるさい。女は誰でもそうらしいけれど、なにからなにまで、全部知ってないと気が済まないというところもあるんですね。だから、ぼくの手紙もどんどん開封するし、ぼくの日記はどんどん読んじゃうんだ（笑）。

檀　それはうちも同じでした。あるとき父が、信書の秘密というものがないのか、この家にはって激怒したことがありました。俵万智さんとの対談で母の悪口をいったら、母が泣いていたからまずいんですけど、「檀ふみ様」って手紙に書いてあるのに開けるんです、わたしより先に。

山口　親しき仲にも礼儀ありというんですけどね。だけど、机の上に日記を広げておいたあんたが悪いというんですよ。女房の論理っていうのはみんなそうなんだ。で、さらに、この字が間違っていたから教えてあげてるんですよっていう（笑）。ぼくは誤字脱字が多くてね。

檀　日記をお書きになってる。

山口　ぼくは、日記で食べている。

檀　「週刊新潮」の『男性自身』にお書きになってる。でも、作家はたいてい書くものなんでしょうか。

山口　書きますね。

檀　父にも書こうという志しはあったみたいですね。だから日記を買って三ページくらい使ってある（笑）。

山口　わかるなあ、それは。木山捷平さんの『大陸の細道』っていう本のなかで、満州のことを書いていて、寒いのでフロントルームにいる人たちが足踏みして、なんていう描写があるんです。先生、日記をつけているでしょうっていったら、「いや、付けていない。日記に付けなくても覚えているような、心に残ったことが大事なんだ」と。なるほどと思って、そのつもりでいたんですよ。そうしたら、先生の死後、奥さんが、日記をつぎつぎと本にすること、すること（笑）。

檀　作家って嘘つきですね。でも、そのお話もよくわかる気がします。日記を付けなくても覚えていること、これまで自分がいろんな人に会って、素敵な瞬間というものがあって、そういうものがたくさん過去につながっている。それを自分がいつも思っていることが幸せなんだって。山口さんの書かれた文章を拝見しても、そう思いますね。あと、女優の幸せってもう一つあって、虚構の世界にも生きられるでしょう。ほかの人は実人生において感動したことがないと積み重なっていかないわけですけど、女優は人の人生を生きて感動したりすることもあるから、虚構かもしれないけれど、幸せではあるんですね。

山口　作家もそうですね。何人かの別の人生を生きられるというのがすごいことだと思います。

檀　私小説をお書きになって、それはあるわけですか。

山口　ありますね。

檀　やっぱり嘘だから。それとも、自分の体験を何度も何度も作家として重複して味わっている。

山口　自分で体験したことでないと、書いたときに力が入らない。それだけのことなんですけどね。

檀　としたら、山口さんはすごくいろんなことを体験してらっしゃる。

山口　でも、記憶力は悪いし。まあ、へんなことはよく覚えていますよね。

檀　そう、作家はへんなことをものすごく細かく覚えている。

山口　バーであの女性がこういった、なんていうのは覚えているんですよ。でも、その前後、その日はなんのためにそこへ行ったとか、そんなことは全然覚えていない。へんなことを覚えていて、それにまた悩まされることはありますね。

檀　子供のころに日記の書き方を知っていたらって思う。わたしが小学校の先生だったら、子供たちにいってあげます。「悪口を書きなさい。悪口じゃなくてもいい。人がなにをいったか。お父さんがなにをしたか。お母さんがなにをしたか。なにが不愉快だったか書きなさい」って。そうしたら、「きょうは草野心平さんが来て、こういった。ああいった。体を撫でていった」とか。

山口　面白いよ、それは。

檀　あのころ、小学生のころっていちばん面白かったと思う。だって、毎晩ではなかったけど、いっぺんに五十人くらい人が来て、酔っ払ってケンカしたりとか。まだ売れてない唐十郎さんが来て、すごいことがあったらしいんだけど、そういうことも何一つ書いてないから覚えていない。

山口　まだ子供みたいなものだったでしょ、唐十郎といったら。

檀　ええ、まだ駆け出しのころですよね。ほかにも若い嵐山光三郎さんとか、たくさんいらしていた。でもそういうことをなにも書き留めていない。山口瞳さんがいらして、うちで何をなさったか、おっしゃったかも残念ながら覚えていません（笑）。

ああ偏見大論争　ヘソ曲り作家の生活と意見

野坂昭如
山口瞳

■のさか・あきゆき
作家。一九三〇〜。著書に『エロ事師たち』『アメリカひじき・火垂るの墓』『文壇』など。

完全主義者の整理整頓

山口　今日は偏見について話すんですか。偏見というのは、自分では正しいと思っているんですね。確乎たるものがある。

野坂　ぼくは自分の考え方が偏見だと思ってますから謙虚なる偏見です。山口さんは旅館で布団をしいてもらいますか。

山口　布団はしいてくれなくちゃ困りますね。

野坂　ところがぼくは布団も自分でしくというか、まったく注文ができない。起きたあとも布団をそのままにしておくことができないんですね。宿屋に泊っていてもかならず布団をあげちゃうんですよ（笑）。たとえば編集者といっしょに旅行していて、彼は宿屋だから当然のサービスだと思ってなにもしないでいるのを、ぼくが自分だけやると悪いでしょう（笑）。そうするとものすごくイライラするんですね。それで彼が便所へ行くとアワくってあげちゃう（笑）。先にぼく自身の性癖をまずいっちゃうと、朝は早く起きるんです。五時には起きますね。で、女房とか子供の部屋を片づけるんです。ベッド・カバーをきちんとまるでボーイよろしくやるんです（笑）。歩きながらゴミがおちてるとみんな拾っちゃうんですね。それから庭に鳥がくるもんだから、こんどは鳥のエサをえんえんと作りはじめるわけです。朝八時くらいまでそんなことばっかりしてるんですね。ご飯も自分で作っちゃう、といっても立原（正秋）さんみたいにじゃないんですね。ぼくは即席ラーメンでいいんですよ。劉昌麵となんとか一番じゃ劉昌麵のほうがうまいと思えば、トコトコ歩いて劉昌麵を買いに行くわけですよ（笑）。それ以上の、魚を河岸に買いに行くということはやらないんです（笑）。それからコンビーフでダシをとって、そのコンビーフをちゃんとすくいましてね、犬の方にやるわけです。そのあとネギをむしって入れて、タマゴなどもそれなりにちゃんと工夫して、それで食べるのが好きなんですね。

山口　そこまではぼくはいかないですよ。だけどどんなに酔っぱらって帰ってきても、洋服はちゃんとたたんだりハンガーにかけたりして寝る。ですからぼくは、わりに洋服がいたまないですよ、兄弟なんかとくらべてみると。

野坂　ぼくなんか、洋服をたたむだけじゃありませんね。たとえば女房に内緒の金があると、女房が絶対見るはずのない「日本学生運動史」なんてとこに入れます（笑）。ヤバい領収書があると、それもきちんと百科辞典の中に入れます。で、翌日は覚えてないんですよ。朝起きてアッと思ってポケットを見るとないんですね。でも、だいたいの心あたりを探していくとちゃんと一万円札が何枚かありましてね。

山口　整理整頓するわけですね。浮浪児ふうというか放浪者ふうというか……。

野坂　お舅さん的なんです。たとえばピアノが汚れていると突如ふきはじめるんですね。そのときにピアノみがきなんていうのを買いに行くわけです。それでピカピカに光らせてね。要するにお舅さんというか、障子のサンを親指のハラでこすって「フン！」なんていう感じで、しかしそれを女房に求めてもしょうがないから自分がやっちゃうという、そういう傾向がありますね。

山口　わたしも楽器屋に行ってハタキを買ってきたりするんです。それでステレオの上のうっすらとした埃をスーッと掃いたりしますけどね。またわたしのところはきたないんですよ。蠅がおっこってたり、クモの巣が張ってたりする。女房がちょっと目が悪いんですよ。そうすると、掃除するのは女房に対するいやがらせと受け取られちゃたいへんだから、クモの巣があっても、ちょっとにらんでるけれど、黙っています。お客さんが来て、女房がいなくなると、「ちょっと女房、目が悪いものですから」なんていったりする（笑）。

野坂　それは、奥さんがそういうふうにいちおうするという態勢にあるから、心やさしくお思いになるんだろうけども、うちは夫婦というのはうまく組み合ってるもので、ぼくがそんなふうなものだから、女房のほうがまったくやらないです。だから、ぼくがいくらやってもいやがらせにならないですね。

山口　おやまあ、そうですか。

野坂　よく、物書きの生活を仄聞《そくぶん》するところによると、女房がきれい好きで、いろいろ部屋を片づけられて困ると怒ってますね。

ぼくの場合、まったく逆。子供の部屋でも女房の部屋でも片づけるものだから、女房の必要品がどこにいっちゃったかわからないって、ぼくは怒られるわけですね。そうすると、こっちは締切りに追われてるのに、むこうは「絵具を洗うカンがどっかにいっちゃったけど、あれはあなたが片づけたんでしょう」ってぼくは呼びだされて、そんなことをいわれてもわからないから、ピースのかんにクギで穴をあけて「これでもできるだろう」なんてやってる（笑）。

山口　よく、働いて叱られることがありますね。どういうんですかね、こっちがあんまり掃除なんかしたりすると、怒られますね。女のああいう神経がわからない。女房のためを思ってしても叱られることがある。「今日はホテルで食事しようか」なんていうと「この着物じゃ行かれない」とかなんとかいいだす。「いいじゃないか」というと「だってピーター・オトゥールに会うかもしれない」なんて。調べてみると、ほんとにそのホテルにピーター・オトゥールが泊ってるんですね（笑）。それで結局その日一日、気まずかったりするんですがね。

野坂　ぼくの場合、ひどいお舅さんになっちゃうんじゃないかと思うな。非常に下らないことに、とても気がつくんですね、ぼくは。

山口　そのくせ部屋全体としては汚れている。あなたのその傾向はだんだんに嵩ずるんじゃないかな。

野坂　一つは原稿を書くのがいやで、といってじっとしてるとなんか申しわけないような気がするものだから、掃除をしていれば、いま自分は掃除をしているんだ、というように思えばいいような気がして、やるべき業務果していないようなところがありますね。机の前にすわるのがいやなものだから、あちこち見回って、便所の手を洗うところが汚れてたり、子供が歯磨きくっつけたりしてると、突如として掃除しはじめたりね。そういう整理整頓癖が、ややノイローゼ気味にたかまってきているような気がしますね。

ぼくは今でもキックボクシングのトレーニングを庭でやってるんですけども、やりながらヒョイとみて、雑草が生えてるとそれをチョン切ったりしてね（笑）。

山口　そのうち苔の中に生えてる雑草をピンセットでとるようになりますよ、気をつけたほうがいいなあ。庭のない家に住んだほうがいいかもしれませんね。

あなたは接着剤には興味ないですか。

野坂　工作というのは、ぼくは小学校のとき、他の学課はいい成績だったんですけど、工作だけがだめなんですね。

山口　工作まではいかないんですよ。接着剤で帽子掛けだとか、手拭い掛けだとか、いっぱいぼくは作るんです。

野坂　そういうことはしないです。

山口　雨の日なんか、家の中に何か干しますでしょう。そうすると、欄間《らんま》みたいなところにひっかけてあるじゃない、いろんなもの。それ、ちょっとまずいなって、ひっかけるものを接着剤でつけるんですよ。で、一時間くらいたつと、バサーッていう音がするんです（笑）。だから、また行って直す。わたしはミスター・ボンドです（笑）。あなたは伊東屋の地下とか、デパートの家庭用品売場へは行きませんか。わたしは大好きなんです、そういうところを歩くの。

野坂　文房具屋とか家庭用品売場を見るのは面白い、ということはいくらか知ってるんですけど、買ってはこないですね。

ぼくは女もだめ、賭けごともだめ、ひたすら酒だけなんです。われながらどうしようもないなと思って、最近ようやく気がついたのは、片づけ癖というか、それもキチンと合理的にするんではなくて、ただそこにあるゴミとか何かを見えないところにもっていこうという、そういうふうなのがぼくの趣味じゃないかと思いはじめましたね。

買ったコートが十数着

山口　一種の完全主義者だな。それをやりながら、発声練習なんかやるんじゃないですか。

野坂　いや、ぼくは練習なるものは一切やらない。ただ、山口さん担当の編集者とぼくの場合と、わりと同じことが多くて「山口さんは色紙をお書きになるときはいい字を書きますね」なんていわれて、そうか、と思って最近お習字をけいこしはじめたんですけど……。

山口　字はけいこしないほうがいいですよ。うまくなればなるほど下品な字になる人がいる。突然書いたほうがいいんです。字を書いたり絵を描いたり、まあぼくだと将棋をさしたりするんですけど、そういう文人趣味みたいなものは……。

野坂　ぜんぜんないです。お習字だけは週に二へんくらい、夜、それもお酒を飲んだあげくにやるんですけどね。それがまた半紙に書けないんですね。もったいなくてね。新聞紙に書くんです（笑）。

山口　半紙だとばかに高いような気がしますね。色紙だって二百五十円くらいするでしょう。失敗すると、とても損した気になりますね。

野坂　だからいまのところ、ぼくは色紙を拒絶しているんです。頼まれると「いま字を練習しておりますので、のちほどうまくなってから書きますから」って。

山口　はじめはわたしもいやでしたけどね。

野坂　ぼくは決して書くのはいやなことはないんです。ただ、はじめは面白がって書いていたけど、ちょっと恥しくなってきたですね、マジックでへんな字を書いているのは。

山口　そういえば、わたし、あれがだめですね。自分用の気のきいたことばを思いつくという才能がぜんぜんない。だから人のを書くんですけどね。それから旅先で、そこの土地に似つかわしいようなことばを思いつくとかね、チョイと俳句をつくるなんていうことはできませんね。サイン帳をみるとうまい人がいますね、じつに気のきいたね。永井（龍男）さんなんかうまいですね。

野坂　俳人というのはみんな字がうまいですね。うまいというか、恰好がついてる。

山口　俳人はそうでもないな。うますぎていやらしいのが多い。

野坂　三、四週間前の「男性自身」（週刊新潮）に、卑下癖というふうなことばがあったように……

山口　「卑下自慢」です。

野坂　その卑下自慢になりかねないから、いささかはばかるけど、ぼくは浮浪児風といってしまえばおしまいだけど、食いものはどうでもいいんです。それから着るものもどうでもいい。

山口　どうでもいいの？　あなたの場合、やっぱり相当なおしゃれだと思っているんだけども。

野坂　いや、これはどうでもいいんです。

山口　今日はまあ普通ですね。この前、帝国ホテルでお目にかかったときなんかは浮浪児というか、あれはそうとう度胸がいるでしょう、あの恰好で帝国ホテルへ入ってくるというのは。

野坂　それはべつに……

山口　平気？

野坂　ええ。

山口　それは、でも、ちょっとやっぱり神経が普通じゃないと思うよ、ぼくは。デニムのズボンかなんかで……。

野坂　主賓にわるいと思って、ちゃんとして行きたかったんだけども、ちゃんとしようと思ったらヒゲもそらなくちゃならないし、もともと遅れていたものだから……。

山口　そうかねえ、やっぱりかなりのおしゃれじゃないのかなあ。

野坂　ぼくはレインコートさえ着てればボロ隠しになるという感じがあるんですね。だからレインコートは好きなんです。町を歩いていても、いいレインコートがあると衝動的にどんどん買い込んじゃうという癖はあるんです。

山口　それも浮浪児だな、レインコートというのは雨除けという感じと、ボロ隠しというのと両方……。おしゃれな浮浪児、ダーティ・野坂だな。

野坂　あれ着てると、もうそれでいいという感じがあって、だからレインコートだけで十幾つ持ってますね。

山口　それもおしゃれだな、同じものをいくつも作るのは。しかし、あなた、そのヘアスタイルといい、眼鏡といい、お召しものといい、ちょっと胸毛をだす感じとかね、そうとうなものじゃないですか。

野坂　いや、胸毛はないんですよ。

山口　なくても、あるように見せかけている（笑）。それ高そうだな。

野坂　ぼくは常に一番高いのを買うわけです。おしゃれというのは、自分自身に合ったものを選ぶことだ、とかいいますけど、ぼくの場合、たとえばフジヤマツムラとか、サンモトヤマへ行って、そこで一番高いのを買う。

山口　すごいねえ、それは。

野坂　一番高いのが、一番いいだろうというんで。

山口　それは多分正しいだろうけど、だけどフジヤマツムラへ行って一番高いのをというのは、度胸があるというか、ヤケクソというか。わたしなんか、フジヤマツムラに親類の者が勤めているんですけど、それでも店へ入ると少しふるえている。

野坂　セーターで、だいたい十万ぐらいするわけです。

山口　（笑って）それで関心がないというのは、ちょっと普通にはうけとれないよ。

野坂　いや、ですから、三年間くらいそれを着っぱなしにするわけです。

山口　靴下だって三千円から七、八千円するんじゃないか。

野坂　靴下までいくと、これはもうどうでもいいんですよ（笑）。

山口　下着一揃いなんていったら二、三十万になっちゃう。

野坂　それは、ぼくは上だけ（笑）。見えないとこはどうでもいいんですよ。もっとも、今はいている靴下が、やっぱり五千円くらいしましたね。これはサンモトヤマで一番いいのを買ったからそれくらいするんですけどね。ぼくは、高いものというほかに選ぶ基準がないものですから。

山口　それはわたしもそうだけどさ。そのへんの洋品店へ行って「一番いいの」とはいえるよ。だけど、フジヤマツムラとかサンモトヤマへ行って、一番高いのというのは、常人じゃないよ。

野坂　まあ、ヤケクソといえばヤケクソですね。たとえば、おしゃれなので、ぼくらと比較的年齢の近いのでいえば、永六輔というのがいますね。彼はたいへん安いものを買ってきちゃ、それをうまく着こなしてる。ぼくは洋服を作るというと、英国屋あたりで作るわけです。だけども、あそこらへんは非常に保守的ですからね。ぼくとしてはいい恰好をしたいわけです。細いズボンが流行っているときにはうんと細く。ところがあすこはそうじゃないもんだから、ぼくとしては、ずいぶんおじいさんみたいな洋服だなと思って、それで着ない。英国屋の服なんか、ぼくのとこには何着もあるんですけど、ぜんぜん着ないですね。

山口　ああいうところでは、どうしても地味になる。

野坂　ぼくとしては、オレはもっとスマートになれるはずだという気が、つねにあるんです。

山口　それを安く譲ってよ（笑）。

野坂　いま、はいている靴も三万八千円くらいするんです。これもやっぱり、一番高いのをパッと買ったわけです。よく銀座でもって、田舎者相手に、同じ品物でもこっちには二千円、あっちには八千円の値段をつけておくと、八千円のほうを買うバカがいるといいますね。ぼくは、その典型的なバカですね。

山口　眼鏡のタマなんかそうですよ。こっちがニコンで、こっちが西独製品だなんていわれたって、わかりゃしないですよ。昔は、そういうインチキ商売が、ずいぶん多かったらしいですね。

わたしはだいたい、丸善に行きますけど、一番高いのとはいえませんよ。丸善でもふるえてる。それで誰か知り合いに会うと、イヤですね。ほかの人は丸善へ行くのは、洋書を買いに行くんだ。それで、とても恥しい思いをしますね。コソコソして、見えないように隠れたり……。

店の推奨品は死んでも喰う

野坂　昭和二十九年ごろに、丸善では二万八千円でもってバーバリのレインコートを売っていたんです。その当時からボロ隠しという意味で、レインコートに関心があったんですが、その頃のバーバリというのは糸が太くて、とっても厚ぼったい感じだったんですね。あの厚ぼったい感じのバーバリのコートが、いまだに一種の憧れでしてね。今はみんな糸が細くなっちゃったわけですね。丸善に行くと、ぼくはそれをいまだに気にしてみてます。で、一と月くらい前に丸善に比較的それに近いのが出てて、べつに要りもしないのに買ってきたけども、それは七万五千円だったですね。レインコートというと、アクアスキュータムとか、バーバリとか、オースチンリードとか、シーラップ、カルダンとかあるでしょう。そのへんの銘柄のは、だいたい二つか三つ持ってますよ。ひどくたくさんある、レインコートは。

だから着るものについてはそういう偏見。ぼくはいま、上から下まで、パンツはちがうけども、日本製は一つもないわけです。これは七、八年前からそうです。日本製品というのは一切身につけないんです。日本製品は粗悪であるという固定観念があって「いいから買います国産品」なんていわれたって、とてもじゃないけどあっちのほうがいいって、ぼくは思いこんでいますね。

山口　高けりゃいい、外国製品だからいいという、そういう気持は、ほんとにあるね。特に洋服はそうだね。わたしも、日本のメーカーのセーターとか、スポーツシャツは着られない。そうかといって、あなたのは行き過ぎだ。

野坂　だけど、ぼくはほかに趣味がないんですよ。競馬もやらなきゃ麻雀もやらない。将棋もやらないし、女もやらない。だからレインコートくらい買ったっていいじゃないかと思うんですね（笑）。

山口　女はどうかわからないけど、競馬や麻雀で十万円負けるのは大変だ。だけど、銀座でも赤坂でもいいけど、一番いい呉服屋へ行って、結城の一番いいのを、っていえるかな？

野坂　和服はだめなんです。

山口　うまくいってるな、それは（笑）。ずるいよ、それは。

野坂　和服はおじいさんとか何かを見てるものだから、とてもじゃないけど買えないという感じがありますね。

山口　そうね。すぐ二百万ぐらいになっちゃうでしょう、結城なんていったら。

野坂　着る物のつぎに食いものが、ぼくは即席ラーメンと、くさやでお茶漬けというところにきちゃうんですね。

山口　ウーン、考えようによっちゃ、ひどくぜいたくだけど。

野坂　地方へ行ったって、ぼくの食べるのは、ハンバーグとカレーライスです。これは土地の名物でしてといわれたとたんに反感を感じちゃうんですね。こんなもの食えるかっていうんで駅の食堂へ行って、そういうところで一番安全なのはハンバーグとカレーライスという感じがあってね。あれ、お醤油をかけると、いくらでも味がかわりますからね（笑）。山口さんが、魯山人のことをお書きになって今時の食通なんてものはチャンチャラおかしいというようなことを、ちょっと書いていらしたけど、ぼくのはそういう筋目正しいチャンチャラおかしいじゃなくて、ぼく自身はひどく浮浪児風で、こういう料亭のお料理は食えないですね。どうも洋服のほうじゃ、高いからというのでもってとびついちゃう。食べものは、高いというか、これ見よがしのことをされると、絶対食べないというあれがあるんですね。

山口 ぼく、吉兆はだめだなあ。いちいち説明するでしょう、これは何でございますと。お熱いうちにお早くとか、冷いものがでると、それもお早くと、たえずせかされているようで、食べてる気がしない。何だろうと思って、あけようとすると、直前に中身を説明されちゃう。あれはいやですね。

野坂 ぼくは、吉兆というとこは、てめえの金で行ったことがないもので……。

山口 いや、自分の金じゃ、とてもわたしも行けません。

野坂 人の金で行くときは、絶対食べないんです。じっと見てるだけで……。

山口 ぼくもこういうとこでは、わりと平気で残せるんですけど、一杯飲み屋に行って、自分で頼んだものは絶対残せないですね、悪いと思うから。まあ、そんなに沢山は頼みませんけど。

野坂 浜作あたりで、くさやかなんか頼んでウイスキーを飲んでるという、ひどく半パなやり方をするときは、もちろんくさやぐらいは食べるんですけど、座談会なんかでこういうとこへ来て、まずハシをとったことがないですね。

山口　まあ、そういわずに……（笑）。食べものというのは、みんな非常に偏見というか、独断に満ち満ちていますね。四谷に秋本といううなぎ屋があるんです。内田百閒先生が愛用された。それで、うなぎは秋本にかぎるという人がいるわけですよ。ところが、秋本のうなぎなんか喰えるかという人が、一方に存在する。食べもののことになると、非常にムキになる人がいますね。

野坂　ぼくは、けっしてムキになってるんじゃないんですけど、たとえば、おすし屋さんへ行って「今日はなにがいい」なんていって、カンパチだとかいわれると、もう食欲がなくなっちゃうんです。

山口　ああ、そうお？　ぼくは逆だな。とにかくあとで吐いても、いったんは食べてあげようという気になるよ。吐きゃしませんけど（笑）。

中間がわからぬ浮浪児と殿様

野坂　とにかく、ここは何がうまい、といわれると、あと注文ができないんですよ。山口さんが、三島由紀夫のことにふれて、三島由紀夫がすし屋でトロばっかり食ってたと。それで、お父さんの平岡梓さんが、あれはビフテキしか食べなかったということを、お書きになっていたけども、あの点はまったくぼく、同じなんですね。地方の駅ビルだとハンバーグとカレーライスですけれども、洋食屋に行くと、ビフテキしか食べない。
山口　それはね、あなた、知識がないだけなんだよ。
野坂　そうなんでしょう。だから行かないけども、考えるのがいやなんです。
山口　カレーライスでいいじゃない。
野坂　カレーライスよりもビフテキは肉でしょう。まあ、栄養をつけようという気があるんですよ。で、肉にもいろんな調理法があるんでしょうけど、どこへ行っても、とにかく肉というとビフテキを食べちゃう。
それから、すし屋へ行ったら、ぼくが食べるのはトロと小鰭《こはだ》、この二つ。だからぼく、あれを読んだときに、この点だけオレは三島由紀夫に似てるなあと思ってね。
山口　三島由紀夫は知識がないんだと思う。それから、小鰭の味は、あの人、わからなかったと思いますね。非常に舌が子供じゃないかと思いますよ。
野坂　山口さんが、トロがおしまいになったら、そのおすし屋さんが看板になっちゃうと書いてたのをいつも気にしてね、「こんなにたくさんトロを食べてもいいでしょうか」ときくと、「いやあ、どうぞ、どうぞ」なんていわれたけど（笑）。
山口　どうぞといいながら、かげで舌打ちしている（笑）。やっぱり気にしてもらいたいと思うよ。だって、営業が成り立たなくなるようなことをしているんですもの、それはいけない。どんなにいい小説を書いてる人だって、わたしはそれはいやなんですよ。

野坂　その、おすし屋さんが困るというのは、かなりいいところのおすし屋さんですか。それともふつうの……？

山口　だって、あなた、マグロのない桶なんて、形にならないんじゃないですか。それこそ光りものだとか、イカだとか、タマゴなんかだけの桶というのは、恰好がつかない。菜の花畑じゃあるまいし。やっぱりマグロがないとおかしいんじゃないですか。

野坂　しかし、マグロも赤いところは食べないんですよ。トロだけ食べる。

山口　それもいけないね（笑）。それは単に栄養本位だな。あるいは一番高いもの、という精神かな。それじゃ、おすし屋さんは儲からないわけよ、その客からは。つまり、原価がやたら高いから。すしというのは原則として、一個の値段は同じなんですよ。だからすぐ計算できるわけでしょう。まず仕入れの安いのを頼んであげると、向こうが儲かるということがあるわけよ。マグロばっかり食べたら、帰ったあとで、なにいわれてるかわからないよ。いわれてたってかまわないけど、そのていどのことは知っててもいいんじゃないかという気持は、わたしはあるな。

野坂　おすし屋さんが一番儲かるのは、なんですか。

山口　ゲソとか、アジとか、小鰭なんかもそうじゃないかな。

野坂　ゲソというのは、ぼくは食べるんですよ。だけど、あれはたいていタダですね。

山口　そのままならね。握ったらまぐろと同じ値段ですよ。つまり、彼らは誇りがあるから。

技術料だと思ってるから。

野坂　二重にオレは悪いことをしてるんだな（笑）。ぼくはビール飲みながらタダのゲソを食べて、あと、ご飯を食べるときは、トロだけ食べてるから、すし屋の敵というような……（笑）。

山口　極悪人です。それでいて、あなた、フジヤマツムラへ行って、一番高いものを買うし、食事はマキシムでしょう（笑）。だから浮浪児と三島由紀夫のような殿さま、これは中間のことが、まるでわからないんじゃないかしら（笑）。わたしの場合は、たえずそういうことばっかり気にして、オドオドして、気がねしいしいというふうになっちゃって、女房はわたしといっしょに料理屋へ行くのは、もう大きらいだといいますよ。それはほんとうに涙ぐんでいいますよ。「気にしてばっかりいて、わたし、とっても食べてる気がしない」っていうんですよ。たとえば、わたしはすし屋に行ったら、干ぴょうののり巻を頼まずにいられないんです。前の晩から干ぴょうを煮ていると思うから、あるいは干ぴょうでちょっとウデを見せようというところがあるわけよ。そうすると、鉄火巻なんて、とうてい……食べることは食べますけども（笑）、干ぴょうの、すだれで巻いたあれにして下さいなんて懇願したり。鉄火の手巻きなんていう客が隣りにいると、もうそれだけで悪酔いして、けんかをふっかけたり（笑）。

野坂　鉄火巻というのもいけないんですか。

山口　いや、おいしいんですよ、じつに食べ物の傑作ですよ。だけど、「鉄火の手巻きいこう」「ホイきた」なんてやられると、もうそれは食べられなくなる。あなたとちがうようで似ているところがありますね。

野坂　その、手巻きなんていう一種の技術用語みたいなのが、すし屋の場合ありますね。それが使えないのと、客とすし屋の主人とへんにツーカーみたいな恰好で、今日は何がいいなんていってること自体だめなんです。

ぼくは昔、アワビに凝ってたんですが、あれは夏のものなんでしょう。冬にアワビといって、えらい侮辱されたことがあった。ああそうかと思って、それでぼくはアワビをやめたんです。

山口　今日は何がうまい、ときくのは、わたしもいまだに貝類は夏とかなんかいうことが覚えられないからです。

野坂　それで腹がたって、当時まだ独身者《ひとり》だったんですけど、魚屋に行ってアワビを買ってきてね、こうなりゃうちで喰いたいだけ喰ってやろうとしたら、あれはかたくて喰えないですね（笑）。

山口　岩石みたいなもんです。

野坂　ほんと、歯がかけるかと思ってね。やっぱりすし屋でなきゃ喰えないと思ったけど、あれからぼくはアワビに訣別した。だから、ぼくは本当は味がわからないいんじゃないかと思うんです。とにかく辛けりゃいい、田舎者なんですね。何でもかんでも醬油かけちゃうんです。ビフテキを食べるといいましたけど、どこへ行っても醬油をもらってダボダボかけるわけです。

山口　ニンニクは？

野坂　ニンニクも目茶苦茶につけてもらうんです（笑）。それで、たとえばケテルスなんかに行くと、特別料理になるんです。

山口　いいとこばっかり行ってますね、あなたは。

野坂　そうなんです。

山口　マキシムとか。

野坂　マキシムへ行くと、よくバイオリンを弾く人がくるでしょう。他のお客さんにはほんとに迷惑かもしれないけど、目茶苦茶にチップをやるんです。ひきつけておいて、でたらめにやるわけです。一曲やるごとに千円ずつ。それで全然彼らが知らないようなシャンソンなどをやらせるわけです。知らない、というと、オレのほうがフランス文化に通じておる、という感じで、フランスに差をつけた気持で自分で歌ったりして。だから、とてもひどい客だろうと思うんですけど、そういうふうにぼくは、なんか物狂いになるようなところがある。

山口　逆上しちゃうんじゃないの？

野坂　逆上しちゃうんです。

山口　わたしも似たとこあるんですけど、やっぱりちがうのかしら。フジヤマツムラにおっかなびっくり入って、三千円の靴下なんか買って、自分じゃはけないわけですよ。だれかにあげるんです。

服の数でも一流歌手

野坂　ぼくだってシラフじゃ入れないですよ（笑）。酔っぱらって入るんですけどね。昼間から酔っぱらってるときに、気が大きくなっちゃって、そういうときにフジヤマツムラとか英国屋に入る。それで「ベンツはサイドにいたしましょうか、センターにいたしましょうか」なんていわれると、わからないから「いらない」なんていってね（笑）。「じゃ、ノーベンツですか」「うん、ノーベンツ」なんて、なんだかよくわからなくてね。

山口　単にあなた、逆上してるだけだよ、それは（笑）。しかし、あなたは本当はなんでも知ってるくせに、知らないフリをしてるような気もするね。それを創作の原動力にしているような。

野坂　洋服屋さんに行ったら、とにかくぼくは逆上しちゃいますね。「すそ幅は何インチにしましょうか」なんていわれてもわからないから「なるべく細く」てなことをいってね。そうすると向こうは「しかし、あんまり細いのも品が悪いですから」「では、ちょっと広く」

とかやって、外へでるとグッタリしてね（笑）。

でも、うちへ帰ってきて、なにを考えているかというと、英国屋で作った洋服を着て、サッソウと銀座を歩くと、さぞかしモテるんじゃないかというようなことばっかり考えてる。それでようやく届けられたのを着てみると、なんかおじいさんの洋服みたいな感じがして、そのまんま、毎年虫干しするだけです。ぼくはまた、几帳面に春と秋にかならず虫干しするんです（笑）。

山口　なんか、おれは村中で一番という感じがありますね（笑）。

野坂　ひどくありますね。

山口　ウーン、ちょっと似たところがあるけど、やはり英国屋というのは入れないですね、こわくて。いまだに入ったことがない。

野坂　ぼくもシラフじゃこわい。お酒飲んで入って、女の子にお茶かなんかもらうとね、申しわけなくなっちゃって、そのへんにあるポロシャツなんか「あれももらう！」なんて（笑）もらっちゃうんですよ。

山口さんは、洋服はやはりきまったとこで……。

山口　だいたい丸善にいくわけです。

野坂　あすこは洋服も作ってるわけですか。

山口　あなた、ほんとに知識がないね（笑）。

野坂　レインコートとかゴルフの道具ばかり……。

山口　最近そうなっちゃったよね。

野坂　ぼくは洋服というか、要するに洋品というふうなものに、とてもお金を支出しますね。デパートに行けば特選売場に行って……。

山口　それはあるよ。高島屋の二階とかね。だいたい、神戸の東亜ロードを歩くとね、子供のときにもうゾクゾクしたね。横浜の元町とか、なんか胸がワクワクしてね。それでつまらないものを買って来たりする。

野坂　それから、生地の選び方がわからないんですよ。なんかポルトガルに行ってメニューを見せられたみたいなもんで「こちらはいかがでしょうか」なんていわれても、全然見当もつかない。買ったのに着てないものすごくハデなのを、勿体ないと思うもんだから、夜ふけになって姿見の前で着てみて、そのときもお酒を飲んでるわけなんですけど、これはきっといいにちがいない、明日の選考委員会にはこれを着ていこう、なんて思って出しておいて、翌日着てみると女房が「恥しい、およしなさい、そんな気狂いみたいな恰好するの」なんていわれるから（笑）またいやになっちゃう。ぼくは人になんかいわれると、ものすごく傷つくんですよ。もう、とてもだめというか、だれでも新しい洋服を着るときはそうだと思うんだけど、玄関を出るときに、ヒョイとふりかえって、女房がニタッと笑っていると、あいつはおかしがってるんじゃないかと思って、あわてて上へあがって結局、革のジャンパーの汚い恰好をして出かけるんですけどね。

山口　ぼくも仮り縫い三回なんて神経は全然わからないね。

野坂　仮り縫いは一切しないんです。

山口　だって向こうで、やれっていうでしょう。

野坂　二回やれといいますね。英国屋あたりで本当にやると三回なんだそうですけど、ぼくは「忙しいから、あなたのほうでやって下さい」という。

山口　あなたは、実際は全然ちがうけどさ、なさってることは成り金だね。

野坂　これはもう完全な成り金です。高いものほどいいとかね。洋服とか味とか、それについての自分自身の考えというのを持っていないんですね。レインコートにしても、昔のボロ隠しのイメージで、同じボロ隠しならせめていいのを着たいというだけ。外国へ行っても買ってくるのはレインコートばっかり。税関で、なんでこんなにレインコートが沢山あるんだといわれて、昔からのことを説明するわけです（笑）。向こうは閉口してね、「わかりましたけど、少しは申告してもらわなくちゃ困る」なんていってた。

山口　おたくは、各室カラーテレビつきというふうになってるんじゃない？

野坂　住まいのほうは、これまたちがうんですね。

山口　ぼくらの神経では、まあこれは常識だと思うけど、レインコートというのは、ちょっといいのを一つ持つわけよ。それで、わざとアカじみるわけよ。やぶけたのを修繕したりしてるのがカッコいいわけよ。

野坂　それは全然だめなんですね。いいのがあるとみんな買ってね、レインコートが沢山あれば豊かな気持になるんですよ（笑）。

山口　下はふんどし一つでもいいものね、レインコートがあれば。

野坂　ひざぐらいまでのズボン吊りをしててもいいわけです（笑）。

山口　あなた、いっしょに帰りましょう。洋服とレインコートを安くゆずって下さい（笑）。

野坂　よく、映画俳優なんか、この方はおしゃれでもって、何十着という洋服を持っている、なんて週刊誌に書いてありますね。

山口　野球の金田とかね。

野坂　それでぼくは、自分のを数えるとね、ぼくのほうがはるかに多いんですよ。

山口　歌手としてもそうとうなもんだね。

野坂　つまりぼくは、なにかあると洋服を作るんですよ。たとえば文藝春秋講演会なんていうのがあると、何はさておいてもすぐに洋服屋に行ってね、洋服を作るんですよ。でも結局それは着ていかない。講演会とか歌をうたうなんていうと、まずはじめにパッと衣装を考えるわけです。歌をうたってるときはずいぶん作りましたね。でもその場合、舞台衣装だから、当然もう着られやしないです。すごくありますよ、洋服は。

山口　橋幸夫の比じゃないわけだ。

野坂　橋幸夫のようにラメが入ってるところまではいかないんだけども。

山口　川端さんの骨董とおなじでね、死んだときに洋服の相続税でたいへんなことになるんじゃないの。ぼくは、川端さんがあんなに骨董をお買いになったというのも、それは目も利くし、お好きだったんだろうけども、やや成り金趣味のところがあると思うんですよ。あんなには普通は買わない。つまり骨董屋や家族の人とかに迷惑がかかるまで買うという神経は、ちょっとわからないところがあるんですけどね。

野坂　衝動買いということで似てるんでしょうね。まあ、洋服だから川端さんの骨董からくらべれば非常に浅薄で、自分の身を装って女にモテたいという気がまずあるわけですよ。

山口　そうかねえ!?

野坂　ひどくありますよ、それは。この洋服を着て町を歩いてみたいって、そればっかり考えるんですね、作るときは。ところが、洋服というのは、すぐ出来てくればいいんだけども、時間がかかるもんだから、その半月ぐらいの間に、ものすごくオーバーに考えちゃうわけです。アラン・ドロンの写真なんかを見ると、オレもこんなふうになるんじゃないだろうかというような感じがあって、それがあんまり強くなっちゃうものだから、いざ出来てきた洋服を着てみると、ガックリくるわけですね。

あのバーバリに抱いた憎悪

山口　わたしもわりに、セーターとかレインコートとか、帽子とか好きなほうですよ。でもね、十万円のセーターはね、つまりバカらしいというとこはありますね。着物といっても、これ（と自分の着物を見て）は薩摩絣《がすり》で四万円ぐらいかな。それでも女房に怒られるんじゃないかと思って、ぼくは羽織も作るつもりでいたのに「じゃお揃いで作ろう」なんていってね、結局羽織がないわけよ。だから、セーターで十万円といったら、まあ気が狂うまではいかないけどもね、そうとうこだわっちゃうね。しまった、しまったというふうに思うでしょう。着物だったら十万円でちょっとしたものができますよ。セーターで十万で、またそれをしょっちゅう買うなんていうことになると、まるでわからない。

野坂　ぼくはセーターで十万といったら、柄もみないで買いますね。レインコートで十二万、あるいはジャンパーでそういう値段がついてたら。背広で何万というのは、あまりピンとこないんです。セーターというものにそれだけの値段がついていると、これはもう無条件にいいものだと思っちゃうんですね。ほかに道楽がないものですから、原稿料はぜんぶセーターに化けていくわけです。

山口　道楽といったってさ、たとえばぼくは競馬もやるし将棋もやるけど、そんな額になるはずがないし、逆にバクチだと儲かることもあるわけですけど、あなたのはやっぱしそうとうだね。

野坂　また闇市などという時代になれば、これはちょっとしたものです。お米にして十石ぐらいにはなりましょう。この前、帝国ホテルでお目にかけたあのスタイルというのは、あれ買ったのは去年の十月三十日なんです。革のペラペラしたのは十二万なんです。で、それをこの前お会いした四月まで毎日着ているわけです。その間、ほかのは一切なんにも着なかった。だからセーターそのものについていうなら、たいへん安いものなんです。ちょっと着て、またつぎのをというんじゃなくて、のべつ幕なしに着ちゃうから、衣料費とすれば大したことない。その前は八万円のトルコ製で、エーガーのセーターを二年間着ました。そうすると一と月の衣料費は三千円ぐらいのものでしょう。安いもんですよ。

山口　ふうん、すると成り金でもないな。おしゃれに関心がない人でもないね。ちょっとわからないね、やっぱり（笑）。

野坂　おしゃれというのは、もうちょっと主体性があって……。

山口　腕のあたりに特別なポケットを作ってもらうとか……。

野坂　それはもう全然できないんですよ。だからバカみたいなことをしちゃうわけですよ。たとえば、だれかの背広をぼくがいいと思いますね。そうするとその人にきくわけです、どちらで作っていらっしゃるんですか、と。すぐにそこへぼくは行くわけですね。そこへ行けば、あんないい背広ができるんじゃないか、と思って行くでしょう。だけど、背広というのは、洋服屋さんとこっちの話し合いがなきゃだめなんですね。ところがぼくは、行きゃあ同じものができると思うもんだから、へんな背広ができちゃうんですね。しかも、仮り縫いしないから、右と左がびっこになる。そうするとぼくは怒るんです。カンカンになって怒りだします。だけど怒ったって大したことないわね、どっちみち着ないんだから。それでも自分自身に合った洋服ができないということについて、もう目茶苦茶に怒ってね。そこにはもう絶対、足をふみいれないわけですね。

山口　なんか、ショージ君やタンマ君が五千万円の宝くじに当ったような感じだね。

野坂　（笑って）そうそう、そんなふうなもんですね。だからぼくは、ロンドンでバーバリの本社に行ったときは、もう、どこを見たよりも感激しましたね。これがあのバーバリかと思ってね（笑）。バーバリというのはレインコートばっかり作っているのかと思ったら、いろんなものがあるんですね。ぼくはバーバリのものをみんな買ってきました。それで、これだけいいお客だからと思って、ぼくに売ってくれたバーバリのおじさんと外で会ったときにニッコリ笑ったら、向こうはなんかジョン・ブル風にオレを無視したので、それからぼくはバーバリに憎しみを抱いてね、今はあまり買わなくなった。

山口　あなた、オーバーは？

野坂　オーバーというのは、昔からあまり着ませんでしたね。

山口　それはあなた、うまくいってるね。レインコートとかセーターなら、一番高くて十万か二十万どまりでしょう。オーバーで、たとえばビュキーナーということになったら家が一軒建っちゃう。

野坂 そのへんはうまく操作しているのかもしれないですね（笑）。あんまり高いものにはいかないということね。

山口 オーバーと着物は着ないということになれば、着道楽としてはかなり有利ですよ。

野坂 時計なんかも、凝りはじめると、ずいぶん高いのがあるらしいけど……。

山口 ある、ある。

野坂 ぼくは時計は持てないんですよ、それから万年筆がだめ。つまり往年、質屋にたたきこむようにできていたものは、ぼくはいま身につけられないですね。だから、あの頃に喰ったもの、ラーメンとか、レインコートとかお世話になったもの一点ばりでぜいたくしているんです（笑）。この頃、年とってきてちょっと頑固になったんですかね。おいしいから食べなさいといわれたときのあの反感というのは、われながらいやになりますよ。

使い分けた言葉の二刀流

山口 そういうことはあるよね。だけど、うまくいってるな（笑）。石とか、庭に凝りだしたら、そうはいきませんよ。

野坂 あとはゴミを拾っているだけですから（笑）。女性についても、女性を好きな方は沢山いらっしゃいますけど、ぼくはまた全く女性がだめなんですね。赤線にはずいぶん行ったほうなんだけど、赤線がなくなったときと、こっちの精力が衰えていくときと、ちょうどいっしょになっちゃったらしくて。トルコ風呂にも行ったことがないんです。コールガールというのは、話をしたことがあるけど、やったことはないですね。

山口　それだって大したことないよ。今でも赤線みたいなとこあるけど、そこへ行って一番高いのといったって、大したことないよ。

野坂　あの赤線がもうこわくて行けないんですよ。飛田なんか、今でもやってますけどもね、人を紹介はするんです。先にたって入ってはいくんですけどもね、みなさん、こちら、こちら、なんて妓夫《ぎう》太郎よろしくやっちゃうけどあとオレは用があるからと出てきちゃうんですね。それでどこかでお酒を飲んでるんですよ。お酒だけですね、ぼくは。山口さんの前だからいうわけじゃないけど、これはほんとにサントリー一本槍ですからね。

山口　フーン……。

野坂　ただし、ビールは飲みませんけどね、これはいちおうキリンということになってるんです。これまた成り金風ですね、ビールはキリン、ウィスキーはサントリーというのはちょっとあまりに常識的すぎるけども、とにかくサントリーのないバーじゃ一切お酒は飲まないです。それも本当はオールドじゃなくて角が好きなんだけども、これをいうとなんかこれ見よがしみたいで。

山口　目茶苦茶のようでいて、筋が通ってることは通ってますね。

野坂　ええ、ぼくはお酒だけは通ってます。

山口　お酒にかぎらないけど、通ってますね、筋が。不思議な人だね、あなたは（笑）。わたし、あなたにうかがいたいと思ってたんだけど、あなたは新潟、神戸、東京とあるわけだけど、つまりあなたは何人なんですか。

野坂　生れたのは鎌倉なんです。あと神戸に行って、十四歳までいた。

山口　新潟はどういう関係？

野坂　実父が新潟にいたものですから、そっちにひきとられたんです。養子に行ってたんです。

山口　ああ、そう。わたしは逆だと思ってた。

野坂　で、二年間大阪にいて、二年間新潟にいて、あとは東京なんです。それで神戸にいても、新潟にいても、家の中はぜんぶ東京弁でしたから、ぼくは二重のことばを使ってました。神戸でも、家で関西弁使うと怒られるんですね。こんど外に出たら、東京弁使うとバカにされますから、使い分けをやった。だからぼくは今、わりに東京弁がしゃべれる。

山口　そうですね、五木（寛之）さんとくらべたら、かなりちがいますね。ちがうというか、東京ですね。

野坂　だからいろいろ使い分けるんです。田中角栄さんには「新潟はいいですねえ」と、こういうわけですね（笑）。神戸で造り酒屋さんと話してるときは「昔の神戸はごついええとこやった」という。鎌倉出身の人には「ぼくは鎌倉で生れましてねえ」なんてやる（笑）。

山口　わたしは東京の山の手と下町の中間ですね。生れたのは大森なんです。あと鎌倉が三年ぐらいで、そのあとは東京ですから、わりあいはっきりしてるんですけど、あなたの場合はよくわかりませんね。裏日本だか、南国神戸だか、高田馬場だか、早稲田だか。

野坂　こじつけでいうと、子供のとき、外へ出れば関西弁を使う、つまりそのときぼくは自由であって、家へ帰るといろいろと躾のきびしい家で、いやな思いをしているときは東京弁だった。だから、関西弁で物を書くときに、ぼくは一番書きやすいというのは、そういうところにあるかもしれませんね。それはむずかしかったですよ。「なになにでしょ」と、うっかりいっちゃうと「なんや、お前、女か」てなことをいわれますからね（笑）。家へ帰ってきて「そやさかい」というと「なに、昭ちゃん、そやさかいというのは」なんていわれてね。また訂正しなくちゃいけない。このことをぼくは一生懸命やってましたね。

山口　何人だかわかんない。

野坂　まあ「浮浪人」でしょう（笑）。耳できくと不老不死の感じがするけども。ぼくが少年院に入ったときにも、そうでしたね。そこの一番えらいやつに関西のがいたんですよ。関西だと思ったら、ぼくは関西弁をしゃべるんです。ほかの部屋に移って、こっちは東京弁だなと思うと、東京弁をしゃべる。そこらへんのところは、とっても狡猾でしたね。

老作家・野坂の小説が読みたい

山口　ぜんぜん話は違いますけど、あなたはどうしてあんなにたくさん書くようになったんですか。それはもちろん、注文があるからということもあるでしょう。それが前提にあるでしょうが……。休筆作家が多勢出てくると、イヤ俺は書くというアマノジャクみたいなところがあるんじゃないですか。

野坂　いや、ぼくの場合、ちょうどレインコートと同じようなところが活字にあるんですね。ぼくは同人雑誌とか、懸賞小説に応募したわけでもないし、お師匠さんがいたわけでもないです。ただ偶然電波媒体にいて台本を書いてた。同じ字を書いても、台本というのは孔版《こうはん》印刷ですぐ捨てられてしまう。そうするとやっぱり、ぼくなんか活字の世界に生きていたいもんだから、活字が書きたくなってきていて、それが書けるような身分になっちゃったものですから、だから何でもかまわず書くわけです。こんなうれしいことはないというか、ぼく自身、書くことそのものは本当に遅くって、あんまりたいしたことは書けないんだけども、ただ、物書きでいま生きていられるということ自体は、とてもうれしいわけですね。また一方において、いま注文を断るとあとでもってひどい目にあうからという脅えでもって書く、もっと極端なことを言うと、やっぱりいま物書きで何とか生きていられるというのはとても結構な話だというところですね。いま、「何月号にお願いします」と言われて、ありがとうございますというのは、これまたおかしいから言いませんけど、気持の中ではものすごくありますね。よくまあ注文してくださいましたというようなね（笑）。ただ、ぼくが流行作家になれないのは、ぼくの小説というのはそれにふさわしい魅力がないからで、いま休筆作家が多いんでぼくのところに来てるということはあまりないでしょう。とにかく、頼まれればぼくは書きますね。

山口　だけど現象として見る分には、新聞で雑誌とか週刊誌の広告を見る分には、大流行作家ですね。それはあなた、否定しようのないことだと思うんだけどね。そうすると、やっぱしバテますよ。鉄人梶山でも、タフな笹沢でもみんな倒れちゃうというところがありますからね。で、ぼくらが見る限り、たくさん書いてもだいじょうぶな人もいるし、まあそういう文章とか文体の人がいるけれど、あなたの連載が九本とか十本とか……ほかの人の最高記録というのは十二本ぐらいじゃないんですか。あなたの文章で十本だと、気にしたら困るけど、ちょっと自殺行為みたいなところがあるわね、肉体的にだよ。

野坂　ただ、ぼくはわりに雑文でごまかしてる……ごまかしてるという言葉は悪いけども、雑文が多いんですね。

山口　だけど、あなたの雑文というのはたいへんなことだからね。むしろ小説を書いたほうがやさしいみたいなところがあると思うんですよ。

野坂　ぼくは自殺志向とかなんか、まあないんですけどね。決して「限りある身の力ためさん」みたいな気もないし。

山口　いま、休筆作家といいますか、そういう現象はいろいろあるわけだ。わたしもやりたいと思っておりますけど、あれは一種のストライキでしょう。

野坂　ぼくはさっき言ったように、物書きでいまいられることが、とても幸せだと思っているものですから、それを基盤にして考えると、物書きが死ぬとか、物書きが筆を休めるなんていうのは、これは書けなくなったというだけの話であって、そんなごちゃごちゃ理屈つけるな、というところにぼくは立っているわけですね。そう思わざるを得ないわけです。そんなもんで、休筆作家というのは結局才能が枯渇したんだろうと思っております。

ぼくは非常にロマンチックというか、センチメンタルなところがあって、自殺であろうと、切り死にであろうと何でもいいけども、ちょうどぼくらのときにそばにいたのが織田作之助とか、武田麟太郎でしてね。それは物書き以外の面で、一種の社会的英雄みたいな、とくに大阪の場合に織田作というのはそうだったんですね。物書きというのは、昔は肺病で死んだかもわからないけども、最後はあんなふうな恰好で目茶苦茶になって死んでしまうというところにあこがれがあるんですね。だもんで、タイミングを計って長生きするとかなんとかというのを拒否するというのは、決していいカッコしているんじゃなくて、ぼく自身それが一番いいような気がするんです。まあ、だから、休筆諸兄姉には同情もしなければ、仮りに病気になったということでも、ぼくは必然みたいな気がするんですね。

山口　まあ必然は必然だけどね。

野坂　あげくの果てにそうなったんだから、何も気の毒がることもないし。助っ人としてなにか出来ることがあるならば、いくらでもぼくはやるつもりですけどね。

山口　だけど、このままの状態でいけば、つまり鉄人梶山でもだめ、あの見るからにエネルギッシュな感じの笹沢さんもそうはいかないし、つまり生島治郎だって間もなくだろうという感じがあるわけよ。そこへ、つまりあなたが突き進んでいくというのは、ちょっと少しわからないところがあるんです。わからないというか、ちょっと無理だろうという感じがあるわけよ。無理だろうというのは、あなたを評価した上で言ってるわけだけどね。

野坂　ぼくの小説は行替えをしてしまうと駄目になっちゃう、というとおかしいけど、なんか全部ボロが出るような小説みたいな気が一方にあるものですから、行替えをしないでいるのも商売のうちでやってるわけだけど、あんなふうな小説というのは柱になれないわけですね。やっぱりもっと読みやすくて、それでもって面白いという小説、あるいはストーリーのある小説でなきゃいけない。で、ぼくは、そういうこともずいぶん考えてはいるんですよ。で、ぼくほそっちのほうで、たとえば柱なら柱で、一年でも二年でもいいからやってみて、あげくの果てに仮りに自爆しちゃうんなら……。

山口　人柱か！

野坂　人柱というか、マゾヒズムと言われりゃそれまでの話だけども、それを拒否しようという気持はあまりないんですね。

山口　だけどこれは物理的、肉体的なことだから、必ずあなたは壊れますわね。

野坂　だから一生懸命キックボクシングやって……（笑）。

山口　そういうもんでもないでしょう。それは壊れますよ。やっぱり無理だと思うな、ぼくは。

野坂　ぼくはべつに倒れることに期待はしてないですけど、ただ物書きというのは倒れるというイメージがある。たとえば一種の切り死にするというのは、特攻隊と同じでアホみたいな話だけども、アホみたいなことでもいいから、切り死にをするということに、あるあこがれがぼくの中にあるんですね。

山口　それはわたしもありますけども、あなたが、そんなバカな戦さをすることはない。つまりわたしはファンとして、六十歳の野坂の小説というのを読みたいわけですよ。長生きしてほしいという気持は、ぼくはファンとしてあるんです。だからいま、切り死にがいいかどうか、あるいは織田作がどうだからどうというのは、ぼくはちょっと心配であり、残念であり、ちょっとむずかしい感情にとらわれているんですけどね。

ジョッキー日本一引退す

野平祐二
山口瞳

■のひら・ゆうじ
騎手、調教師。一九二八〜二〇〇一。騎手として通算一三三九勝。

顔もこわばった目黒記念

山口　本当に長い間ご苦労様でしたね。あの目黒記念（一九七五年二月十六日）のとき、ぼくは、ずっと双眼鏡で野平さんの顔ばっかり見ていたんですよ。

野平　（うなずく）

山口　こわい顔してましたね。ニッコリ笑って、ムチでも投げるかと思ってたら、とんでもない……。

野平　いや、この間は勝ってもいつもみたいにこみ上がるものがないんです。それに、うしろからくるのがキクノオーだっていうことがわからなかった。フェアーリュウかエクセルラナーだと思って。

山口　驚いたなあ。いつもとまるで違う引退レースだったわけですね。

野平　今年はともかく一ぺんも乗ってないわけですから。すごく不安だったんです。だから、勝った時、うれしさがすぐに出てこないんです。

山口　まるで新人ジョッキーが勝ったような顔でしたよ。ぼくの席からは表彰台は見えないんですが、テレビで見てたら、涙ぐんでいましたね。

野平　わたしが昭和十九年に馬をはじめたころは、まったくダメな時代でしたからね。こんなに競馬が隆盛の時にやめられるとは、といった感慨がパッと浮かんできまして……。日本の競馬なんていうのは、戦後だけとったって、そんないい時代じゃありませんよね。あのときは一生懸命やって認められなかったのに、今はこんなに騒がれる。これでいいのかな、なんて考えるわけです。そうしたら、どうしようもなくなって（笑）。

山口　いや、ぼくは、野平祐二も人間だなと思いましたよ。悪い意味じゃなくて、カッコよく乗ってカッコよく勝つ。常にスターでしたものね。言ってみれば、野球の長嶋に対してのミスター・ジョッキーでしょう。それが、最後に涙を見せる。

野平　止まらないんですよ、ちょっと恥かしかった（笑）。

山口　しかし、目黒記念に乗るまで、その間に暮れとかお正月があるわけですね。体調の維持が大変だったでしょう。

野平　ほんとは、もう乗らないでこのままやめようと思ったこともあるんです。でも、乗らなければダメだと思って……。

山口　四十歳を越えた時の野平さんは、減量に苦しんでいたと聞いてました。減量はどうでしたか。

野平　それがまた生活のペースが崩れていませんでしたからね。毎週土曜、日曜の競馬にあわせて、月曜日から身体を合わせていく。食事の仕方も気持の方も、ぜんぜん変わっていなかったんですよ。

山口　食事って、どの程度ですか。

野平　ぼくは、わりと体重を落としやすい体質なんですよ。水曜日にかならずお風呂に行って……。

山口　汗とりですか。

野平　ええ。そこで二キロなり落としておけば、多少食べてもふとらない。そこの持って行き方が、高年になってから決まりましてね。やっぱり、神経の使い方もあるんじゃないですか。今度どう乗ってどうしなきゃいけないと考えると、競馬と一緒に身体もできていくという格好でね。

騎手は汗の出方がちがう

山口　もう四十七ですか。

野平　ええ、そろそろ（笑）。

山口　四十七の人が、食事をどうやってすごされたかと思うと、大変なことだな。

野平　腹一杯食べる日もあるんです。月曜日は、朝めしだって食う。ただ、レースの終わった日は食べられませんね。緊張しているというか、興奮するんですね。勝ったら勝ったで、負けたら負けたで、夜の眠りも浅い。

山口　保田（隆芳）さんなんかも苦労されたでしょう。

野平　それでも、あの人の身体も減りやすい方ですよ。

山口　毛穴がちがうのかな（笑）。ジョッキーと街のサウナに一緒に行くでしょう。汗がどんどん出ますね。

野平　止まんないですからね。別に汗とるつもりじゃなくて、普通の風呂に入って長湯してると、一キロ半は減りますね。

山口　ぼくは森安弘明さんとわりに仲がいいんですが、彼の晩年はひどかった。見ていられなかったですよ。六十キロぐらいあったんじゃないかな。

野平　もっとあったでしょう。

山口　ウチへ来るとね、ビール十本ぐらい飲まないとおしっこに行かないの（笑）。身体が乾燥して水分がないんだな、あれは。十本飲むと「フーッ」といって、だんだん戻ってくる。異常乾燥ですよ（笑）。

野平　ですけど、まあこれはこういう商売をやっていく以上しようがないんで……。

山口　野平さんも、手が冷たくなるとか。

野平　ええ、そうです。冬場はとても嫌いで、いつもレースの時はお湯を口にふくんでそのまま馬場に出るんですよ。お湯を手にふきかける。そうでもしないと、手はガサガサだし、感覚がなくなるんです。ツバなんてとてもでないわけですから、口にふくんだお湯だけが頼りでしたね。

山口　減量した身体というのは、石を踏んでも足の裏が痛いんでしょう。

野平　痛いですよ。まったくダメです。夜寝ててもダメです。汗をかくぐらいじゃないと寝た気などしませんよ。手足が冷たくなっているんです、朝まで。

山口　奥さんが暖めたりして……（笑）。

野平　ほんとに、いないと困ります（笑）。

山口　そんなところで、年齢的限界を感じませんでしたか。

野平　まあ、馬乗りは、うまく乗れたという喜びがすばらしいんですよね。たとえば、この馬はオレならこう乗るって考えて、レースに出るわけでしょう。それでうまく行っちゃうと、ゴールに入った時はなんともいえないですよ。身体中が躍るようなんです。その感じがすばらしいんで、それを思ったら、その手前のことなど、少々つらくてもたいしたことはない。筋肉の動きだって違いますよ。

名馬フクリュウ

山口　素質も抜群にすぐれていたということでしょう、それは。

野平　どっちかというと、身体つきは標準的な日本人ですよ。胴長で、ここをどうしようかといつも考えていますよ（笑）。背骨だけはわりと柔軟ですね。これは、自信があります。あとは、運というものかな。

山口　野平さんのジョッキー生活を変えた馬というと、フクリュウですか。

野平　そうです。フクリュウは、忘れられません。ぼくにとって今日の騎手生活があったのは、あの馬によってだろうと思います。

山口　三十年ごろの馬ですね。

野平　ええ。

山口　フクリュウの時に長手綱にしたんでしたね。

野平　当時の競馬には、長手綱というのはなかった。しかし、そのわりには勝てない。ああいう乗り方じゃダメだと、ずいぶん酷評されたものです。わたしのところはオヤジも調教師ですから、小さい時から馬には乗っていました。そのころの感覚が、おとなになっても身体のなかに残っていたんですね。あのときは、こういうふうに乗ったじゃないかということがあって、自然に手綱が長くなってきたわけです。ところが、一般には長手綱と長いことばかり強調されましたが、最後に追いだすときにはチャンと締まっているんですよ。

山口　すると、レースの途中まで長いということですか。

野平　もちろんです。蓄えたものをラストスパートで、どうやって出そうかという時には、ふつうの人より逆に短いです。自分のカラダも前の方に移動していますよ。馬のスピードを十分に出させるためには、緩急の切り替えが大事なんですね。そういった乗り方にフクリュウはぴったりの馬だったんです。あれのおかげで勝ち鞍もふえたし、勝てば、方々からフクリュウに似たタイプの馬がぼくのところに集まってくる。そうなれば、必然的に勝っていく、不思議なことですよ。

山口　そういった野平流を今の騎手は受けついでいますか。

野平　どうもへんな格好でマネされて困るんですけどね。でも、基本はそういう乗り方が正しいんだという形になってきています。たとえば、最近の柴田政人のように、比較的早めに行っているのにバテないというのは、道中の流れがうまくいっているわけですね。

山口　昔は、馬の腹を蹴っとばして血が出るくらいやらないと、馬主さんに申しわけないという時代がありましたね。

野平　昔の馬と今の馬では、サラブレッドの性格も違うわけです。血統もよくなかっただろうし、叩いたら腫れるほどムチを使うとか、拍車をかけて脇腹に血の出るほどやらないとダメだ、ということもあったろうかと思います。ですけれども、そういう動作をしたがために、乗っている人のバランスが崩れるということを、以前の人は考えていなかった。痛めつけて走らせた結果が、こっちのバランスをおかしくするというのでは仕方がないでしょう。

山口　競馬はリズムだとよく言いますね。リズムというのは、そういうことですか。

野平　馬のスピードをいかに気持よく出させるかということでしょうね。馬の気分をこわさないように走ってもらわなきゃ困るわけですからね。

競馬には定跡がある

山口　前にね、森安さんに「逃げているときに、歌を歌ったりなんかしないの」って聞いたら、それはあると言うんですよ。真室川音頭なんかどうだって言ったら、あんなものダメですよ、「あたしはクワイ河マーチだ」って。野球の金田は「わたッしゃ、（節をつけて）まむろがァわの……」ってやるというんですがね、投げる時に（笑）。

野平　そりゃ、競馬はクワイ河マーチですよ。テンポとしては、こっちの方が合っている（笑）。

山口　ジョッキーというのは、馬上で上下運動しているわけですね。

野平　むしろ前後でしょうね。前後の動きが肝要です。

山口　馬の首が一緒になって動きますね。

野平　でも、極端に揺れるのはよくないんですよ。手綱をぶん投げて、波打たせている方が、いかにも追っているように見えますが、あれはいけません。テレビやラジオの解説で「手綱が波打っています。猛烈な追い込みです」などという表現が出るのをみると、その方がファンに受けるようですな。しかし、本当のところ、そんなことするぐらいなら、手綱をピチッと締めた方がスピードは出るんですよ。

山口　馬券を買っている身には、一生懸命やっているという感じがするけど……（笑）。よくレース中に後を見る騎手がいますね、特に関西の人が。

野平　あれも、ぼくには全然わからない。レースっていうのは、自分の騎乗馬と相手馬が決まっているんですからね。前もって、レースの組み立てができるわけです。相手馬、それに騎手の乗り方とか性格を常に考えて、レースを運んでいるんですから、どこに何が走っているかぐらいわかります。それなのに、なぜ後を見るのか、わかりませんねえ。

山口　競馬にも、将棋の定跡みたいなものがあると考えていいんですか。

野平　ありますよ。もちろん、定跡からはみでることもありますが、たいていの場合はあるといっていいでしょう。だから、競馬というのは決勝点だけの勝負じゃなくて、すでに中途で決まっているかもしれませんよ。

山口　そうなると、前の晩は十分作戦を練って。

野平　あんまり考えると、眠れなくなっちゃうんですね。最近五年ほどは、ほとんど考えません。しかし、三十年から三十五年ごろまでと、たくさん勝ってるころは、よく考えましたね。ちょうどそのころは子供が小さくて、泣くとこっちが眠れない。しようがないからどなりつけたりして……。当時は酒が飲めなかったから、余計つらかったですね。汗とりでイライラしてましたし……。

山口 レース展開は、何通りも組み立てるわけですね。

野平 組み立てる前に、相手の性能をよく知るということです。

判断と勝負度胸

山口 スピードシンボリの場合ですと、最後方から行く場合もありましたし、直線で先頭に立ってしまう場合もあった。

野平 いろいろなことができました、あれは。

山口 スガノホマレも極端でしたね。

野平 あれも、騎手の乗り方について文句の言いたい方ですね。

山口 しかし、あんなに速い馬はなかったですね。

野平 一番速いですよ。千八百か二千メートルなら、日本で一番速いんじゃないですか。それから先はむずかしいですね。長い距離であの馬のいいところを出すには、技術が要求されます。

山口　野平さんくらいになると、よその廏舎の所属馬に乗る機会も多かったですが、急に乗って、何の不安もないのですか。

野平　馬の性能というのは、どこの廏舎のものでもわかっています。自分が一度も乗ったことはなくとも、相手としていつもせりあっているわけでしょう。だから、あの馬は他人が乗ったときはこういうレースをするけれども、オレがやればこう乗るって日頃考えているんですよ。そういうのがなければ、なかなか他の廏舎からは頼まれませんね。

山口　なるほど。いままでのレースで、前の晩の組み立てと寸分ちがわないということがありましたか。

野平　ありましたよ。

山口　各馬の順位からレース展開まで予想通りということですか。

野平　ええ。

山口　森安さんは、なかなか当たらないと言ってましたが……。

野平　つまりね、組み立てというのは、自分の馬が最高にいいレース展開になるように考えていくわけですよ。自分の馬が負けるような組み立てというのは、当然していないわけですから、はずれる方が多いのはもちろんです。とはいっても、森安さんのように勝ち鞍の多い騎手というのはヨミがはずれても、その場面、その場面でなんとかやっていきますからね。

プロの騎手というのは、騎乗技術というのは、たいした差はありません。勝つ騎手よりも、馬乗りのうまい人はたくさんいますよ。だけど、いざレースになると、それが出せない。いや、出ないのかな。

山口　それが、判断と勝負度胸ですね。

野平　結果において差ができるというのは、その場面で、直観的にひらめくものがあるとか、身体が自然に感じるとか、何かがちがうんでしょうね。

ダービーは競馬じゃない

山口　野平さんは、さつき賞やダービーは残念ながら取ってませんでしたね。あんまりいい馬に乗ってないような記憶もあるんですけど、特別な理由があったんですか。

野平　でも、二回ぐらいはいい馬に乗ってますよ。そのチャンスを活かせなかったんだから、うまくなかったんだな（笑）。

山口　相手が馬だからしようがない。

野平　ほんとのことをいうと、あんなのは競馬じゃない。下手くそが勝ちゃあいいんだから……（笑）。

山口　多頭数でね。運に左右される。

野平　めちゃくちゃですから。

山口　ダービーで外ワク引いたら、もうダメだという感じですね。一コーナーでいいポジションが占められませんしね。

野平　それと、雰囲気にもかなりまいりますね。

山口　ダイシンボルガードは18ワクで勝ちましたが（昭和四十四年）、大崎騎手は加徴金をとられていますね。斜行したわけです。そうしないと、とても勝てなかった。いまだに私は、保田さんのミノルが勝ったと思っているんですが、ああいうレースを見ると、とてもこわいですね。落馬事故はずいぶん減ってきてるんですが、それでもこわい。

野平　スピードが出ている場合は、わりと事故がないんです。どんな状態で落ちても、早く飛んで馬から離れますからね。だが、前の馬に斜行されて前脚をさらわれたりすると、不自然な格好になるので、ケガが多いですね。

山口　レースで落ちたことがないでしょう、野平さんは。

野平　何回かあるにはあるんですが、ケガというのはないんです。私は、騎手は落馬もうまくなきゃいかんといってるので、ケガするわけにはいかないんですよ（笑）。

山口　落馬した騎手を馬は踏みませんね。ほんとに不思議なくらいだ。

野平　どうして、ああうまくよけるのかと、まったくたいしたものです。咄嗟の場合でも、自分で脚を抑えるようなしぐさをしますものね。かわいいものですよ。

山口　馬がそれだけけなげな性質を示すなら、野平さんは野平さんで、インターフェアのない騎手ということで、実にきれいにやってきた。

野平　意識してそれをやってきたわけじゃないんですよ。そのために、競馬が勝てなかった時代が長かったんです。

山口　昨今は、勝つためのスレスレの技術というのが目立つような気がしますね。

野平　技術としてやるのなら、いいと思いますよ。真剣勝負なら、やるかやられるかの問題ですからね。ゴール間際なのに、遠慮してやられるのはおかしいです。インターフェアじゃない、技術の上だというのなら、あっていいと思いますね。

下手くそに負けてたまるか

山口　それは、馬を寄せていくとかということですか。

野平　ええ。しかし、直線を走ってるのに斜行するとか、馬が寄りましたというのは、あるはずがないんです。ただまっすぐに走ればいいんですからね。それすらできないのが平気で勝っていたら、これはおかしい。そういうのは、腕が未熟なんですよ。

デッドヒートになった場合、相手がすばらしく乗っていると、それだけで、「ああ、負けたかな」と思う瞬間があるものです。逆の場合もあります。なぜ、こんな下手くそに負けなきゃならないのかと、ひとりでに腹が立ってくるんです。それこそ、手でも出して、後にひっぱってやりたい気持になることが、たびたびでしたね（笑）。

山口　あなたもそうですか（笑）。ぼくはね、強い馬にはいつもキッチリ勝ってもらいたいと思っているんです。天皇賞で勝った馬が、次のレースでどんケツという競馬は好きじゃない。もし、本命が負けたら、大穴になるといった競馬であってほしいですよ。

野平　まったくです。強い馬はどうあっても強いというのでなくちゃ、競馬の醍醐味は乗る方でも感じられませんよ。

男の酒

丸谷才一
山口瞳

■まるや・さいいち
作家。一九二五〜。著書に『たった一人の反乱』『忠臣藏とは何か』『輝く日の宮』など。

将棋指し、羽織袴で扇子を持てば……

丸谷　今日は扇子をお持ちじゃないですね。山口さんは将棋のときは、いつも持ってるんですか。

山口　持ちますね。噺家と同じですよ。背広を着ても扇子を忘れるな、と将棋指しもそう言いますね。

丸谷　将棋指しが洋服のときにも扇子を持つのは、持たないと手持ち無沙汰だからですか。

山口　それもあります。習慣になっているんですね。それと、やっぱり頭に血がのぼるんですよ。そうすると顔がほてってきますから、あおいでいると気持ちがいいんですね。僕は、将棋指しにとって扇子は必需品のような感じがしますね。

丸谷　碁打ちもそうらしいですね。やはりしきりにバタバタやる。

山口　そうかもしれませんね。それから、タイトル戦でも碁の人は背広でなさいますけど、将棋の場合はまず羽織袴ですね。
ただ、前名人の加藤一二三という人だけは背広なんですよ。というのはね、あの人はこうやって（ズボンのベルトをつかむ）立ち上がる癖があるんです。やっぱりあの人だけは背広じゃなきゃ具合悪いんじゃないですか（笑）。あとは若手でも、大事な一番になりますと羽織袴でやりますね。あれはとてもいいもんです。

丸谷　いいですよね、恰好がつくんですね。田中角栄という人が扇子をバタバタやる、あれは、彼が将棋を指すということと関係あるんでしょうか？

山口　あの方は六段をもらっているけれど、そういう将棋ではないでしょう。歴代首相には六段をあげることになっているんですよね。

丸谷　角栄の角だから？

山口　ということもあるかもしれません（笑）。福田さんだって六段ですよ。そういう慣例があるんですよ。

丸谷　山口さんは何段ですか。

山口　僕は五段をもらっていますけどね、某先生が「山口さん、二十五万円出しませんか」と言うんです。なんですか、と言ったら、「六段にしますよ」と言うんだ。僕なんかですとね、たぶん死ねば六段くれるんですよ。そういうの〝死に六〟というんです。

丸谷　ぬか六というのは聞いたことがあるけど（笑）、死に六か。

山口　「私は死に六で結構でございます」って丁重に辞退しましたけどね。そしたら「いま、会館なんか建てるためのいろんな募金をしてますから、山口さん六段もらってくださいよ」なんて言うんですけど、お金じゃいやです、死に六にしてくださいと。

六段というのはアマチュアの最高位で、アマチュア名人になって初めてくれるんです。だから滅多に六段にはしないですね。あとはよほど寄付するとかね。

丸谷　扇子の話に戻りますけど、中国の人は扇子をしきりに使いますね。偉い人が会談の席で使うのなんか見ていますと、ゆったりしていて非常に恰好がいいんですね。さまになってる。これは角栄さんの影響なのか、それとももっと古い風習なのかなんて思って、感慨にふけったんですよ（笑）。面白いのは、飛行機に乗ると、スチュワーデスがみんなに扇子を配るんです。

山口　それは日本のと同じ形ですか。

丸谷　そうです。扇子というのはもともと日本人の発明で、日本から中国に渡ったものだそうですね。それを朝鮮の人は自分たちの発明だと言いたがっていたんです。ところが『縮み志向の日本人』という本を書いた李御寧《イー・オリヨン》という人、あの人が朝鮮の人では初めて、扇子は日本のものだと言いました。だけどあれは、物をなんでも小さくするのが日本文化だという彼の説に合わせるため、そうするしかなかったんじゃないか。

山口　うちわはどうなんですか。

丸谷　うちわは中国でしょう。

山口　扇子とうちわはアジアのものですかね。アメリカなんかではあまり見ないようですね。

丸谷　そうでしょうね。

いつか、山口さんが句をお書きになった白扇をうちの息子に戴いたことがありましたね。息子は大変喜んで、それを持って将棋道場に指しに行きましたよ。成績は聞かなかったけれど、たぶんよかったんじゃないかな（笑）。

山口　この頃、扇子の絵柄がとても悪くなりましてね。いいのがなくなりましたよ、女の人のものでも。散々選んでも気に入らない。それでね、この頃は白扇を買ってきて自分で書いて、さしあげたり、使ったりしているんです。書く言葉は、もっぱら〝諦めは天辺《てっぺん》の禿のみならず〟（笑）。これ、山崎方代という歌人の〝あきらめは天辺の禿のみならず屋台の隅で飲んでいる〟という歌なんです。その後ろを取っちゃった。

丸谷　後ろを取ると非常に感慨が……（笑）。でもね、うちの息子が山口さんの棋譜を見て、これは強い人だとしきりに言うんですよ。

山口　途中までは強いんです、私は（笑）。最後がだめなんですね。前戯だけです。

丸谷　本当に惜敗が多いですね。

山口　惜敗どころか、もう圧倒的優位で終わっているわけ。そこから負けるんですから、終盤がものすごく弱いんですね。

丸谷　やはりそれは気がいいんですかね、勝負事でそうなるというのは。

山口　根本的に頭が悪いんですね。あのね、僕、詰将棋ってだめなんですよ。ああいう数学的な頭がないんです。途中の、様子を見るところね、模様って言いますが、そういうのは好きだし、現に中盤は強いと思います。ところが終盤で止めを刺すというのができないんですよ。ゴルフでもショットがうまくてパットは全然だめという人がいるそうですね。パットになると、お互いに相手にOKを出しあってやらない。どうしても止めを刺すというのができない。だから僕の小説もだめなんですよ（笑）。肝心のところが甘くなっちゃう。

饅頭怖い

丸谷　この間吉行淳之介さんに勧められて読んだあなたの『鸚鵡』という小説、非常によかった。感心しました。

山口　ありがとうございます。自分では、あの短篇集では標題作の『婚約』（講談社刊）というほうが好きなんです。『鸚鵡』と連作になっていて、その最初のほうなんですけれどね。

丸谷　ほかのは読んでないんだ。

山口　最初の『婚約』というのを読んでくださいよ。あっちのほうがましだと思うんですけどね。

丸谷さんの今度のご本『裏声で歌へ君が代』（新潮社刊）では、齢のわりに頭の毛の豊富な人が主人公になっておりますね（笑）。これにベッドシーンがあるんだよな。なかなかうまいじゃないですか、ベッドシーンが。

丸谷　どうもお恥ずかしい限りで……学識経験共に乏しいものだから。

山口　ベッドに入る前にね、二人で蟹を食べてるんですよね。で、〝終わると指先の蟹の匂いは消えていた〟なんて、憎いことを書くんですよ。非常にうまいんだけどさ、憎ったらしいと思ってね。

丸谷　いや、おそれいります。

山口　あれはね、経験がなきゃ書けない。こんちくしょうと思った（笑）。

丸谷　全くの想像ですよ（笑）。

山口　男女のことを言うとき、必ず「これは他人《ひと》から聞いた話ですが」って断る人がいますよ。「他人から聞いたんだけど、別れるときは畳の目ひとつずつ後退するんだってね」なんて。……へええ、想像だけですか。それにしてはうまいもんだなあ。第一、品が良い。蟹の匂いが消えてチーズの匂いになったと書くと下品になる。

丸谷　でも、小説家は女にモテないといけないという大岡昇平さんの説がありますね。それによると、女にモテると、女に対して好意的になる。すると女を美化して考える。それで小説として恰好がつく。女にモテない恨みがこもった状態で書くと、女をきたなく書いてしまうというんですね。

山口　ああ、それそれ。それが僕なんだ（笑）。

丸谷　いやいや、あなたはずいぶん、女を綺麗に書いてる。実際はモテているんじゃない？　あれだけ綺麗に書けるのは（笑）。

山口　それは憧れなんです。吉行淳之介さんなんかの場合は、女性というものを早く卒業しちゃうでしょう。僕なんかいまでも、そばへ行くといい匂いがして、やさしい声を出して、天使のような、というイメージから抜けられないもの。吉行さんは、ごく若い時に「そうじゃない、女は怖いものだ」という認識を得て、その上に立っているわけでしょう。なかなかそうならないもの、私は。

丸谷　怖がりだね、あの人は。饅頭怖いというのはあのことだね（笑）。

山口　とにかくかなわないよ。あのくらいモテると、あの人の小説を読んでも、僕は理解できないという感じになっちゃうな。地盤が違うから。吉行さんが「彼は」と書くと、吉行淳之介の世界がパーッと広がってきちゃう。女にモテて、スラッとしていて、ああいう書生っぽい野太い声を出して、という世界が広がるじゃない？　僕が「彼は」と書く時は、何年に生まれて、どの学校を出て、どこへ就職して、そこでクビになって云々……と書かなきゃ「彼」が出てこないんですよ。口惜しいですね。

丸谷　でも、それだけの積み重ねで書くのが、西洋の小説家ですよ。

山口　太宰治の場合はどうなんですかね。心中したりしたんだからモテたのかな。容貌についちゃ、かなりコンプレックスがあるかのように書いていますね。鼻が大きいとか。あれは自慢かな。

丸谷　太宰治は、わりに見てくれのいい男じゃないですか。

山口　そうですよ。残っている有名な写真なんか美男子だと思うけど。

丸谷　「ルパン」というバーで撮った写真なんか、いかにも戦後日本の代表的小説家という感じでね。景気のいい写真ですね、あれは。哀愁もあって。

山口　でも書くものは違うね、あの人は。言葉の問題があったのかもしれないね。

丸谷　かなりあったと思いますよ。どうも訛が強かったらしいですね。

山口　津軽弁が抜けなかったんだね。

丸谷さんはどうして訛がないんですかね、かねがね不思議に思っているんですけど。お父様もお母様も鶴岡の方ですか。

丸谷　そうです。

山口　でもわかんないでしょう、東北の方だってことが。

丸谷　いや、ずいぶんアクセントがおかしいらしくて、いつも女房に怒られるんです。

山口　じゃあ奥さんが偉いんだ。教育がいいんだ。教育の淵源《えんげん》ここに存す、ですか。

丸谷　山口さんは、ほんとに事態の把握が簡単だな（笑）。

とんかつに風情を求めて

丸谷　この間、国立のお宅のへんを車で通りました。あのへんを見ていると、いかにも昔の日本という感じがしますね。平屋建てが多くて、庭が広くて、なるほどこういうところで山口瞳は贅沢三昧のくらしをしているわけかと思いました。ああいうところに住んでいたら、山口さんの随筆によく出てくる、樹を植える楽しみが満喫できるでしょうね。

山口　そうですね。東京は緑が多いけれど、国立はとくに多いように思います。

丸谷　非常に羨ましかった。ただ、僕はどうも遠くで暮らすのがだめなたちで、樹を選ぶか、銀座を選ぶかといったときに、ついつい銀座をえらんでしまう（笑）。

山口　やっぱり樹木も女性もおなじようなところがありますよ。煩わしいというか、気になるというか……。

丸谷　銀座は必ずしも女性じゃないんだけど……まあいいや、言い訳のように聞こえるから（笑）。

ああいう町に住んでいらっしゃると、散歩の楽しみというのは、非常にあるでしょう。

山口　ええ、越してきた新婚さんなんかに、「今年も、軽井沢の寮に行くんでしょう」と聞くと、「とんでもない、せっかく国立に来たんだから国立の夏の夕陽を見なくちゃ」なんて言うんでつい嬉しくなるんですけどね。実際綺麗な町ですよ。

丸谷 若いくせにうまいことを言う奴がいるなあ。こう言えば山口さんは喜ぶに違いないと、急所に発止と投げ込むという感じだな（笑）。しかし確かにそうでしょうね。いいところでしょうね。

山口 いいところですよ。山もなければ川もないんです。ああいうところに住むべきだって僕は盛んに言ってるんです。

丸谷 以前、中野の鍋屋横丁に近い十貫坂というところに住んでいたんです。ところがそこですと、散歩のコースが非常に限られてしまってうまく出来ない。私たちの商売は、原稿を書くのはもちろんだけど、しかるべく運動することが大事でしょう。

山口 それから、ぼんやりする時間ね。

丸谷 そう、運動とぼんやりを兼ねるのが散歩でしてね、散歩のコースがうまくいくところがいいと思って、それで目黒に引っ越してきたんです。

山口 若い男で、散歩は運動にならないなんて言う奴がいましてね。イヤな奴だな。でも、この齢になってラグビーはやれない……。散歩って権之助坂《ごんのすけざか》あたり？

丸谷 権之助坂に行ってもいいし、それを下って目黒不動に行ってもいいし、それから白金の自然教育園、アメリカ橋を渡って有栖川公園、さらに恵比寿、あるいは代官山のほうに行ってもいいしというふうに、いろいろ楽しめるわけなんですよ。

山口　目黒は昔は夕陽の名所でしたけど、どうなんですか。あそこから見える富士山がよかったからじゃないですか。夕陽と富士山。

丸谷　富士山はいまでもまだ私のところから見えます。そういうところだからと思って越してきたんですが、狙いは的中しました。

永井荷風という人も散歩好きでしたね。もっともあの人の散歩というのは、かなり特別な意味があったらしいけれど。

山口　橋の名前をさかのぼって、ずっと記したりするんでしょう。山本嘉次郎さんは「荷風は助平だ」って言ってました。「川を見ればさかのぼる」って。この助平だっていう感覚が凄い。

丸谷　それもあるし、それから特殊な遊びがあるわけでしょう。

山口　玉の井のほう？

丸谷　そうそう。

山口　それじゃ、本当に源までさかのぼったんだ。岩清水の湧くところまで。

丸谷　岩清水はともかくとして、小説家というのは座ったきりの商売だから、歩くことが必要ですね。僕は会社員という商売はやったことがないですけど、あれもかなり歩くんじゃないですか。

山口　歩きますよ。会社の中でもかなり歩きますね。特に重役が見廻りにきたりすると用もないのに動きまわる。

丸谷　それは大学の語学教師と同じだ。大学って、いま、広いですからね。あれもずいぶん歩かなきゃならない。

山口　目黒にはとんかつ屋がありますね。

丸谷　あのとんかつ屋はね、僕はどうも感心しないんだな。いちおう栄養があって安くていいんですけどね、旨いという感じはしない。それに、食い物屋に非常に大事な風情というものがないんですね。とんかつ屋に風情を求めてはいけませんか。

山口　あれは忙しそうに食べるもんじゃないかな。

丸谷　久保田万太郎に言わせると、とんかつというものは人情紙のごとくに薄いのがいいんだそうです。ところが近頃の名店のとんかつなんて、厚いですよ。人情紙のごとくに薄くはない。それで風情がないのかもしれない。それに目黒のあのとんかつ屋は押しあいへしあいでしてね、その点でも、どうも情緒に欠けるんだな。

山口　昔、屋台だったんじゃないかな、あの店。屋台で、上から新聞紙がぶら下がっているようなのがあるでしょ。出る時それを破いて、ちょっと口のまわりを拭いたりなんかしてね。そういう店だったと思いますよ、戦後すぐの時は。

丸谷　そうかもしれないな。寿司や天ぷらだって、屋台から出てきたものでしょう。

山口　『小僧の神様』によれば屋台ですね、あれは。

丸谷　僕は昭和十八年に、本郷赤門前の屋台で寿司をつまんだことがありました。あれは旨かったな。

山口 私は屋台の天ぷらも寿司も知りませんね。

丸谷 あなたは良家の子弟だから、そういうことは許されなかったんでしょう。

山口 そうかもしれませんね（笑）。

丸谷 僕は浪人で下宿住まいだったから、そういう勝手なことができたわけです。お腹すかしてたし、珍しかったし……職人に感心されましたよ、よく食べるといって。

山口 屋台でフライというのがありますね。縁日なんかで、前のほうがソースのどぶみたいになってて、そこへつけて食べるんです。肉はほとんどなくて衣だけ。でも変に旨かったもんですよ。子供だったからかな。何が良家の子弟か。モツ焼きの屋台に行くとバレる。ズボンがべとべとになるんで……。

歯並びも男の風俗だね

丸谷 ついでに食べ物の話を少しやりましょうか。

山口 僕は非常に貧しいけどね。食通という人は、やっぱりたくさん食べる人ですよね。あなたでも、阿川（弘之）さんでも、開高健さんでも、とにかく僕の三倍くらい食べますね。そういう意味じゃ、僕はとてもお話ができないんです。屋台で感心されるようでなくちゃ。

丸谷 そんなに少食ですか、山口さんは。

山口 あんまり食べないんですよね。

丸谷 たとえば朝ごはんなんか、どういうふうになさってます？

山口 今はね、あなたのお友達の丸元淑生さんの影響で、そば粉のホットケーキ。もちろんバターとか、ハチミツとか付けますけどね、もっぱらそれと野菜ジュース。

丸谷 それは、かなり丸元色の濃厚なものですな。

山口 私の子供が丸元信者なんですよ。だいたい子供の命令でそういうふうになっているんです。

丸谷 丸元さんの文章というのは、なんとなく高圧的なところがあるのよね。断定して、のしかかって、こうしないとガンになって死んでしまうと言って脅かすんだ。

僕は彼の食べ物の文章は非常に好きなんですけれど、あれを読んでると、井上ひさしさんの書いた、米沢を舞台にした『月なきみそらの天坊一座』を思い出すんです。これは手品師なんですが、暮らしに困ると香具師《やし》になって、街角に立ち「東北大学教授の何とか博士の説であります」なんて言って薬を売りつける。どうもこれを思い出すんだな。「一九七九年、世界中のビタミン学者がアムステルダムに集まって、ビタミンEについて決議した」なんて調子でね。もちろん井上さんの手品師と違って本当のことを書いてるわけだけど、あの口調が魅力がありますね。男らしくって。なんだか否応なしに従わなきゃならないような感じがしてきて、丸元さんの食べ物の随筆が始まってから、うちでは野菜を食べる量が非常にふえました。

山口　あの人は、ちょっと教祖みたいなところがありますよね。私の子供は、雑誌『壮快』なんかも読んでて、時々血圧も計ってるんですよ。

丸谷　お子さんが？　自分の血圧を？

山口　私用に買ったんだけれど、私より子供のほうが頻繁に計ってますよ。

丸谷　そんな必要、全然ないでしょう。

山口　いや、いまの若者は健康法とか健康食品に非常に関心がありますね。ヨガをやったり、ジョギングしたり、『壮快』を読んだり。これを読むということは、結局漢方薬好きなのね。どうしてですかね。僕は、若者があんまり自分の体に執着するというのは、よくないと思うんだけどな。われわれの若い頃は、そんなこと考えなかったよね。

丸谷　われわれはあまり関心がなかった。

山口　もっとも二十歳そこそこで死ぬと思っていたからね。丸谷さんもそう思ってたでしょう？　とにかく二十五、六歳の自分というのは想像がつかなかったでしょう。

丸谷　そう、全然わからなかった。自分の未来というものをきちんと考える能力が先天的に欠如しているのかな、というような感じでしたね。あれはいま考えてみると、別に僕にそういう能力がなかったわけじゃなくて、時代がそういう条件だっただけなんですね。

山口　どうやって死ぬのがカッコイイかと、そんなことばかり考えてた。だから二十五、六の自分というのは想像がつかなかったですね。「青春の晩年」っていう言葉が流行っていましたもの。

だいたい私の子供はね、中学の時、大金かけて歯列矯正したんです。僕、その時はとてもいやだったんですね。僕なんか十五、六の時は死ぬことを考えてたから乱杭歯だろうが何だろうが構わないわけですよ。金がかかって、痛い思いして、咬犬《かみいぬ》を矯正するみたいな変なのをはめてさ。そんなこといやだった。でもいま考えればあたりまえのことで、歯がガタガタだと実に野蛮という感じがするでしょ。

イギリスなんか、小学校くらいまで歯列矯正がタダなんですってね。国で奨励する。だから、英米人で乱杭歯ってあんまりいませんよね。いや、そもそも医療費はタダなのかな。よくは知りません。

丸谷　歯が悪いと、西洋では社交界にぜったい出入りできないらしいですね。つまり全くの下層階級ということになってしまい、仕事にも差しつかえる。日本人は、西洋に行ったときそれでかなり失敗するという話を聞いたことがあります。乱杭歯のインテリはありえない、と彼らは思うわけです。歯を見て知識の度合いをはかっちゃうという、非常に程度の低いことをやっているわけね。

山口　日本の女優さんとか歌手で、八重歯が可愛いなんていうのは、向こうの人には考えられないことでしょうね。あれはつまりドラキュラですよ（笑）。やっぱり歯は治すべきだと。われわれはもう手遅れだけど。

丸谷　歯というのも面白い問題ですね。これも男の風俗だね。

日本の書評を考える

山口　ところでこの頃ね、水商売の人の使う言葉をみんな使うようになったでしょう。私はあれがとてもいやですね。

丸谷　そうそう、なんであんなふうに言うのかなあ。自分ではしゃれてるつもりなんだろうけど。

山口　本当に立派な紳士がね、遅れてきて〝お待たせ〟なんて言うでしょう。あれは芸者が言う言葉ですよね。芸者が言うからこそ可愛いわけよ。男なのに、なぜきちんと〝お待たせしました〟と言わないのかと思うんだけどな。

ところが、この間『小説新潮』で塩田丸男さんのお書きになったものを読んでたらね、〝芸者衆〟というのも、やっぱり水商売の人が使う言葉だというんですね。僕は間違えてましたよ、時々「芸者衆までですか」なんて使ってましたからね。芸者衆というのは、旦那衆というような意味で、粋筋《いきすじ》の人が相手をやや尊敬して、つまり芸者より身分の低い人が〝芸者衆〟と言ったんですって。

丸谷　なるほど。そういうふうに言葉についての意見をいろいろ書いてくれると助かりますね。

山口　気がつかないことがたくさんありますからね。

丸谷　やはり、うるさ型というのは世の中にとって大事なものですね。山口さんなんか、かなり大事な人なんだ（笑）。

山口　三田村鳶魚みたいな方が、やっぱり必要だと思うな、ああいう批評をする人がね。

丸谷　それで、その中で自分は違うなと思うものは採らなければいいし、そうだと思ったら採って学べばいいんだしね、なにも一から十まで従う必要はないけれど、なるほどと思ったら従う、これは僕は非常にいいことだと思いますね。

　この間、ある人の本の中で、あきらかに僕の『文章読本』の批評をしているところがあってね、〝曖昧さが乏しい〟と書いてあるというんですよ。でも〝乏しい〟というのはないのが残念だという意味であると。だからこの場合〝曖昧さが乏しい〟という言い方は誤用であると批判されている。僕はなるほどと思って、その著者におっしゃる通りであると手紙を書きまして、重版は直すように手配したんです。〝曖昧さが少ない〟と書けばよかったのをその少し先で〝少ない〟という言葉を使っているので、ダブリを避けるために操作して間違えちゃったんですね。

山口　しかし、それは難しいな（笑）。

一時、書評が非常に甘くなった時期があるでしょう。書評というのは、読んでその著者と対決することだと思っていたのに、提燈持ち《ちょうちん》になったでしょう。僕は本当におかしいと思った。そうしたら谷沢さんとか百目鬼さんとか鋭い批評をする人が出てきて快哉を叫んでいたんですが、最近はこの二人も、どうも揚げ足取りが目立つようになってちょっと残念なんですけどね。

丸谷　僕は、けなす書評はそうめったに書かないんですよ。だいたい、これは褒めるに値するという本だけ取り上げる。

ただね、褒めるのはわりに少ないスペースで書けるんですが、けなすとなるとかなりの言葉数が必要なんですよ。ところが今の日本の書評はあまりに枚数の制約がひどすぎて、どうもけなすのが中途半端になりがち、つまり意あって言葉足らずのけなし方になりがちなんですね。百目鬼さんにしろ、谷沢さんにしろ、彼らは大変優秀だと思うけれども、批評的書評に関しては、もう少し枚数を与えて書かせたいなという気が非常にします。どうも言いたいところを充分に言えてないと感じることがありますよ。

山口　なるほど、そうですねえ。僕も、二人の一種のファンではあるんですけどね、売れっ子になっちゃって、揚げ足取りのほうが楽だからそうなってしまったんではないかという感じがしています。

丸谷　具体的にね、ここところのところが間違っているというふうに言えば実証的で、批判として強力でしょう。でも世の中には、三、四ヶ所部分的に間違っているにもかかわらずいい本というのもあるわけですね。だから、これだけ間違った部分がある、故に全体もだめだという論法は必ずしも成立しないという気がしますね。それに細かいところだけつついていると、大局についての評価が丁寧に書けないということもあるし。

彼らには、部分と全体の関係ということをじっくり考えてもらいたい。そして、日本の書評のスペースがあんなに短くて不自由だという条件の中であえて仕事をしようと決意した以上、その悪条件をのり越えるだけの工夫をしてもらいたいですね。

山口 それと原稿料ですね。たくさんあげなきゃいけない（笑）。

丸谷 そうですよ。書評の原稿料なんてね、山口さんはあんまりお書きになったことないと思うけれど、ひどいものですよ。

小説家のなり

丸谷 話は変わりますけど、山口さんがネクタイを結んでるところは、今日はじめて見たんじゃないかな。

山口 会合にはちゃんとしていきますよ、私は。

丸谷 そうですか。山口さんの無地のネクタイというのは吉田健一ふうですけど（笑）、いつも紺無地ですか。

山口　そもそもはね、これが一番経済的だと思ったんですね。それに選ぶのに時間がかからない、つまり靴も黒でいいわけですから。だから昔からずっと濃紺というか、ミッドナイト・ブルーなんて称してこればかりです。それと僕は柄を選ぶ能力がないんです。センスが悪いんですね、そういう意味では。

丸谷　奥さんに選ばせるなんていうことはなさらないわけですか？

山口　それはだめですね。女房の買ってきたネクタイは締めない。ですから、うっかり銀座の女給さんに貰ったネクタイを締めたりすると大変なことになる。

丸谷　それは当然（笑）。婦女子に関与させるなんていうことはしないわけですか。

山口　そういうわけじゃないんだけど、女房の買ったのはどうも気に入らないんです。

丸谷　奥さんに物を選ばせないというのは、自分のアイデンティティを確立するため？

山口　現実には、女房は非常に私のことを理解しておりますから、買ってきた物にほとんど狂いはないんですけど、やっぱりネクタイとかワイシャツとかカフスボタンとかは、男の領分だと思いますね。微妙なところで違いますね。そのかわり、僕にはブラウスなんかはわからない。まあ、僕はネクタイは何本も持ってないし、また必要もないですけどね、紺無地しかないですから。洋服もそうなんですけどね。

丸谷　洋服も紺の無地ばかりですか。

山口　洋服ダンスを開けるでしょう。全部同じなんです、色が。どれがいつ買ったどの服だかわかんないんですよ（笑）。なかには、身分不相応に高い生地で作ったのもあれば、ばかに安く買ったのもある。でもどっちがどっちかわからないんです。あれは実に困りますね。

丸谷　困ることもないと思うけど、あえて困らないと山口瞳の世界にならないよね（笑）。

山口　今日は珍しく紺じゃないのを着てますけど、柄物は着こなせないんです。似合わないんですよ。

丸谷　似合うじゃないですか。

山口　これ、袴みたいな感じしませんか？　仙台平みたいでしょう。袴みたいな洋服を作っちゃおうと思ったんですね、ある日突然。そうしたらなんだか全体がズボンみたいになっちゃった。実は学生服の紺サージが好きだったんですけど、あれは非常に贅沢なんですね。ひじとかひざのへんがすぐ光ってくるから、いっぺんに二着ぐらい作らないとダメなんです。贅沢品ですね、今は仕立代が高くなったから。ただ、齢をとると、ホームスパンなんかを着たいと思うようになりますね。これは不思議なことだな。

でも野球の選手なんか、荒っぽい派手なチェックを着ているでしょう。僕はあれはあれでいいと思うんだな。田淵が濃紺の背広を着たらおかしいよ、きっと。

丸谷　そりゃそうですよ（笑）。あれはそういう商売なんだもの、われわれとは違いますよ。ただ、小説家のなりというのは、これは難しいものですね。会社員と同じなりをしたんじゃ恰好つかないし、芸能人とも違う。そのへんのところがいつも難しいと思うんです。
山口　僕は列車の車掌の夏服なんか好きだな。白で……。今は麻じゃないんでしょうけれど。昔は文壇のパーティーへ行くとね、異様な人がいっぱいいるという感じがしましたよ。尾崎一雄さんでも、井伏鱒二先生でも、川端康成さんでも、そこに立っているでしょう。
そうすると、これは「只者じゃない」という感じがしましたね。中野重治なんて手品のアダチ龍光に似ていた。地味な恰好でも何か普通じゃない。最近は、編集者や一般の会社員と区別がつかない、銀行員みたいなのばっかりになったような気がするんだけどな。
丸谷　確かにそうだな。僕なんか信用金庫ぐらいのところか（笑）。
山口　目黒信用金庫（笑）。五味康祐なんか死んじゃうと、いよいよああいう異様な人がいなくなったという感じがしますね。
丸谷　うん、あの人は変な風態だった。
山口　だんだんいなくなるんじゃないかな。
丸谷　でも難しいところですね。昔の文士というのは和服、しかも着流しで行くと、いかにも文士という感じになったでしょう。今は文士という服装がなくなっちゃったのね。世間一般に、これは何だという服装がなくなったでしょう。
山口　確かにそうですね。僕なんか、いわゆる文士に反撥するところもありましてね。井伏先生の鳥打帽なんていいなあ。うっかりして鱒さんなんて呼びそうになる。

丸谷　役者が会社員みたいな恰好で歩いているとかね。
山口　だから野坂昭如なんか偉いんじゃないの?
丸谷　彼はエラくなるしかなかったんだ。宿命ですね(笑)。

山口瞳の会社員論——その読み方

丸谷　しかし日本の会社員の服装というのは、もう少し変わりそうなものだと思っていましたけれど、意外に変わらないですね。
山口　どぶねずみというやつですか。
丸谷　まあね、ああいう調子の。あれは会社内の規制意識が強いわけですか。
山口　そんなことないですけどね。やっぱり経済的なんですよ、どぶねずみというのは。汚れが目立たないとか、靴は黒一色で通せるとかね。
丸谷　経済問題ですか。
山口　一番大きいのはそれでしょうね。変わった柄のものを着るためには、ネクタイからハンカチから全部それに合うように買い替えなきゃならないでしょう。しかし、大きく伸びる会社員というのは、服装の面でも目立つものがありましたね。いまから考えると……。何か自己表現があった。

丸谷　なるほど、それは面白いな。そのへんは気がつきませんでした。僕はね、山口さんの会社員論は昔から拝読していますけれど、いろんな意味で参考にしている面が半分と、しかしこの人は結局本当の会社員じゃなかったんだからよくわかっていないに違いない、と疑う面が半分と二つあって、それで読んで面白がっているんですよ。あなたの会社員論というのは、疑えば疑うほど面白いんだ（笑）。変な褒め方だけれど。

山口　私には、まじめなのかヤクザなのかわからないところがあるんですね。どうも両面あるんです。ヤクザっぽいんですよ、本質は。

丸谷　それで、あなたはその両面ともくっきり出したいのよね。だから話が面白くなってくるんですよ。僕があなたのお書きになるものの愛読者であるというのは、おそらくそういうところなんだな。

山口さんは、風俗を観察する人間として非常に向いているんだな。僕はそれを手がかりにして、いろいろ考える。あなた自身の生き方というのか、あり方というのかが、一種の危険な感じを持っている。その危険な感じを半分は自覚してるけど、半分は気がついていない。そういう姿勢で日本の現代社会に接しているところが面白いんだな。

山口　よくわかんないな。

丸谷　自分じゃわからないのはあたりまえですよ（笑）。自分でわかってそんな生き方してるんだったら、はたから見て面白くないでしょう。

山口　自分ではね、ずいぶん重ったるい人間だと思っているんです。書くものも、ウンウンうなって重く重くかいているつもりだけれど、世間では軽いと言われますね。軽味の才能だと言われるとやや心外な感じがするんです。

丸谷　それは両面持ち合わせてますよ。

山口　でも私の文章は重たいというか、古風というか、漢文体みたいな漢語混じりの文章が多いでしょう？

丸谷　僕は山口さんの文章を読んで、そう思ったことがないから具合悪いな。でもそれは、あなたの文章がうまいからだよ。

山口　井上ひさしさんに「自分の文章は軽いから、こういうテーマでは山口さんのように重く書かなきゃだめだ」という意味の手紙をもらったことがあるんですけど、そういうことを言った人は初めてでした。

丸谷　僕は軽いと思ったことはないですよ。うまいと思ったことは何度もあるけれど。

山口　料理がまずくなるから、あんまりそんなこと言わないでくださいよ（笑）。

酒は買うべし、小言は言うべし

山口　丸谷さん、山本周五郎さんが灰皿ですき焼やったっていう話知ってますか？　南部鉄かなんかの灰皿をもらって一人用のすき焼鍋にしたっていうの。おかしいよね、灰皿ですき焼やっておいしいわけないじゃない。できるとは思うけど、一人で食べてもまずいしね。

丸谷　山本周五郎という人は、お酒を飲みながら説教する人だそうですね。

山口　ずいぶん被害者がいるらしいですよ。

丸谷　そういうのを説教酒っていうんですってね。僕はどうも、説教酒的なやつは好きじゃなくてねえ。

山口　一般的には好きな人もいるんじゃないですか。お酒を飲むと気分が昂揚してくるから、普段言えない、溜まっていることが……。

丸谷　言いにくいことでもつい……。

山口　だからサラリーマンの間でも、説教酒というのは多いですね。普段鬱屈している人はかえって怖い。お酒の力を借りて何か言ってくるから。山本周五郎さんの場合「新聞小説と週刊誌の小説を二本同時に書けるわけがない」なんて言われましてね。それは御説教かもしれないけれど、有難いと思いましたね。その精神は無条件に守っているつもりです。

丸谷　僕なんか鬱屈してないから説教酒はやらないと。要するに普段から言ってるからだと思います。それほど大事なことなら、シラフで言ってしまったほうがいい気がするんです。酒を飲むなら、やっぱり面白い話をして飲むほうがいい。

山口　当然そうですよ。ただ山本周五郎さんは、たとえばこういう席に芸者さんがいたとして、芸者をばかにしたことを言う人がいたりすると、すごく怒って出入り差し止めなんですね。それでやられた編集者がずいぶんいるんですよ。説教の内容はよく知りませんけれど、そういうところは好きですね。

丸谷 されたほうで説教酒として要約しているけれども、実はもっといろいろあったのかもしれませんね。

山口 山本さんの言葉かどうか、〝酒は買うべし、小言は言うべし〟というのがあります。説教してもいいけれど、そのときの酒代は自分でもちなさいという意味だと思うんですけどね。

丸谷 そういうふうに酒を買われるのは迷惑だな。別に金を自分でもったからといって説教する権利を確保したことにはならないでしょう。

山口 人のおごりのタダ酒とか、接待費で落とせる酒で説教する奴がいるからでしょう。

丸谷 なるほど、タダ酒で説教するのは非常に悪い。下には下があるという……。

山口 私も山本さんに叱られたことがあります。やっぱりお酒の席だな、『青べか物語』にサインしてくださいと言ったら、私はそういうことはしない、というのをかなりきつい調子で言われましたね。ただ〝山本周五郎〟と書いてくれりゃいいんだけどね、断る人はいるけれど、叱るという人はあまりいませんよね。とても親切な人なんですけどね。築地の料亭なんですけど、君はこれがいいだろうなんて、わざわざサントリーのホワイトラベルを買いにやらせてくれたんですよ。もっとも僕は、スコッチのいいのを飲みたいと思ってたんでがっかりしたけどね（笑）。

丸谷　いいねえ、その話は。

山口　ちょっとキザですけれどね。普通のところならいいけど、築地の料亭で白札を買いにやらせるなんて。

丸谷　山本周五郎という人は、ややキザというところが似合う人ですね。あの人の書く小説にも、やっぱりそういう味がありますよ。

山口　全体に人にものを教えたがる人ってのがふえてきましたね。あれはゴルフの影響じゃないかな……。おっと、そこはアイアンでなくウッドで、なんて。そういう人いますよね。

悪口酒、人事酒、酒にもいろいろありますが……

丸谷　僕はホテルのバーで、隣の会社員が二人でえんえんと上役の悪口を言うのを聞いてて、本当にゲンナリしたことがあった。ああいうのは嫌いですね。こんなことなら猥談を聞かされるほうがよほどましだと思いましたね。カウンター式のバーというやつは、隣にいる人間に影響を及ぼすでしょう。あれはかなり大きな問題ですね。

山口　また上役というのは悪口を言いたくなるようなのがいるんですよ、あなたは知らないだろうけど（笑）。

丸谷　大学の教員だって上役はいるから、それは知ってるよ。

山口　だけど、入社以来ずっとついて回る上役というのがいるわけよ。だいたい、そういう憎まれ役が重役になるから。サラリーマンの最大の不幸は、そういう人にぶち当たったことだと言った人があります。だけどね、悪口というのは相手の能力を評価した上で、ってのがほとんどですよ。だめな奴の悪口を言っても仕方がない。

丸谷　源氏鶏太さんの随筆に、会社からもらう給料は、社内の人事関係に我慢するための我慢料だというのがありましたよ。しかもそれだけ我慢して仕事をする、その仕事の喜びは趣味だと思えと。

山口　マゾヒズムだね（笑）。税務署員なんていうのは趣味なんですってね。他人を苛める快感で働いているんだって。そうでなきゃ、薄給で、厖大な資料の中から、ここに所得分で一万円の付け落ちがありますなんて探し出す細かい仕事はやれない。あの情熱は凄い。これはサドだ。

丸谷　しかもそのサド性を、政治家に対して発揮できないのね。サディストとしてあまり立派じゃない（笑）。僕は語学教師としての体験を思い出して、源氏さんの説は本当だなと思った。語学教師というのは対人関係で苦労する率は非常に少ないんだけれど、それでもまれにそう思いたくなる場合があるわけ。だから僕は同情する。同情はするけれども、一人で酒を飲んでいる横で、会社の上役の悪口を一時間もやられてごらんなさい、これはやっぱり辛いよ。

山口　それがいやだというのがね、僕は丸谷さんの小説なり書くものなりの味になっていると思うな。あなたの描く登場人物はインテリが多くて、上役の悪口を言うようなのは出てこないもんね。そして、バーでもレストランでも会話が実に高級で洒落ていますよ。陰湿じゃない。それが味になっているのだと思います。だから、カラッとしていますね、あがりが。上等のテンプラみたい。心からそう思っています。

丸谷　ありがとうございます。

山口　でもね、言いたくなるよ、上役の悪口というのは。

丸谷　僕も昔は散々言ったことがあるんで、気持ちはわかりますけどね。

山口　僕は、悪口を言ってもいいという考え方だったですよ。すると、あいつがこう言ってるというのが自然に伝わるんです、不思議なことにね。ここだけの話ですがっていうのは絶対にここだけにはならない。それで、それがある種の牽制球になるんです。

丸谷　なるほどね。

山口　ただね、言ったあとで自分がいやな思いをするような悪口は言うべきじゃないとか、そういうことはありますけど、あれはあれで、案外効果があるものだと思っていました。

丸谷　悪口酒とは違うんだけれども、人事酒というのがあるんですってね。これは大岡昇平さんに聞いた言葉なんです。

大岡さんは、戦争中に神戸で会社員をなさってたでしょう。その時、事務系の会社員とは酒を飲まないで、技術系の会社員と飲んだそうです。というのは事務系の会社員は酒を飲みながら人事の話をする。それを人事酒と名付けて、これはいやなんだ、酒飲んだことにならないよ、と大岡さんが言ってました。この人事酒というのはうまい命名でしょう。

山口　うまいですねえ。僕も営業部とか研究所の人と飲むのが好きだったなあ。

文壇は〝オール・カマーズ!!〟

山口　しかし、酒にしろ、身なりにしろ、言葉にしろ、風俗への関心というのは大事なことですね。

丸谷　生き生きとした態度で生きていくためには、どんなつまらないことであろうと、現世の風俗というものに関心を持つべきですね。僕はそれは、非常に大事なことだと思いますよ。それをやらないと老けちゃうんですね。小説家が、わりに老けないのは、それなんじゃないかな。くだらないことに関心を持つから気が若い。

山口　井伏先生なんか今でもすごいですよ。いつだったか、こういう話をした人がいたんです。その人は午前三時頃タクシーを待っていたんですって。タクシーはなかなか来ない。すると豪華な毛皮を着た女性が二人、やっぱり車を待っている。で、一緒に乗りましょうと相乗りしたら、六本木で降りていったというんですね。その話を聞いた井伏先生は、「君、それからどうした、どういう女だ」とどんどん聞くんですよ。僕はすごいと思ったな。あの先生の好奇心みたいなものに感動しましたね。僕はそういうのを聞いても、「ああそう、面白いね」で終わっちゃうんです。井伏先生はすごいですよ、いまだに。

丸谷 それが小説家というものなんだな……。われわれは、そういう意味じゃいい商売を選びましたね。なんだか趣味と実益を兼ねるようなところがあるでしょう。

山口 ありますね。有難いと思ってます。そもそも子供の時さ、本を読んで暮らせればこんないい商売はないと思ったものね。それがものを書いてお金になるというんだから、非常にラッキーだと思いますね。いまから相撲取りになれなんて言われたら困るもんね。だいいち髷が結えない（笑）。

丸谷 うまいオチがついてる（笑）。

山口 お相撲さんもうんと強い人はいいですけどね、でかくて相撲取りにでもなるよりしようのない人っているじゃないですか。なれたところで十両どまりで幕内へは入れない。僕はあれを見ていると、かわいそうでしょうがない。気の毒になってくる。

丸谷 野球選手にもそういう人がいるんでしょうね。どう見たって一軍になれない人。

山口 といって、ほかに食う道もない。ノンプロにいくにはうますぎる……。いますよ、そういう人。

丸谷　将棋はどうなんですか？　あれは、アマチュアとプロの差が非常に大きいと言われてますね。プロも現役でなくなると、落ちてはじき出されますね。

山口　今は制度が変わって四段でいられるようになりましたけど。

丸谷　それじゃ無限にいられるわけですか。

山口　ええ、でもつい最近までは降級点というのを三年続けてとると引退させられたんです。いまはそういうことないと思いますけどね。

丸谷　それはずいぶん心優しい制度に改まったな。

山口　僕は改めるべきだと思いましたね、あんまりかわいそうだもの。ただ、これは四段になれなきゃしょうがないんですよ。今こっちのほうが厳しくなりましてね、二十歳までに初段をとらないとダメなんです。晩学を認めないという制度は、ちょっときついと思うな。晩学タイプの人っているもの。晩婚の人もいるし……（笑）。

丸谷　僕なんか四十過ぎて芥川賞もらったんだから晩賞の人といって……（笑）。そういうことはあるんですよね。

山口　ありますよ。だから僕は、もっとアマチュアを参加させたほうがいいと思っています。碁はアマチュアでもトーナメントに参加できるわけですからね。将棋もやりゃあいいんですよ。本当はめちゃめちゃ強いけど、何かの事情で将棋指しになれなかったという人もいると思うんですよ。そういう人を認めてあげたいと思いますね。
だけど将棋の世界は、そういう点非常に閉鎖的ですよ。絶対許さないね。今度、朝日新聞でトーナメントをやるに際し、朝日側が執拗に迫ったけれどもアマチュアの参加は認められなかった。
僕は、現実にプロは断然強いと思っていますよ。この間、プロがアマチュア名人に平手で負けましたけど——それも、はじめ角落ちで負けて、香車落ちで負けて、そして平手で、と三連敗したんですけれど——にもかかわらず、僕はプロは断然強いと思っています。で、しょっちゅうケンカになるんです。だからね、やらせればいいんですよ、門戸を開放して。そういう点が実に閉鎖的ですよ。

丸谷　その点、文学というのは実に開放的ですな。

山口　文壇はいいですよ。断然いい。

丸谷　文句なしですものね。何だっていいわけよね。

山口　オール・カマーズ!!　サラブレッドでもアラブでも公営上がりでもいい。病人でもスケコマシでも泥棒でもいい。

丸谷　そうですよ。ただ勝負あるのみ、なんだから。

山口　全くその通りですね。

再びトリスを飲んでハワイへ行こう

佐治敬三
山口瞳

アオヤギ甘いか、しょっぱいか

■さじ・けいぞう
サントリー株式会社（現サントリーホールディングス株式会社）前会長。一九一九〜九九。

佐治　あなたがサントリーに入社したのはたしか昭和三十三年。

山口　僕の勤めていた会社が倒産しましてね。当時はまわりにも失業している連中がたくさんいて、その中の一人が「洋酒天国」の編集後記に「フレッシュマンを募る、三十歳まで」と書かれていたことを教えてくれたんです。それがなければ寿屋には縁がなかった。

佐治　開高はどうやら初めからあなたを採用しようと企てていたな。

山口　開高さんはちょうど芥川賞を受賞された頃で、非常に忙しそうでした。僕は文藝春秋社の『文學界』の山本博章さんに彼を紹介してもらいました。

佐治　それじゃあ、あなたを最初に面接したのは開高。

山口　いや、面接という面接は、当時の佐治専務だけでしたよ。会長はもうお忘れかもしれませんけれど、僕の履歴書には昭和二十年に早稲田中退と書いてあった。それで会長は「なぜ学校をやめたのか」と尋ねられてね。採用する側からしてみたら大きな減点だろうけれど、会長も海軍に行っていらしたし、その当時学校なんか通っている場合じゃないことはよくご存知だったから、その事を理解してもらえたようで、ありがたかった。

佐治 なにしろ当時の寿屋宣伝部は強者《つわもの》ぞろいだったからね。いろいろな経歴の人間がいたからおもしろかった。山崎隆夫、柳原良平、坂根進、錚々《そうそう》たるメンバーやったな。

山口 私は寿屋に入社した時、カルチャーショックを受けました。これが「大阪」なのか、「関西」なのかと思いましたね。昼飯をある役員と一緒にしたんですが、その人は天ぷらうどんとご飯を一緒にとって、天ぷらをご飯にのせて「たぬきうどんと天丼を両方楽しめる」って喜んでいた。僕の周りにはそんな人はいなかったから、これが関西かなって思いましたね。

佐治 そんな人は関西にもあんまりおらへんけどね。でも確かに東京と大阪は違うな。

山口 茅場町の頃、昼の二時か三時くらいになると会社の前におでん屋が来る。そうすると開高さんも、柳原さんも、私も仕事を止めて階段を駆け降りてゆく。それで社屋の前でアオヤギやコバシラなんかを食べる。そんなことはそれまでのサラリーマン生活では考えられなかった。

佐治 気楽な会社やな。

山口 ええ、なんて気楽な会社だろうと思いました。そのことを私は非常に楽しいこととして何かに書いたことがあるんですが、そうしたら開高さんは、いかに自分の青春が貧しかったかという例として、そのおでんのことを書いていた（笑）。

佐治 それでもけっこう楽しんでいたんじゃないかな、開高も。

山口 いちばんうれしそうにしていたのも彼だったんですが。

佐治 あんなぼろ屋敷みたいな所でもいい広告ができたんだから、仕事は建物じゃない。

山口 あのころのコピーライターは、ディレクターでもありましたね。何でもやった。今はすべて分業になってしまっているので、つまらないといえばつまらない。

佐治 「トリスを飲んでハワイへ行こう」という名コピーも山口さんだったね。端的であって、夢がある。ごっついコピーやったな、あれは。開高の代表作は「人間らしく」だけれど、二人のコピーの文体は違ってたな。

山口 どちらかといえば開高さんは洋酒的というかバタくさいコピーで、こっちは私小説でしたから。その二人の違いを坂根さんがよく料理してカバーしてくれました。『洋酒天国』も、もとはといえば坂根さんがプランを立てた。あの人は何でもやりましたよ。写真も自分で撮っちゃうし。

佐治 エンサイクロペディアや。なに聞いてもそつなく答えるから憎たらしくてな。

山口 あのころは宣伝部と社長が直結していたし、隣の部屋にいるちょっと偉い人というくらいの感じだった。恐れ多いですが、友達のようだった。今は無理でしょうけれど。

佐治　無理かもしれないけれど、ぼくらはそうありたいね。ところで直木賞はいつだったかな。

山口　昭和三十八年です。

佐治　受賞の記者会見の時に開高がやってきて耳打ちする。「専務、これ広告費にしたらなんぼのもんやと思いはりますか」って。当時の芥川賞、直木賞といえばマスコミの報道量は今と比較にはならなかったからね。受賞者を紹介する時にも必ず「寿屋の開高」とか「寿屋の山口」とか書き立てられる。開高は会社の宣伝にもなったでしょうとね。「まあ、四〇〇〇万円くらいかな」と答えたら、その額は当時の宣伝費の約半年分だった。

山口　私としては会社にいながら文章を書かせてもらえてありがたかった。もちろん、仕事もきちんとしなければならなかったけれど。

佐治　外部から「おまえどないして文学者を養成してるんや」とよく聞かれた。うまいことやりよったなってなもんですな。

山口　私はずっと社員でいたかったんです。狭い部屋でもいただいて、開高、柳原、坂根、私なんかが、しょっちゅう立ち寄れるところをつくって、そこの番をしていたかった。社宅も快適でしたね。家賃も安いし、あんないい時代はなかった。大勢でわあわあ言いながら住むという感覚がうれしいんですよ。まわりはみんな社員だし。近頃はそれがいやな人もいらっしゃるそうですが。

佐治　最近はどうも逆が多いらしいね。

酒場学校

山口　会長は銀座のクールというバーへ行ったことありますか？
佐治　だいぶ前に一度。マスターは古川緑郎さんだったな。
山口　彼のオールドのハイボールは絶品ですよ。びっくりする。
佐治　度数なのか、何なのかな。
山口　僕は昔から古川さんのひいきなんですが、古川さんの配合がうまいと言うと、他の店の人が「お酒はみんな同じ味だ」って言うんですよ。
佐治　それは違うな。
山口　私は非常にくやしくてね。実際に連れて行くとわかってもらえるんですが、店の経営者などはそういう微妙なことをなかなか理解しない。僕らとしてみたら酒場というのは学校のようなものだった。だから酒場で失敗したら絶対にまずいと思っていた。だから、バーなんかで威張る人がいると腹が立ってくる。冗談じゃないって。
佐治　それはいかんんね。
山口　そういえば、古川さんはずっとオールドですよ、ハイボールをつくる時は。

佐治　オールドというのは非常にうまい酒やと思う。特に水割りにしますとね。

山口　水割りにするとへなへなになっちゃうウイスキーもありますから。作家の山本周五郎先生はずっと白札だったんですが、亡くなる半年くらい前に角瓶になって「うまい」って言って、本当に亡くなる直前にオールドを飲んでびっくりしていた。ああいう意地っぱりというのは結局は損かもしれませんね。

佐治　私はスコッチは水割りにしたらだめだと思いますな。独特の薬のような香りがたちすぎる。だからストレートがいちばんうまい。

山口　私は飲み方としてはもともとストレートが好きでしてね。ウイスキーはストレートじゃなくちゃいけないなんて思っていた時もあった。体のことを考えなければあれがいちばんうまい（笑）。

佐治　そう言われる方、おられますね。本当のウイスキー飲みかもしれませんな。

山口　しかし水割りは単に薄めるだけじゃないでしょう。水割りにすると、甘いウイスキーというのは余計に甘くなるような気がする。味わいを増幅するというか。古川さんのハイボールはグラスに氷三つです。

佐治　私は二つだな。三つだと飲み終わる時にまだ氷が溶けきっていない。でも、日本にウイスキーが普及したのは水割りのおかげでしょうね。日本人は酒があまり強くないので、ストレートだけだとこれほど広がらなかったと思うな。

山口　昔はみんなストレートでしたね。

佐治　昔から当社は自社製品以外は宴会で出さない主義でしたから、ビールも清酒もなし。献杯もウイスキーのストレートでしてましたな。一〇CCくらいの小さな乾杯グラスを作ってね。当時はまさにウイスキーはストレートで飲む時代だった。

山口　この間の出版記念パーティで出た原酒も、みんなうまいって飲んでましたよ。

佐治　特にあの原酒は三〇年ものだから、ブランデーみたいな香りがでてくる。私は理学部の化学の出なので、若い頃は合成のウイスキーを作ってやろう、ウイスキーの成分を分析してやろうと情熱を燃やしていたんです。当時外国で分析機器のいいのが出て、さっそく取り寄せて研究所でウイスキー成分の分析をやった。でもいくら分析しても「これがウイスキーのエッセンスや」というのはついにわからなかった。ウイスキーというのはそういうもんやない。いろんな成分が不思議な割合で混ざり合ってつくりだされるエトヴァス・サムシングなんですな。香りというのは非常に微妙ですね。

山口　そうでないとおもしろくない。

佐治　香水も同じで、薔薇の香りだったら実際の薔薇の花を採ってきてその成分を分析する。そうすると主香分はわかる。でもそれだけで薔薇の香りができるかというとそうではない。実にいろいろなものが混ざり合って香水になる。親父がよく香水をつくる時には「うんこ」の成分がないとあかんと言ってました。

山口　うんこですか。

佐治　そう、スカトールとかインドールとかいうのですが、手の甲に唾をつけてこすった時にする匂いです。そういう潤滑油みたいな成分が必要なんですな。

二六打席連続三振

山口　今度のJリーグサントリーシリーズというのは当たりましたね。今回もかなりの混戦状態で最後までおもしろいんじゃないでしょうか。

佐治　ホームタウン性というのもファンが定着しやすくていい。

山口　それから市原の城《ジョー》みたいなのがでてきて、もりあがっているし。日本人はああいう足が短くってもいいスポーツじゃなきゃだめだな。イタリアやブラジルのスーパースターたちも日本人より身長が小さかったりするし、可能性があるじゃないですか。今の小学生はもう野球なんかやらないものね。

佐治　あなたは野球だったね。東京トリス軍というとても強い（笑）チームがあった。

山口　いつだったか多摩川工場チームにコテンパンにやっつけられましたね。みんな野次はうまいけれどプレイは伴わない、前宣伝ばかりのチームでした。柳原良平二六打席連続三振なんて記録もあったりして（笑）。

佐治　その記録はなかなか破れない。しかし、本人もよく出続けたねえ。
山口　彼は試合の三〇分前に来るんですよ、必ず。来なきゃいいのにと思うんだけど（笑）。そうすると使わないわけにはいかないでしょう。それに彼はサントリーにいる時も、無遅刻無欠勤でしてね。そのかわり残業しない。ぼくは尊敬したな。時間内に全部やっちゃうんですよ。
佐治　ほう、仕事が手早いわけだ。
山口　僕はネチネチ粘って残業するタイプだったけれど、彼はピタッと終えて帰っちゃう。僕の場合は残業もするし、遅刻もする。その頃は日給月給で三日遅刻すると一日分減らされた。ずいぶん引かれましたよ。開高さんもひどかったなあ。
佐治　今も週刊新潮に柳原くんのイラストで連載されているけれど、あれはどれくらい続いているのかな。
山口　三二年ぐらいになります。
佐治　そんなになりますか。
山口　もうギネスブックじゃないかと思っているんですがね。でも、あの人はポイントをつかむのがとにかくうまい。
佐治　彼の描くトリスおじさんはあなたでしょ、とよく言われたな。「あんな不格好なのは絶対違う」と言ってきた。でも残念ながら最近は似てきよった気がするなあ。

酔っ払いよ何処へいった

山口 会長、ギャンブルは？

佐治 やりません。やったらおもしろいんやろうけどね。でも、負けたら悔しいしな。

山口 それはやらない方がいいかもしれない。だいたいギャンブルなんて負けるものなんだから、いちいち悔しがっていたら身がもたないですよ。

佐治 以前ロサンゼルス郊外の小さな競馬場の特別フロアで拝見したことがありましたが、ゴージャスでしたな。馬券を買わないのかと言われて「うちのおやじがギャンブルはいかんと言っていた」というと「競馬の馬券がなぜギャンブルなんだ？」という顔をしていた。一種のスポーツ、社交場なんですな。

山口 それじゃあ、「博打はしない」という鳥井家の家訓を守られているわけですね。そういえば鳥井一族はみな酔っ払いが嫌いでしたね。お酒を売る会社なのに、それは不思議だと思ってました。

佐治 私は嫌いじゃなかったけれど、親父は嫌いだったね。「あいつは酔っ払いよるからあかん」ってよく言ってましたな。親父の価値判断のひとつの基準やった。それに昔は会社にも酔っ払いが多かった。正月にみんながうちに来るんですが、飲んでうだをあげるうち、三、四人はへたばってましたね。

山口　実際、昔は駅なんかでも泥酔している輩が多かったですね。

佐治　銀座通りにもいっぱいいたけれど、今は本当に少なくなった。

山口　飲み方が上手になったんですかね。

佐治　ちょっとさみしいですな。もうちょっと元気良く飲んでほしい（笑）。

山口　お花見などでも、昔は酔って裸になったり、平気でケンカしていましたけれど、この頃は見ないですね。私なんかお花見にケンカはつきものだと思っていた。

佐治　そんなあほなこと、という時代かなあ。なんというか、エネルギーが弱ってしまっているなあ、日本人は。

山口　といいながらも、こっちも知らず知らずのうちに身体の事を考えながら飲むようになっている。実は、漢方の喫茶店や漢方のバーというのができないかとよく思うんですよ。何種類かを煎じると効くとかいいますが、面倒くさくてできないでしょ。それをやってくれて、ついでに少し飲みやすくしてある。そんなところがあれば通いたいなあと。

佐治　そういう人は意外といるやろうね。

山口　セサミンをおいたり（笑）、ハーブティーがあってもいい。コーヒーだってもともとは薬だし、もちろんウイスキーもそう。やってくださいよ、漢方喫茶。

佐治　酒は百薬の長ですからね。

山口　でも、また必ずウイスキーが大きく売れるようになると思いますよ。こんなおいしいものが売れないわけがない。今はちょっとおかしいですよ。

佐治　今はビール一辺倒だからね。ビールももちろんうまいけれど、ウイスキーやワインの魅力もあるからね。もっと豊かに楽しんでもらいたいな。

シビアレストクリティック

山口　先代は飲まれたんですか？

佐治　一緒に飲んだことはなかったけれどね。通説によると（笑）どうやら底抜けやったらしい。

山口　一緒に飲まれなかったというのは？

佐治　そういうオケージョンがなかった。こちらも煙たいから、求めない。

山口　でもウイスキーのブレンドというのは伝えなくてはいけない技術があるんじゃないんですか。

佐治　一子相伝だろうと思われるようやね。ところがそれがまったく違う。こちらも聞かないし、向こうがどう思っていたかは知らんけど、聞きよらん奴に教えるかってなもんやろな（笑）。

山口　ライバルのような。

佐治　そんなもんかもしれんね。決して仲のいい模範的な親子ではなかったな。あなたは息子の正介さんに文章の指導をされましたか。

山口　もちろんだめですよ。彼が書いている文章も、一行たりとも読んだことがない。私が何か言うとこたえるだろうと思いますし。妻はどこかで盗み読みしているらしいが、息子はいやがってる。向こうからも絶対に見せませんからね。会長は息子さんとは仕事の話などされますか。

佐治　何もせえへんね。静かに見守っているだけやね。イライラしながら。うちのおやじも一緒やったと思うな（笑）。だから私のことを「あいつはへんこつや」と言ってたんやろうね。へんこつとはあまり東京では言いませんか。

山口　偏屈とは言いますが、へんこつとは少し意味合いが違うような気がしますね。

佐治　強情で変わり者という意味なんですが。

山口　全国的にありますね、あの種の言葉は。高知では「いごっそう」。ということはどこにもいるんでしょうね。ところでなんこつとはどういう意味ですか。

佐治　へんこつだけでは具合が悪いんでね。はじめは「へんこつ・はんこつ・なんこつ」と書いておったんです。でも三つはしつこいから真ん中を削って。なんこつというと、なんとなくやわらかいからね。やわらかいところもおますというわけ。

山口　焼きとりのなんこつはうまいんですが、歯が良くないと食べられませんね（笑）。あの文章の中で奥様のことをシビアレストクリティックと書いておられましたが、あれはしゃれた表現だな。

佐治　苦しまぎれ。履歴書の中に嫁さんのことを全然書かないわけにはいかないし、今更ええ格好しても仕方ないし。それならシビアレストクリティックという呼び方がいちばんいいかなと。

山口　仕事でも何でも女房に何か言われるのがいちばんこたえますな。

佐治　しゃくにさわるしね。それをぐっとこらえてる。それやのに、言ってる本人はなかなかそれに気づかない。

山口　でもそういうつっかえ棒的存在も必要なんでしょうね。

佐治　存在のありがたさは大いに認めてます。シビアレストクリティックのおかげで今の私はもっているのかもしれませんから。

山口　小説家の女房なんてあまりいいことないですからね。今や我が家は二人の物書きを抱えちゃいましたから、さらに大変ですよ。

佐治　そやけど商売人も同じようなものです。しょっちゅう「私は不幸だ」て文句言われてますから。

解説

重松 清（作家）

作家の活動というのは多岐にわたる。本業の小説はもちろんのこと、エッセイ、書評、紀行文、社会時評、ルポルタージュ……その他もろもろあるなかで、対談とはいったいどういう位置付けなのだろうか。特に文芸誌をはじめとする雑誌に掲載される、四百字詰め原稿用紙にして二十枚ほどからせいぜい数十枚のボリュームの、いわば「短編対談」は。

正直に打ち明けると、個人的にはずっとそれがわからないでいる。雑誌編集者として対談を企画したことは何度もあり、フリーライターとして対談の構成を手がけた機会はさらに数多くあるのだが、「対談とはこういうものだ」という確信なり手応えなりを持つことができないまま、いつのまにかその種の仕事からすっかりごぶさたしてしまった。

のっけから気勢の上がらない話で恐縮なのだが、もうちょっとだけ。

雑誌の編集サイドの身も蓋もない本音を言えば、対談とは、一見お手軽な企画のようでも、じつはひどくおっかない。なにしろナマモノである。一人の作家と一人の作家が語り合うという「場」の力が思わぬ化学反応を起こして、まさに一期一会のスリリングなページができあがることもあれば、最初から最後まで話が噛み合わず、盛り上がらず、目次をにぎやかにしただけで終わってしまうことだって、残念ながら少なくない。

一方、ライターの立場から言っても、作家の対談はおっかなくてしかたない。たとえば教育問題をめぐって専門家同士が話をするのであれば、いかに要領よくお互いの論旨をまとめて結論へと導くか、だけを考えて構成すればいい。だが、作家の場合、本筋よりもむしろ脇にそれたところに「らしさ」が出てくるのだから厄介である。そこをカットしたりコンパクトにまとめてしまったりすると、たちまち対談は味気ないものになってしまう。しかし、かといって脇道をたっぷり残しておくには分量の制約が……。

ほんとうに苦労したのである。

苦労したからこそ、「対談の名手」と呼ばれる作家のことが気になってしかたなかった。

山口瞳氏も、もちろん、その一人である。

では、「対談の名手」の「名手」たる所以はなんなのか。

あらためて考えてみると、そうとう難しい。なぜなら、面白い対談というのは、技巧が見えないからこそ、自然体の臨場感が楽しめるのだから。山口氏のお好きな野球で譬えるなら、ほんとうに上手い選手はファインプレーに見えないようにファインプレーをするわけだし、それをいちいち大げさな拍手で称えるのはヤボになりかねない。

しかし、やはり知りたい。

編集者として、フリーライターとして、僕はなぜ山口氏の対談を読むたびに「この対談、ほんとうにいいなあ」「こんな対談を企画したいなあ、まとめてみたいなあ」と思っていたのだろう。あの頃の自分に「ほら、こういうところがすごいんだよ」と教えてやりたい。

さらに、教えてやりたい相手がもう一人いる。ときどき対談の仕事の注文を受ける、いまの自分である。

僕は基本的に、よほどの場合でないかぎり、対談は引き受けない。誰かと誌面で会うときは、たいがい、僕が聞き手のインタビューである。対談はどうもいけない。話が下手なくせにおしゃべりというから タチが悪い。恥をかいたり迷惑をかけたりする前に、「すみません、僕がインタビュアーになるのならいいんですが……」と最初からお断りさせてもらっている。

情けないものである。自分でも悔しい。だからこそ、知りたい。山口氏のひそやかなファインプレー——それは、作家同士の対談という特定の「場」だけの話ではなく、誰かと向き合って話すことそのものの要諦に通じると思うから。

そんなわけで、本巻収録の対談の数々を、何度も読み返した。雑誌掲載時の対談の雰囲気も知りたくて、編集部にお願いして、単行本のゲラ刷りに加えて雑誌のコピーも送ってもらった。

そして、見つけた。

名手のひそやかなファインプレーの一端――グラブさばきだけでも垣間見ることができた、ような気がする。

以下は、そのレポートである。


本巻には沢木耕太郎氏との対談が収録されている。

さすがにノンフィクション作家の沢木氏、スポーツ雑誌での対談でありながら、山口瞳文学のキモについてのみごとなインタビューにもなっているのだが、とりわけ紀行文について山口氏が語るくだりは出色だった。

紀行文は〈相棒がいないと書けないね〉と山口氏は言う。〈だから、その時の相棒の運、不運てあるね〉

相棒との距離感も、〈その相棒にべったりになると、ダメになっちゃう〉らしい。

さらに、〈方々へ行っちゃダメなの。一カ所にジッとしていなきゃダメ〉〈枚数が長くなきゃダメ〉〈僕の場合、落語のまくらね、まくらが長いのよ。だって、旅行っていうのは、行ったらこうしよう、ああしようって、そこが一番愉しいんだから、それを書かなきゃダメなのよ〉〈もう一つは、媒体を選ぶことだよ〉……。

これらの心得集は、じつは、対談についても同じなのではないか。

相棒が要る。その組み合わせの運、不運によって出来映えが決まる。しかも、べったりではいけない――。

なるほど、たとえば司馬遼太郎氏との対談はどうだ。『東京・大阪〝われらは異人種〟』という題名が示すとおり、この対談、徹頭徹尾、司馬氏と山口氏の「違い」を示すことで成り立っている。当然、意気投合というわけにはいかない。率直に言うと、ハラハラしてしまう箇所も少なくない。もしも僕が担当編集者だったら、途中で「先生方、もうちょっとだけお手柔らかに……」と言いたくなっただろうし、構成担当のライターだったら、まとめの段階でなるべく穏便な箇所を選んでまとめたかもしれない。

だが、あたりまえの話なのだが、そんなことをしてしまったら、この対談は台無しになってしまう。ぶつかるから面白い。ピーンと緊張感が走るから、読みごたえがある。なにより、司馬氏も山口氏もお互いのことを認めているからこそ、安心してぶつかり合えるのだというのが行間からも読み取れる。野坂昭如氏との『ああ偏見大論争　ヘソ曲り作家の生活と意見』でもそうだ。キツい言葉がどんどん出てきて、すわ決裂か、という箇所を抜けると、ぱあっと視界が広がる。ああ、そうか、山口氏はとにかく野坂氏の小説を高く評価していて、だからこそ、その奥にひそむものをえぐり出そうとしているんだな、とわかる。

最近そういう対談、読んだことがない。いや、それは日常での人間関係でも同じではないか。いつのまにか「賛成」「同感」だけが、お互いを認め合う物差しになっている。「異論」や「反論」が許されない空気によって窮屈になってしまった人間関係は、自分たちとは違う誰かを見つけて集中的に攻撃することでしかほぐれない……。

司馬氏や野坂氏との対談を読むと、作家とはとことんまで自由な一個人なのだと痛感する。「ひとり」を恐れない。相手の「ひとり」を尊重し、自分の「ひとり」に誇りを持つ。それがなかなかできなくなってしまった時代だから――「対談の名手」は、やはり、他人とのコミュニケーションのお手本でもあるのだろう。

紀行文＝対談の心得集に戻ろう。山口氏の言う〈方々へ行っちゃダメなの〉は、スポーツ選手や棋士、ジョッキーなど、いわば「言葉とは違う世界でのプロ中のプロ」との対談のときに活かされる。話題は多岐にわたっても、対談の軸はブレない。言葉では語りきれない世界で生きているプロに、言葉で問いかけ、言葉で答えを返してもらうためには、「今日なぜあなたと話をしているのか」を明確に示すことが肝要なのだ、と山口氏は教えてくれる。

現役引退直後の長嶋茂雄氏に対しては〈南海の野村のように、プレーイング・マネジャーという形は考えられましたか〉、無冠になった大山康晴氏に対しては〈大へんお聞きしにくいことなんですが、引退はお考えになっていますか〉と、読者がいちばん知りたいことを、対談の冒頭でズバッと訊いてくる。日本最多勝ジョッキーとして引退したばかりの野平祐二氏に対しては〈いつもとまるで違う引退レースだったわけですね〉と、最後の騎乗について の野平氏の内面を引き出していく。このあたりは、まさにジャーナリストとしての山口氏の凄みである（僕は、氏の作品群の中でも『世相講談』が特に大好きなのである）。

では、〈行ったらこうしよう、ああしようって、そこが一番愉しいんだから〉はどうか。ここはやはり、吉行淳之介氏や土岐雄三氏と組んだ幇間対談シリーズの二編を挙げなければなるまい。もう、なんというか、すでに本文をお読みになった方なら大きく首肯していただけるはずなのだが、ハチャメチャなのである。作家とはなんと粋な人種なのだろう。そして、先ほどの司馬氏や野坂氏とはまた違った意味で、自由な一個人なのだろう。しかも、ホスト役の山口氏もゲストのお二人も、どうやら何日も前から対談を楽しみにしていて、「会ったらこんなことを話してやろう、やってやろう」と張り切っていた様子が見てとれる。もちろん、対談に台本などありはしない。すべてはアドリブ、出たとこ勝負である。だが、そこにも「出たとこ勝負を遠慮なしに思いきり楽しもう」という暗黙の了解は確かにある。だからこそ……たとえ対談中の写真は出ていなくても、ダンナが暴走し、タイコモチが笛や太鼓で囃し立てながら、お互いにチラッと目を見交わして、ニヤッと笑う、そんな表情が読者の脳裏にも浮かんでくるはずなのだ。

幇間対談だけではない。高橋義孝氏との師弟対談でも山口氏は恩師に会うよろこびを前面に出して対話をつづけているし、サントリーの元社員として（しかも晩年に）佐治敬三氏と会うときにはまた感慨もひとしおだったはずである。年の若い檀ふみさんに対しては、今日は礼儀作法に厳しい頑固オヤジに徹しよう、と目論んでいた様子だし、対談が一冊の単行本（『男の風俗・男の酒』）にまとめられた丸谷才一氏に対しては、阿吽の呼吸で丁々発止、「待ってました！」と言わんばかりに出てくるウンチクや文壇こぼれ話の数々は、これぞ正しい意味での教養なのだと思い知らされるのと同時に、なんとなく、悪ガキ同士が半ズボンのポケットに隠し持っていたメンコやビー玉を次々に取り出して「どうだ！」と張り合うような稚気も感じられるのだ。

対談心得には、さらに〈枚数が長くなきゃダメ〉と〈媒体を選ぶこと〉という項目もある。これはもう、言うまでもないことだろう。とにかく、一編一編の対談の分量が長い。長いからこそ、寄り道の妙味が存分に楽しめる。対談にこれだけのページを割くことのできる雑誌のフトコロというものも、へなちょこだった編集者の立場からすると、いやはやたいしたものではないか、と思うのである。かてて加えて構成がいいのだ。長い対談をいささかも飽きさせずに、寄り道の連続でありながら散漫な印象は与えず、句読点の打ち方一つで会話の呼吸が変わってしまうのを承知して、なおかつ二人の対談者の個性をきわだたせる……これ、ほんとうに難しいんですよ、ライターとして言わせてもらえば。

さすがに「対談の名手」には一流のライターがつく。あるいは雑誌の編集者が自ら構成を手がけているのだろうか。いずれにしても、「対談の名手」の称号の、決して少なくはない何割かは、無署名の構成者の手腕によるものだと言ってもいい。山口氏の対談のワザを堪能したあとは、どうか読者諸賢、そのワザを縁の下から支える構成者のことにも思いを馳せていただきたい。そして、ついでに、思ってほしい。最近の雑誌にはこんなに読みごたえのある対談って出ていたっけ……いや、まあ、それを言いだすと、天に唾することになってしまうけれど。

それにしても、紀行文と対談の心得が重なり合うというのは、なるほど、スジが通った話かもしれない。

書斎から対談場所に出かけていくことも、短い旅なのだ。ひとと出会い、話をして、別れる、これもまた旅のうちなのだ(それを思うと、山口氏が吉行淳之介氏や丸谷才一氏との対談を繰り返してきたのは、お気に入りの町や店に通い詰める「行きつけ」好きの山口氏ならでは、なのかもしれない)。

対談が旅であるならば——山口氏が最も嫌うことも、おのずと明らかになる。

旅の恥はかき捨て、という態度である。

池波正太郎氏との対談で繰り返し語られる「田舎者」のみっともなさは、「自分」を無遠慮に出すことのいやらしさに通じるだろう。周囲への気づかいのなさや、無神経な立ち居振る舞い、分を越えてずかずかと踏み込んでくる図々しさ……これらは畢竟、「他人ときちんと話ができない」ということである。

読みながら、胸が痛かった。いたたまれなかった。まさに自分が、出身が地方だということだけでなく、本質的に「田舎者」だと思い知らされたのだ。

それに気づくと、急に、いや、あらためて、対談が怖くなった。作家だから、対談という仕事だから、というのではなく、「ひとと会って話すこと」はここまで深く大切なことなのだと、少し辛口に教わった気分である。

だから、このシリーズ、もっと熟読しよう、と決めた。なにかを少しでも学ぼう。ネットやケータイの時代だからこそ、ほんとうは若いひとたちにも学んでほしいな、とも思う。

そんなわけで、僕はやはり、まだまだ当分の間は対談の仕事は引き受けられない。

せめて、山口氏にならって、約束の時間の二、三十分前には待ち合わせの場所に着いていられるようになってから……と、締切を何日も過ぎてしまった解説の原稿を書きながら思うシゲマツなのだった。

初出一覧（初出以外の底本を併記）

われら頑固者にあらず「小説現代」一九七九年九月号
スポーツ気分で旅に出ようか「ナンバー」一九八四年六月五日号
東京・大阪〝われらは異人種〟「文藝春秋」一九七一年五月号（『日本人を考える』文春文庫）
チームプレーにもジャイアンツ新戦法を「別冊週刊読売」一九七四年十二月号
たいこ持ち　あげてのうえの　たいこ持ち「別冊小説現代」一九七三年陽春号（『山口瞳幇間対談』講談社）
教室では学生の顔が見られません「風景」一九六八年新年号（『師弟対談／作法・不作法』集英社文庫）
中原将棋を倒すのは私だ「文藝春秋」一九七三年五月号
一ト言も　言わで内儀の　勝ちになり「別冊小説現代」一九七三年新秋号（『山口瞳幇間対談』講談社）
行く年来る年よもやま話「シグネチャー」一九九四年一月号
ああ偏見大論争　ヘソ曲り作家の生活と意見「別冊文藝春秋」一二〇号（一九七二年六月）
ジョッキー日本一引退す「文藝春秋」一九七五年五月号
男の酒「サントリークォータリー」一四号（一九八三年一月）（『男の風俗・男の酒』ティビーエス・ブリタニカ）
再びトリスを飲んでハワイへ行こう「まど」（サントリー社内報）一九九四年五月号

山口瞳（やまぐち・ひとみ）

一九二六（大正十五）年、東京生まれ。麻布中学を卒業、第一早稲田高等学院に入学するも自然退学。その後、父の工場で旋盤工として働く。終戦後は複数の出版社に勤務。その間に國學院大學を卒業する。一九五八年に寿屋（現サントリー）に中途入社、「洋酒天国」の編集者として活躍する。同僚に開高健、柳原良平らがいた。六二年『江分利満氏の優雅な生活』で直木賞を受賞、同作は六四年に東宝で映画化された。七九年には『血族』で菊池寛賞を受賞する。その他『結婚します』『世相講談』『山口瞳血涙十番勝負』『酒呑みの自己弁護』『礼儀作法入門』『居酒屋兆治』など多数の著書がある。九五（平成七）年八月、肺がんのため逝去。享年六十八歳。六三年から「週刊新潮」で開始した連載〈男性自身〉は、三十一年間一度も休載することなく一六一四回に及んだ。

山口《やまぐち》瞳《ひとみ》対談集《たいだんしゅう》1

二〇〇九年八月二十日　初版第一刷印刷
二〇〇九年八月三十日　初版第一刷発行

著　者　山口瞳ほか

発行人　森下紀夫
発行所　論　創　社
東京都千代田区神田神保町2―23　北井ビル2F
電　話　（〇三）三二六四―五二五四
振替口座　〇〇一六〇―一―一五五二六六
URL　http://www.ronso.co.jp/

印刷／製本　中央精版印刷

ISBN978-4-8460-1013-3